寻找中国之美

少年江南行（下册）

傅国涌 著

天地出版社 | TIANDI PRESS

目　录

一　湖烟湖雨荡湖波——烟雨楼篇 … 1
二　莎士比亚在嘉兴——朱生豪篇 … 33
三　分烟话雨伊人去——嘉兴人物篇 … 64
四　南来白手少年行——金庸篇 … 80
五　一生须惜少年时——王国维篇 … 114
六　不带走一片云彩——徐志摩篇 … 150
七　兵学泰斗万里才——蒋百里篇 … 200
八　吞天沃日第一潮——海宁潮篇 … 224
九　少年嘉兴—海宁行总结篇 … 263

一、湖烟湖雨荡湖波——烟雨楼篇

先生说

  刚才你们背诵了《黄鹤楼》《岳阳楼记》，你们觉得烟雨楼为什么没有像黄鹤楼、岳阳楼那么有名？除了地理原因，黄鹤楼临长江，岳阳楼在烟波浩渺的洞庭湖畔，还因为什么？黄鹤楼有崔颢的《黄鹤楼》，岳阳楼有范仲淹的《岳阳楼记》，只要有一位名人、一首好诗或一篇好文章，就足以改变一座楼在人们心中的地位。烟雨楼也很有名，可惜少了一首好诗、一篇好文章。我觉得烟雨楼一直在等待一个人，已经等了千百年。烟雨楼在等待某个人，等待他为它写一首像《黄鹤楼》一样有名的诗，写一篇像《岳阳楼记》一样出名的文章。如果有这样的诗文，南湖烟雨楼就可以进入大观楼、黄鹤楼、鹳雀楼、岳阳楼、滕王阁的序列当中。凭着崔颢的《黄鹤楼》，黄鹤楼成了武汉的标志。王之涣的《登鹳雀楼》，虽然只有二十个字，却让黄河边的鹳雀楼千古流传。鹳雀楼其实早就不在了，但因为这首诗而被后人记住了。岳阳楼也因为《岳阳楼记》骄傲地屹立在洞庭湖畔。范仲淹其实没有到过岳阳楼，但是他写出了《岳阳楼记》，因为这篇文章，岳阳楼被人知道了。昆明滇池边的大观楼有一副对联，号称天下第一名联，共一百八十个字，也被誉为天下第一长联。南湖烟雨楼昔日有一副对联，共二百六十二个字，论字数，比天下第一名联还长。昆明大观楼的那副对联之所以是天下第一名联，不是因为长，而是因为写得好。

如果没有孙髯（rán）翁作的长联，滇池的大观楼还有什么吸引我们？

与烟雨楼对话

我们来读一下天下第一名联：

五百里滇（diān）池，奔来眼底。披襟岸帻（zé），喜茫茫空阔无边！看：东骧（xiāng）神骏，西翥（zhù）灵仪，北走蜿蜒，南翔缟（gǎo）素。高人韵士，何妨选胜登临，趁蟹屿螺洲，梳裹就风鬟（huán）雾鬓；更苹天苇地，点缀些翠羽丹霞。莫孤负：四围香稻，万顷晴沙，九夏芙蓉，三春杨柳。

数千年往事，注到心头。把酒凌虚，叹滚滚英雄谁在？想：汉习楼船，唐标铁柱，宋挥玉斧，元跨革囊。伟烈丰功，费尽移山心力，尽珠帘画栋，卷不及暮雨朝云；便断碣残碑，都付与苍烟落照。只赢得：几杵（chǔ）疏钟，半江渔火，两行秋雁，一枕清霜。

一座楼成为千古名楼，往往不是因为它高大，而是它等来了一个人。大观楼等来了孙髯翁，有了天下第一名联；滕王阁等来了少年王勃，有了《滕王阁序》；黄鹤楼等来了崔颢，写下了连李白都自叹不如的千古绝唱"黄鹤一去不复返，白云千载空悠悠"；岳阳楼等来了范仲淹，写了《岳阳楼记》。

可惜了南湖烟雨楼，一千多年来，一直没有等来这个人，没有等来一篇可以传诵的《烟雨楼记》，或者一首《烟雨楼》，烟雨楼还在等。但它已经等不来范仲淹，不会有像《岳阳楼记》一样的《烟雨楼记》了；它也等不来崔颢了，不会有"白云千载空悠悠"，只能有"湖烟湖雨荡湖波"了。

一个人、一首诗、一篇文章与一座楼、一个湖，构成的精神关系，如此神秘，如此美好，可以横贯几千年。如果说王勃是为滕王阁而生的，崔颢是为黄鹤楼而生的，孙髯翁是为大观楼而生的，那么，烟雨楼虽然也来过很多名人，但迄今为止它并没有等到为它而生的人。孙髯翁为大观楼写的一百八十个字足以留名后世，"五百里滇池""数千年往事"，这两句从空间到时间，有气势，有感慨，一百八十个文字将自然和人文融为一体，后人难以超越。有时候就是这么简单，写得好，不用说一百八十个字，二十个字就够了，如王之涣的《登鹳雀楼》。烟雨楼还没有什么传世之作，所以你们还有机会成为烟雨楼第一人。自宋以来，还没有出现写烟雨楼写得特别好的作品。这留下一个巨大的缺憾，也留下一个巨大的空间——表达的空间。这种可能性留给了将来的人，包括你们。

今天你们也许不可能用崔颢的形式，不可能用孙髯翁的形式，不可能用王勃的形式，当然也不太可能用范仲淹的形式来写烟雨楼，但是你们可以用徐志摩的形式、金庸的形式，用白话写一篇与烟雨楼对话的《烟雨楼记》。

我们先来看一下，过去的人到嘉兴南湖写过些什么。有一首诗叫《南湖烟雨》，这是清代同治年间嘉兴知府许瑶光写的。在这个湖心岛上有一座亭子叫来许亭，等一下你们可以去找一下来许亭。有两个人很喜欢湖心岛上烟雨楼这一带。一个是许瑶光，另一个就是乾隆皇帝。乾隆六下江南，八次登上烟雨楼，我们刚进来就看见了乾隆御碑。乾隆至少写了十四首诗，刻在了御碑上，可惜我们一句都记不住。你们为什么能记住"白云千载空悠悠"？为什么能记住"欲穷千里目，更上一层楼"？写得好才能记得住，更重要的是值得去记。一篇好文章，连那些看起来无足轻重的开头，比如"庆历四年春""永和九年""壬戌之秋"，我们都能朗朗上口。值得，好，忘不了。

乾隆皇帝很可怜，他是皇帝，却希望后人记住他是个诗人，他一生写的诗比陆游还多。我们都知道中国文学史上陆游留下的诗将近万首，而乾隆皇帝有好几万首。乾隆至少为南湖写了十四首诗，但一首我们都记不住。许瑶光为南湖八景写了八首诗，《南湖烟雨》中"湖烟湖雨荡湖波"这一句，我觉得还好，就拿来做了题目。他在嘉兴十年，重视民生，重教育，口碑很好，可以说，南湖等来了一位好的地方官。但是南湖一直没有等来像王勃、王之涣、崔颢这样的人。

自古以来，许多诗人来过南湖，在烟雨楼出现之前，唐代诗人刘长卿就来过南湖，并写了一首《南湖送徐二十七西上》。一起来读一下：

南湖送徐二十七西上
（唐）刘长卿

家在横塘曲，那能万里违。
门临秋水掩，帆带夕阳飞。
傲俗宜纱帽，干时倚布衣。
独将湖上月，相逐去还归。

刘长卿有一首很有名的五言绝句《逢雪宿芙蓉山主人》，其中"柴门闻犬吠，风雪夜归人"大家都会背诵。这首《南湖送徐二十七西上》，就没有那么好。

宋代时，苏东坡来过南湖，大家都知道他写西湖写得好，关于南湖他也写过《至秀州赠钱端公安道并寄其弟惠山山人》。好长的题目，诗也长，我节选了几句，我们来读一下：

至秀州赠钱端公安道并寄其弟惠山山人
（宋）苏轼

鸳鸯湖边月如水，孤舟夜傍鸳鸯起。
…………

山头望湖光泼眼，山下濯（zhuó）足波生指。
…………

这是大名鼎鼎的苏东坡写的，也没那么好。我们再读一首杨万里的。说起杨万里，你们可能马上想起了他的"映日荷花别样红"。我们来读他的《烟雨楼》：

烟雨楼

（宋）杨万里

轻烟漠漠雨疏疏，碧瓦朱甍（méng）照水隅（yú）。
幸有园林依燕亭，不妨蓑笠钓鸳湖。
渔歌欸（ǎi）乃声高下，远树溟濛色有无。
徙倚阑干衫袖冷，令人归兴忆莼鲈。

杨万里写的也不过如此，其中"渔歌欸乃声高下"这句，我觉得很生动、很活泼，"远树溟濛色有无"写得也不错，但就整首诗来说，没有那么出色。

读了苏轼、杨万里的诗，难道我们要得出一个结论——南湖难写，西湖好写？为什么他们到南湖写出来的诗就没那么好，在西湖却可以写得那么好？同样是苏东坡，同样是杨万里，难道南湖就这么不受待见吗？是不是他们游南湖时走马观花，南湖对于他们只是过客而已，没有那么深的感情？

还是在宋代，有一个人，这个人很喜欢南湖——如果你很喜欢一个地方，你会做什么？你会选择住在那里吗？——他叫朱希真。他来了，他太喜欢南湖了，太喜欢湖中的小岛了，他决定隐居在这里不走了。那时他已六十五岁，他成了湖上的隐居者、垂钓者。这首《好事近》就是他写的，我们来读一下：

好事近
（宋）朱希真

失却故山云，索手指空为客。
莼菜鲈鱼留我，住鸳鸯湖侧。
偶然添酒旧壶卢，小醉度朝夕。
吹笛月波楼下，有何人相识。

这首词有点儿生活气息，有点儿可爱。因为他生活在这里，这里面有莼菜、鲈鱼，有酒，有笛声，有月亮，这是朱希真归隐南湖后的生活。他是真正属于南湖的，与那些只是留下匆忙脚步的游客不一样。

我们读的这些诗中，又是南湖，又是鸳鸯湖，还有鸳湖，什么原因？这说起来比较复杂。嘉兴有很多湖，这些湖之间是相通的，明代分鸳鸯湖、南湖，现在我们说的南湖就包含了鸳鸯湖。

明末清初，诗人吴伟业来了，写了一首《鸳湖曲》。他写过一首很有名的《圆圆曲》，其中有名句"冲冠一怒为红颜"。在关于南湖的古诗中，《鸳湖曲》算是写得好的，我们来读一下：

鸳湖曲

吴伟业

鸳鸯湖畔草粘天，二月春深好放船。
柳叶乱飘千尺雨，桃花斜带一溪烟。
烟雨迷离不知处，旧堤却认门前树。
树上流莺三两声，十年此地扁舟住。
主人爱客锦筵开，水阁风吹笑语来。
…………
酒尽移船曲榭西，满湖灯火醉人归。
朝来别奏新翻曲，更出红妆向柳堤。
…………

可惜长了一点儿。到现在为止，唐宋元明清关于南湖的诗，我们几乎筛了一遍，能不能找出一首能马上背下来的诗啊？找不出来。所以，我说南湖、烟雨楼还在等待。等谁？等未来的人，等那个属于它的人。什么时候才能等到呢？不知道。也许未来的某一天，你们中有人写出一篇《烟雨楼记》或者《南湖记》，配得上这个楼、这个湖。

也是在明末清初，经历了国破家亡痛苦的张岱写了一本《西湖梦寻》，还有一本《陶庵梦忆》，其中就有一篇《烟雨楼》。我们来读一下：

嘉兴人开口烟雨楼，天下笑之。然烟雨楼故自佳。楼襟对莺泽湖，淫淫蒙蒙，时带雨意，长芦高柳，能与湖为浅深。湖多精舫，美人航之，载书画茶酒，与客期于烟雨楼。客至，则载之去，舣（yǐ）舟于烟波缥缈。态度幽闲，茗炉相对，意之所安，经旬不返……

关于烟雨楼，在传世的古文当中，张岱的这篇写得最好，但比起他的《湖心亭看雪》，这篇还是显得平淡了。"嘉兴人开口烟雨楼，天下笑之。"这句很有意思，在嘉兴人心目中，烟雨楼显然是他们的骄傲。张岱说天下人笑他们，但他接着说"然烟雨楼故自佳"。

傅国涌和童子们在烟雨楼

你们觉得烟雨楼好在哪里？登斯楼也，有没有去国怀乡的感想？有没有看见"湖烟湖雨荡湖波"啊？如果你们什么都没看见，只看见了垃圾，烟雨楼在你们的眼中只有垃圾，这个世界就是由垃圾构成的。说到底，世界是由垃圾构成还是由钻石构成，取决于什么？取决于你有没有一颗钻石的心。如果你只有一颗垃圾的心，这个宇宙就是由垃圾构成的。这话不是我原创的，爱因斯坦曾经对哲学家费格尔（H. Feigl）说过一句话："要是没有这种内部的光辉，宇宙不过是一堆垃圾而已。"内部的光辉就是人的心灵、精神世界。假如你的心是由垃圾构成的，这个宇宙在你眼里也不过是个大垃圾；如果你的心是由钻石组成的，这个世界就是个钻石的世界。你在烟雨楼上看见了什么，你的心里就有什么。如果你在楼上什么也没看见，那问题就太大了，因为你的心里什么也没有。

当然，这个世界垃圾太多了，在烟雨楼前，我也看到了醒目的垃圾箱。但是，垃圾箱之外，我还看见了果实、桂花、石头……如果看不见这些，只看见垃圾箱，就太遗憾了。我们今天难道是为了看垃圾箱来的？我们到南湖烟雨楼来看垃圾箱，我们的文章标题如果是这样，那就太"垃圾"了。所以，重要的不是眼前有没有垃圾，而是你的心里是不是有垃圾。一个人的心里装的是垃圾还是钻石，靠什么来鉴别？有的人用一生的时间将自己的心最后变成了一个垃圾箱，把所有的垃圾装在里面，失去了内部的光辉，或者内部从来就没有光辉，然后被拉到火葬场烧掉了，烧掉后也是垃圾。有的人把自己的心变成了一颗钻石，虽然最后也被拉到火葬场烧掉了，但是烧掉的只是他的躯壳，就像爱因斯坦，内部的光辉是烧不掉的。世界就是如此简单。试问，张岱被烧掉了吗？苏东坡被烧掉了吗？千千万万的垃圾被烧掉了，连灰烬也没有留下。这个世界很残酷，一个人最终能不能超越垃圾，拥有内部的光辉，要靠你一生的努力。当然，如果你画不出凡·高那样的画，也不能成为贝多芬那样的音乐家，还写不出苏东坡那样的诗文，那就另辟蹊径吧。就是一生扫垃圾，也可以扫成钻石，扫成黄金；只要有一颗善良、纯洁、敬畏的心，把一件事做到极致，都可以拥有内部的光辉，这是由一个人做事的态度决定的，而不取决于职业、身份。

什么是态度？态度这个词每个人都会写，如果把态度拆开来，有几种态度？敬畏是不是态度？谦卑是不是态度？这些褒义词合起来，都可以叫态度。把所有的贬义词放在一起，可不可以构成态度？一样可以构成态度。褒义词叠在一起的态度，贬义词叠在一起的态度，就是两条道，一条是黄金道，一条是垃圾道，你在哪条道上是由你的态度决定的。什么叫态度？简而言之，态度就是你面对世界的方式，你面对人生的方式。李白的诗像白云，杜甫的诗像大米。李、杜的诗都写得好，同样写月亮，李白说"举杯邀明月，对影成三人"，那是无中生有；杜甫说"星垂平野阔，月涌大江流"，这是有中生有。无论无中生有，还是有中生有，都好，好法不同。李白天马行空，把天上的月亮邀请下来对饮一杯；而杜甫脚踏实地，在地上仰望星星、月亮。

我们转向白话文，看看民国人笔下的南湖和烟雨楼，先看褚问鹃的《鸳鸯湖之秋》。那时候，从上海到嘉兴坐火车不到两个半钟头，远远就能望见"烟波如画"，那就是嘉兴城外著名的鸳鸯湖，又叫南湖。

她说，从城里到烟雨楼，有两种选择，一种是坐"老太婆船"，三角钱直达烟雨楼；一种是坐"姑娘船"，起码要一元钱——一元起步，这一元可不同于我们今天的一元人民币。姑娘长得越漂亮，船的价钱就越高。那么最高的高到什么程度？竟有高到五六元以上的。"老太婆船"就是年纪大的妇女摇的船；"姑娘船"倒不一定是姑娘来摇船，而是说这条船上有漂亮的姑娘。

到了烟雨楼，楼上可以喝茶。喝茶的时候，除了瓜子、花生，还有两碟烧卖，蟹粉的烧卖味道不错，"据说"是这里的特产。最重要的当然是在烟雨楼上看风景：

  俯瞰堤上，在野树参差的中间，有许多牵牛的藤，间着茑萝的红花绿叶，从这一棵树攀到那一棵树，造成无数的穹窿和屏障。这些藤蔓，飘拂着她们的长条和细叶，好像是人工扎就的綵子，远望岸边水际，萍花伴着红蓼，组成队伍似的，沿着湖身延长到不知终极，水无尽。这些锦绣的衣衫，亦无尽自然界的伟大，真不是渺小的我们，所能够加以测量的。

烟雨楼她以前来过吗？听她感叹："风景依然，而我们的韶华却已从暗中飞逝了不少。"就在凭栏眺望，生出一番感叹的时候，冷不防她的嘴被什么东西塞住了，是一只剥了壳的鲜菱。此处的菱就是中午你们吃过的菱角；鲜菱，就是没煮熟的，你们吃的是煮熟了的。这里的人会在船上一边采一边吃，但是炒熟了或煮熟了更好吃，这是嘉兴的特产、南湖的特产。我们来看她们吃的食物：

  翠绿的一盘子热气腾腾的熟菱被送上来，铜锅菱果然好吃，又糯又软，很温柔的，显出江南的风味。

到了晚上，南湖上传来了钢琴声：

……只听得远远有批亚娜（即钢琴）的声音，我们辨出这是萧邦①的夜曲，大家立刻肃静下来，一声不响地听他弹奏。

夜的孤寂而又幽怨的低语之声，衰弱但又充满希望，这些声响，从每一个音波的抖颤中间，经过水面而送入我们耳朵里的时候，只觉得听见的不是音乐，而是深藏在人类灵魂中的一些可宝贵的言语。他期待着，他忧伤着，一种温柔的热情呜咽地散布在寂寞的空间。

在琴声中她们听见了什么？是"深藏在人类灵魂中的一些可宝贵的言语"。她听见的不是一般的音乐，而是肖邦的夜曲，她听懂了"深藏在人类灵魂中的一些可宝贵的言语"。

琴声歇后，大家方从梦幻似的境界中回复过来，推醒了正在打盹的船娘，叫她送我们回去。九点左右的时候，月亮刚刚上升，一路波平如镜，在夜雾迷离中更加显出她的无穷幽美与无穷伟大来。秋天的夜景，真是值得留恋的，随便是一株芦苇也好，总是富于诗意而动人感念的，眼面前天与水之分野，只是动与静的不同，我们身坐船中，还以为是舟行天上咧。

好一个"舟行天上"，以这样的表述结束，接下来她们就坐夜班火车回上海了。她们看了湖，登了楼，吃了菱角、烧卖，还听了肖邦的夜曲。这篇《鸳

---

① 今译"肖邦"。

鸯湖之秋》发表在 1930 年 10 月 28 日上海的《申报》上。她们这一行，与我们隔了近九十年的时间，但她们与我们共享的是同一个南湖、同一个烟雨楼，吃的同样是菱角。更重要的是我们有共同的母语，我们之间似乎没有阻隔。虽然我们不是很熟悉这个作者，她是一个被遗忘的人，但当我的朋友范笑我从旧报纸中翻出这篇文章，我们在烟雨楼前重读它时，她们在南湖消磨的那一天就是活生生的，这是文字的力量。

我们再来读一篇《鸳鸯湖》，作者竖子，看来是个笔名。看到竖子，我们会想到"竖子成名"。我们读一下：

鸳鸯湖（节选）

竖子

秋深了！

秋的景色也将跟随着节气的推移而逐渐消逝了。翱翔太空南归的孤雁的凄鸣，深深地，深深地，撩起我无聊的情绪，而激起我的游兴。

鸳鸯湖，提起这一个名字，就怪使人陶醉似的。在过去，我也曾憧憬着那里的美丽妩媚的湖光，入诗入画的菱塘，我也曾幻想投到这怪使人陶醉的鸳鸯怀抱里去，可是为了生活的驱使，幻想终于是幻想，虽然近年来，频频来往于沪杭道上。这一个憧憬着的希望终于实现了。

他来的时间与我们更接近，是在十月十日的清晨，从上海乘火车到了嘉兴，在城里茶楼歇了脚，然后雇了小舟，朝着南湖中心的烟雨楼去了，接着就到了我们此刻所在的地方：

> 湖面上三五扁舟，好似毫无归依的，漂荡菱叶之间。凉风拂着面，和着欸乃之声，带来了村姑娘的隐约可闻的采菱歌。这一幅依稀如画的景色，是多么值得欣赏而富有诗意啊！再仰头回顾着太空，我们有如溶化在大自然之中一样，便遗忘了俗世。

这篇文章发表在1934年12月1日的《申报》上，作者也是从上海来的，我们不知道他是谁。他听见了"村姑娘的隐约可闻的采菱歌"，可惜就这么一笔，轻轻带过，没有详细去写凉风、菱叶和三五扁舟，以及这歌声与船的欸乃之声，如何让他暂时忘记了俗世。要是这篇文章，把重点放在这一段，写得更细致一些，就更好了。

很遗憾，我们今天只看见了人潮滚滚，没有听到村姑娘的采菱歌，也没有机会享受欸乃之声。为什么会有欸乃之声？木船是摇着进来的，木桨会发出欸乃之声。我们也是坐船过来的，我们听见的是什么声？是马达的声音，我们坐的是机械船。一切都在变化。你们觉得我们南湖烟雨楼这一行，有没有享受到诗意？有没有诗意取决于什么？取决于你是怎样面对南湖的，是怎样面对岛上的桂花的，是怎样面对这些果实的，而不取决于你是乘坐木船还是机械船进来的。诗意并不取决于外部，而取决于内部。李白、杜甫活着的时候，他们处处能找到诗意。现在，顶尖的诗人照样还是有诗意的，人对了诗就在。诗不是从外而内有的，诗是从李白的心里流出来的，是从杜甫的心里流出来的，也是从还活在世上的真正的诗人心里流出来的。机器不会把诗意给毁掉。你们觉得毁掉诗意的是什么？是这个时代、人心，是人自身毁掉了诗意，因为你过的生活是没有诗意的。如果你过的生活像垃圾一样一团糟，怎么可能产生诗呢？当然垃圾也可能产生垃圾诗。《红楼梦》里最好的诗人是谁？林黛玉。《红楼梦》里也有垃圾诗人，是谁？就是薛蟠。他这个人很垃圾，诗也垃圾，垃圾人写出垃圾诗。

我们来南湖能不能感受到诗意，不是由木船或机械船决定的。这个时代，在这个地方如果我们仍然能感受到诗意，我们是可以超越那些听见过欸乃之声的人、那些听见过隐约可闻的采菱歌的人。我完全相信，今天晚上，你们当中一定有人能写出比游学手册上更好的白话文。我们可以超越前人，因为最好的白话文还没有产生，所以你们有机会。

我们再来读一篇《南湖杂记》：

嘉兴去。我们不是特谒（yè）三塔寺，更不是久仰八美阁，而唯一的目的是一览南湖的胜景。天是晴的，气是朗的，明知这样天气，并不至有什么"烟雨"。但不管"烟"也好，日也好，"雨"也好，晴也好，南湖的风景都各有它的好处。如果太过神经质，一定要"拖泥带水"游览南湖的"烟雨"，那末，未免上古人的大当。

写湖中胜景，作者是从一条"小舟"开始的：

小舟是摆渡式的，比不上西湖的游船，比不上秦淮的画舫，水波给橹荡成许多绉（zhòu）纹，游人的心绪也和水波同样，一起一伏而至模糊。

菱青青地满布全湖浅处，菱子还没有成熟。

菱子没有成熟：

"要食南湖菱吗，先生？"船妇对我们说，"等着湖放时再来罢。——那是六月二十四日或七月七日（阴历）。"

我们来时，菱早就熟了。
他们先到了来许亭，看到了许瑶光的《南湖烟雨》：

　　　　湖烟湖雨荡湖波，湖上清风送棹歌。
　　　　歌罢楼台凝暮霭，芰荷深处水禽多。

他们还看到了来许亭一副对联：

　　如此好楼台，宜晴宜雨宜月宜风，与诸君随遇徜徉，非必赏心乐事；
　　这般乱世局，或哭或歌或鼓或罢，愿我辈及时支拄，莫教腾笑湖山。

一诗一联吸引了作者，面对对联中的"乱世局"，他在1935年说：

好似为现在写照。再看年月是同治癸（guǐ）酉（yǒu）年题的。今年恰好也是癸酉年。所分别的那是专制时代的癸酉年，这是民国的，而"好楼台""乱世局"可有什么分别呢。真使人多几分感慨。

接下来他们登上了烟雨楼：

好了，我们终于登上了南湖著名的烟雨楼。楼建得很美观，楼上横额曰"烟雨楼"，楼下横额曰"楼台烟雨"。由楼头望下湖心，水畔的荷花、堤边的杨柳，还有楼外的小桥、天际的远塔。这里如果在烟雨中看去，可有什么意味呢？

好了，我们也终于登上了烟雨楼。他们看见了水畔的荷花、堤边的杨柳、楼外的小桥、天际的远塔，还看见了楼下挂的一篇《烟雨楼序》，那是仿《滕王阁序》写的。显然他们对这篇《烟雨楼序》不满意，说了一句：

我觉得中国文人多是好弄文墨的。我们对这篇《烟雨楼序》，除了说一声"通"字外，还有什么话呢？

你们在烟雨楼都看见了什么？看见什么就是什么，因为你看见什么很要紧。你看见空气了吗？空气像桂花的样子，长得像桂花的空气我倒是看见了。好了，我们来读一下潘菊英的《烟雨楼速写》：

在嘉兴的南边，有一个如镜的南湖，不知有多少宽大，中间有一个泥墩，上面筑了一座很大的楼，这就是所谓烟雨楼。周围筑了一条道路，旁边种着桃、李、柳等树，路旁还有各种吃食店。此楼一共两层，下层可以吃茶，上层可以吃酒饭。在楼上极目远望，城中的房屋，可以看得很清楚。在夏天的时候，更有一阵阵的清风，从湖中不绝的吹来，带来缕缕的清香，使人感到分外的舒适。

在烟雨楼前

"缕缕的清香"，朱自清1927年写的《荷塘月色》里面就有一句"微风过处，送来缕缕清香，仿佛远处高楼上渺茫的歌声似的"。潘菊英是1937年写的这篇文章。我们接着读：

　　所以在夏天的傍晚，就有许多男女坐着小船在湖中荡着。我们远远望去，如一片片的树叶，在湖上漂浮。因为湖水是深绿色，船身是白色的，所以又像三三两两的白鹅在水面游泳一般。自己没有船的人，也可以雇船的，每只船上都有一个船娘。雇船的人，常与她胡调，从这胡调中得到些微微的快意。顾客以为是很得意了。

　　…………

　　讲到这楼的景色，在阴雨天最好，在楼上望去，只是烟雾茫茫，细雨迷蒙，望到湖边的房屋，只是烟雾弥漫，若隐若现，故名烟雨楼。听说清乾隆皇帝曾经到过三次，现在这里面还留着他的字迹，益为此楼生色不少。

　　这湖中还有一种有名的出产，就是所谓南湖菱。这菱种很大，又很白嫩，壳非常薄，每年的产量很多，运销外埠，为数亦巨。

　　说到那些小船在湖上漂浮，他用了几种比喻？远远看去，小船就像一片片树叶，又像三三两两的白鹅。他说烟雨楼最好在细雨迷蒙中来看，我倒也同意。但烟雨楼这段太简略了，《烟雨楼速写》真的只是速写。

　　现在我们来看看少年时代在嘉兴中学读书、后来成为武侠小说家的金庸在武侠小说《射雕英雄传》和《神雕侠侣》中是怎样写南湖和烟雨楼的。到目前为止，白话文里写南湖写得最好的就是他。他不是为了写南湖而写南湖，南湖只是他小说里人物活动的场景，将虚构的人物带到他少年时熟悉的南湖来。我们读《射雕英雄传》中的两段：

……湖面轻烟薄雾，几艘小舟荡漾其间，半湖水面都浮着碧油油的菱叶，他放眼观赏，登觉心旷神怡。这嘉兴是古越名城，所产李子甜香如美酒，因此春秋时这地方称为醉李。当年越王勾践曾在此处大破吴王阖（hé）闾（lú），正是吴越之间交通的孔道。当地南湖中又有一项名产，是绿色的没角菱，菱肉鲜甜嫩滑，清香爽脆，为天下之冠，是以湖中菱叶特多。其时正当春日，碧水翠叶，宛若一泓碧玻璃上铺满了一片片翡翠。

完颜洪烈正在赏玩风景，忽见湖心中一叶渔舟如飞般划来。这渔舟船身狭长，船头高高翘起，船舷上停了两排捉鱼的水鸟。完颜洪烈初时也不在意，但转眼之间，只见那渔舟已赶过了远在前头的小船，竟是快得出奇。片刻间渔舟渐近，见舟中坐着一人，舟尾划桨的穿了一身蓑衣，却是个女子……

我们前面读了好几篇白话文，关于南湖的，关于烟雨楼的，几乎都讲到了南湖菱，南湖菱太有名了。读到"船舷上停了两排捉鱼的水鸟"，我想起了朱生豪一封信里面讲到的——黑羽的捉鱼的水鸟。朱生豪生于 1912 年，金庸生于 1923 年，他们的共同经历是在民国那个时代，捉鱼的水鸟他俩都见过，他俩分别写在了书信和小说里。这段描写了南湖的菱，以及一叶如飞般划来的渔舟、划桨的江湖女子……有虚有实，又句句落实，仿佛这一切都正在发生似的。

我们再来读金庸《神雕侠侣》的开篇：

"越女采莲秋水畔，窄袖轻罗，暗露双金钏（chuàn）。照影摘花花似面，芳心只共丝争乱。

鸡尺溪头风浪晚，雾重烟轻，不见来时伴。隐隐歌声归棹远，离愁引着江南岸。"

一阵轻柔婉转的歌声，飘在烟水蒙蒙的湖面上。歌声发自一艘小船之中，船里五个少女和歌嘻笑，荡舟采莲。她们唱的曲子是北宋大词人欧阳修所作的"蝶恋花"词，写的正是越女采莲的情景，虽只寥寥六十字，但季节、时辰、所在、景物以及越女的容貌、衣着、首饰、心情，无一不描绘得历历如见，下半阕更是写景中有叙事，叙事中夹抒情，自近而远，余意不尽……

时当南宋理宗年间，地处嘉兴南湖。节近中秋，荷叶渐残，莲肉饱实。这一阵歌声传入湖边一个道姑耳中……只听得歌声渐渐远去，唱的是欧阳修另一首"蝶恋花"词，一阵风吹来，隐隐送来两句："风月无情人暗换，旧游如梦空肠断……"歌声甫（fǔ）歇，便是一阵格格娇笑。

…………

小船在碧琉璃般的湖面上滑过，舟中五个少女中三人十五六岁上下，另外两个都只九岁……

三个年长少女唱着歌儿，将小舟从荷叶丛中荡将出来……

金庸的武侠小说里写的南湖，随便摘出几个片段，都是那么饱满。他的白话文干净利落，进退自如，有动有静。动是什么？在这里什么是动的？少女们采莲、采菱,湖水、荷叶、莲肉、小船、歌声,有景有人有故事。论写南湖和烟雨楼,还是金庸写得好,前面几篇从民国报刊上选出的文章,比起金庸这些文字还是有距离的。金庸是被南湖熏陶过的少年,他当年在嘉兴中学念书时常来这里。他写《射雕英雄传》的时候,就把比武的场地选在烟雨楼,这里有他的少年记忆,最后化作他笔下的神奇的武侠小说。

好了,最后我想问一下:"烟雨楼"的名称从哪里来?

(童子:杜牧的"多少楼台烟雨中"。)

好,我们这堂课就上到这里。

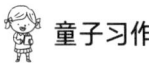
童子习作

鸳鸯的遗憾

金恬欣

南湖烟雨几时无?

湖畔鸳鸯几时归?

我是一只南湖的鸳鸯。

自古以来,便有鸳鸯成双的传说。神仙眷侣——不过是人们的美好愿望。而我,却独自一人。

南湖不大,不过几朵莲花、几叶扁舟而已;南湖不小,无际无涯的水波,漫无终点的彼岸。平日里,我总是随着游船,无目的地在水上散步,远远观望那岛上的烟雨楼。

许多人到这里,常常是因为鸳鸯湖上的烟雨楼。

苏轼来到这里,却找不到赤壁的豪情万丈,西湖的婉约更是无处追寻；张岱为此处停留，但那胸中的千百思绪都在提笔间化为幻影；杨万里看到鸳鸯湖的残荷，心中没有"蜻蜓立上头"的生趣，唯有轻烟漠漠雨疏疏的漠然与冷清……

南湖缺了一个角——就像纸上的一角留白，无人填补。

或许是没有了烟雨的缘故吧，不知从何时起，那令嘉兴人分外骄傲的烟雨楼，已没了昔日的神韵。

今日虽下了一场雨，雨后，天空罩着一层浓阴，雾照样有，却也添了几分霾。烟雨楼尚在，烟雨却不在了，只留下浓阴的天空。

在一天又一天这样的生活之中，我孤独地老去。

也许人生就是这样吧：鸳鸯不成双，名楼无名文，烟雨楼无烟雨。正因为有遗憾，才值得追求。没有遗憾的生活也并不完美，有缺角才叫人生。

我死了。今晚的月亮不圆，月色却很好，就像我有遗憾的"人生"。

湖烟湖雨荡湖波

曾子齐

烟雨楼在两棵银杏下静立，千年岁月化作一片片银杏叶与烟雨共生。

——题记

湖　烟

登上烟雨楼，只觉眼前一片烟雾环绕，这种神奇的景象在楼外是不可见的。烟雨楼上看湖，湖面是模糊的，清风拂过，也看不见涟漪，只有淡淡的几条阴影忽现。两畔的柳枝似乎也被虚化了，只能发觉一两点绿中带黄的秋意。纵使是晴天，湖烟也始终笼罩着这片"远树溟濛色有无"的鸳鸯湖。一切都是隐隐约约的，如醉如痴，如梦如幻。

湖　雨

今日无雨，却胜似有雨。空气是那么干净，似乎尘土早已被雨水带去。风中夹杂着雨后的清香，这味道虽然很淡，却也让人心旷神怡。"湖雨"坠入心间，滋润了我的幻想，又为南湖之梦增色不少。

湖　波

若你是鸳鸯湖上的一叶小舟，你就可以深切地体会到湖波的魅力。徜徉在南湖之上，湖波在你的身旁荡漾，一上一下。风吹皱平静的湖面，醉了游人与船只。

烟雨楼美到了极致，便是黄金。如果说，诗意给了南湖一分美，那它产生的黄金态度又组成了另外九分美。

三者结合，南湖、烟雨楼岂能不美哉？

烟雨楼记

郭馨仪

小舟划开波浪，浊黄的湖水呻吟着。烟雨楼，无烟无雨，灰瓦朱墙，彩绘的浮雕犹似吊起的眼角。登上二楼，目光从近处扫向远处，灰瓦一字排开，夹杂着青苔，还有凌乱的草、一棵棵摇头晃脑的树。灰扑扑，绿茵茵，阳光下它们都淳朴得不像样子。南湖的水波，似乎将黄、蓝、青糅在一起，再抹上一层淡淡的金，一种好怪的颜色，就像洗过水彩画笔的水，却让人毫无来由地想到菱角的鲜甜味儿。

来许亭中，许瑶光先生正板着脸坐在画框里，黑白的图像禁锢了他。严肃归严肃，庄严倒庄严，可偏少了那份"湖烟湖雨荡湖波"的灵巧气韵。

游人如织，烟雨楼不动；游人散去，烟雨楼仍不动。人们不知道，烟雨楼在等一个人。

烟雨楼的等待

冯彦臻

烟雨楼一直都在等待，等待一个人的到来。

烟雨楼看见岳阳楼有范仲淹，滕王阁有王勃，很不甘心。烟雨楼心想：我与这两座楼一样有名，它们都有为自己而生的人，我却一直没有，这是为什么呢？

烟雨楼一直在等，等待为它而生的那个人。

苏轼来了。烟雨楼想：苏轼这么有名，一定可以为我写出好诗的。但是看了苏轼的诗，烟雨楼不满意了，说："这诗只有几句不错，而且题目那么长，怎么比得上《岳阳楼记》和《滕王阁序》？"

于是烟雨楼继续等。

"渔歌欸乃声高下，远树溟濛色有无。"杨万里来了。烟雨楼看了看，说："这句不错，只可惜，这句是写南湖的，并不是写我的。南湖真幸福，写它的人总比写我的人多！"南湖听了，说："唉，写我的人虽多，可没有什么诗文能流传千古。"

听了南湖的话，烟雨楼想了想，觉得确实如此，而且南湖比自己等的时间还长，南湖都还在坚持，自己更应该坚持等待了！

于是，烟雨楼继续等待。

又过了几百年，一个名叫吴伟业的人来了。烟雨楼想：就是他了吧！可烟雨楼又失望了，吴伟业的诗太长。

就这样，烟雨楼到现在都没等到那个为它而生的人。

或许多年后，也可能是不久后，它就会等到，等到那个为它而生的人。

我和友人

解芷淇

一阵轻风吹过，几片树叶落在我的身上，我是烟雨楼。

我是一座古香古色的两层建筑，处处有岁月留下的刻痕，黑瓦在我头上铺着。一块刻着我名字的木匾横在我胸前，我身边的走廊是朱红的，时不时还会掉一地红漆。我身边曾经清澈的湖水变浊了，曾经茂盛的莲叶枯了，绿草换作了沙砾。

我的记忆中，一位皇帝多次来看我，为我写诗，还刻在石头上，但他的诗没有多少人去读。后来，我听说了岳阳楼，还有大观楼等和我一样的名楼，但它们是有灵魂的，它们有了我没有的东西——一位爱它们的人、一首诗、一副对联，或一篇文章，总之是能给予它们灵魂的东西。我一直在等待那个人的出现，可是我很失望。刘长卿来时，我还没有诞生，不过他写南湖的诗也没那么好；苏轼的诗题目太拗口；杨万里的诗倒还有两句不错，但整首诗是一般的。还要过多久我才可以见到爱我的人和为我而作的诗呀？

就这样我等了许久，终于一位名叫金庸的人在《射雕英雄传》里写到了我，写得很好，太让我开心了。但还没等我向他问好，他就去了天堂。

我是烟雨楼，天天都会有事儿愁，如今未得好诗人，眼前湖边小浪潮。

江山入画·蝶恋花

陈姝含

打开卷轴，是一枝南湖花，它一直在等待，等待一只蝴蝶，跳入画中。

江山

烟雨楼外，我想涂抹几笔江山。倘若湖边有几片荷叶，就可以借荷叶上的露水，先描出江山的轮廓，再一网打尽湖上风光，使那些原本空虚的事物，更有诗意；说不定无中生有之后，江山也能入画。

入画

卷轴上原本有一枝南湖花，但乍一看，似乎少了点儿风味。把一抹江山放在南湖花的后面，也不一定是幅好画。不如就画一个南湖，南湖花受着南湖熏陶，再受点儿江山气质，说不定，也能入画。但如今，这入画的好像是人，不是南湖；不过也因为如此，南湖花有了另一道风味。要入的应是画，并非江山。

蝶恋花

江山外，若南湖花真有另一番风味，那还差点儿动态；花是静止的，如果将一个小事物放入这幅画中，掺点动态，也就差不多了吧？要不就在南湖花旁，放几只暗恋着这花的蝴蝶，也妙趣横生了。这南湖花若是烟雨楼，蝴蝶就是人了。蝶恋花，就是人恋烟雨楼，将卷轴补些人群，人与烟雨楼的亲密算是"江山入画·蝶恋花"。

南湖千载空悠悠

付润石

"嘉兴人开口烟雨楼，天下笑之。"如今我们来到这"天下笑之"南湖烟雨楼，只不过不是泛舟，南湖也没有烟波浩渺的景色。岛上的烟雨楼，也不再神秘。

有人说我们"上了古人的大当"，我并不这么觉得。若只看湖畔一座座钢筋水泥的大厦——那样高，那样丑，那样毫不羞耻地立在那里——真是有负于南湖啊！但那一碧万顷的南湖和亭亭玉立的烟雨楼，真是美得如前人所述。湖畔的垂柳还绿得耀着光，不改春日的色彩；湖心小岛上金黄的银杏树，此刻还沉浸在飘零的淡淡忧伤中，它金黄的叶子写满千年来的历史……

湖水，银杏，碧色的天空，一只忽上忽下的飞鸟，掠于碧、黄、蓝之中。烟雨楼还是很孤独的。尽管千年来人们建了又折，折了又建，如今又给它加了钢铁水泥的身板，似乎再立千年也不是问题。可惜千年来虽然人潮汹涌，烟雨楼却没能等来一个知己，无法减轻这孤独。试问千年来多少诗人在这里题过诗？只是无一人知其心矣！

苏轼、杨万里、张岱，许许多多的文人走过，烟雨楼还是烟雨楼，南湖还是南湖。它也许真有半个知己，那就是白云，一片偶然映于波心的云。烟雨楼的孤独，只有头上的白云和北归的孤雁能与它共享。

南湖以后是否会有知己？也许年复一年，只是多些游人和售票员。南湖以前可能有些朋友，但不曾像范仲淹那样轰轰烈烈，他们平平淡淡，闲话渔樵。南湖等了千年，知己没有等到，自己形象却越来越糟——没有了白菱、芦苇荡，甚至连采菱的越女也悄无声息地没了……

南湖千载空悠悠，与黄鹤楼相比，它也许没有"悠悠"，只有"忧忧"。长联、诗句、亭台……在烟雨楼的岁月中匆匆逝去，只留下几多愁。游人来了又去，白云停了又行。南湖、烟雨楼还要再等多久？还要再忧愁多久？

烟雨楼与银杏树

罗程梦婕

我是一棵银杏树，立在烟雨楼前的一棵百年老树。我每天的任务就是与我的同伴一起守护着烟雨楼。

烟雨楼周围有小桥流水，还有拂堤杨柳。杨柳静静地站在湖边，一边对着湖水照镜子，一边等待着似剪刀的风儿为它们整理枝条，真是一派美景！"叽叽喳喳！叽叽喳喳！"鸟儿在柳树上做巢，为美丽的景色唱着赞歌；风儿也吹了过来，为人们送来清凉。站在烟雨楼上的人们议论着烟雨楼的历史，他们有的叹息，有的露出笑颜。

　　我在此站立了很久，烟雨楼一直那么沉默，这让我迷惑不解，它好像在等待着谁似的。突然，一只鸟儿飞来，让我弄了个明白。在我之前就有这座烟雨楼。它立在那些小房子之间，又美又高大，可以说是嘉兴的名胜了，外地也有不少人知道嘉兴这座烟雨楼，可是它还是没有岳阳楼和黄鹤楼那么有名，它没有范仲淹的《岳阳楼记》，没有崔颢的《黄鹤楼》，它只有"烟雨楼"这个取自"多少楼台烟雨中"的名字而已。它在等待，等待着为它写出千古名句的人。

　　风吹过柳梢，发出阵阵"沙沙"的声音。我望着那烟雨楼，望着眼前的一切，笑了。

二、莎士比亚在嘉兴——朱生豪篇

先生说

有个剧本叫《莎士比亚在嘉兴》，这个题目真是好。莎士比亚不在北京，莎士比亚不在上海，莎士比亚在嘉兴。我们此行来嘉兴，很重要的一个目的就是来看莎士比亚在嘉兴，中国翻译莎士比亚作品较早的朱生豪就是嘉兴人。

我们现在来到了朱生豪的故居。

在朱生豪故居门前合影

林纾（林琴南）不懂英文，却翻译了上百种西方文学作品，他靠什么？靠懂英文的人讲给他听。但他才是翻译家，其他人只是协助他而已。所谓"译才并世数严林"，严为严复，林为林纾。严复与林纾为同乡，严复曾留学英国。林纾成为翻译家靠的是母语好，这种情况在今天这个时代几乎不可能了。

朱生豪是懂英文的，但他能成为一流的翻译家，首先也是因为母语好，而不是英文好。母语好，他才能用典雅的白话文来翻译莎士比亚的剧本，他的中文版莎士比亚剧本早已成为经典。

关于朱生豪，我们从哪里开始讲起呢？先来读他的一首诗《吹笛人》：

吹笛人

朱生豪

请给我们唱一支歌吧——
唱一支歌儿，把五月赞美，
可爱的燕子将要归来，
来自那辽远，辽远的大海。

请给我们唱一支歌吧——
唱一支歌儿，把欢乐召唤，
却不要忘记冬天，
浸透着我们泪水的冬天。

请给我们唱一支歌吧——

唱一支歌儿，让爱永不凋丧，

草叶上露珠在闪亮，

女郎的眼中在放光。

这是朱生豪先生大学时写过的一首情调欢快的英文小诗，后译成了中文，他是一位诗人，后来又成了一位翻译家。他有很好的母语根基，早在之江大学念书时，就深得他的老师夏承焘先生赏识。夏承焘甚至说："之江办学数十年，恐无此不易才也。"意思是之江从来没出现过像朱生豪这样的学生，可见评价之高。夏承焘是什么人？夏承焘被誉为"一代词宗"，在词学研究上有重要建树，是古典文学领域早一代学者。刚才我们读朱生豪的那首诗，也许还不能体会他的白话文的造诣，现在我们来读他写给女朋友——后来的妻子宋清如的一封信：

……高小一毕业，我便变成孤儿了，因此一生中最幸福的时间便是在自己家内过的最初几个年头。我家在店门前的街道很不漂亮，那全然是乡下人的市集，补救这缺点的幸亏门前临着一条小河，通向南湖和运河，常常可以望那些乡下人上城下乡的船只，当采桑时我们每喜成天在河边数着一天有多少只桑叶船摇过。也有渔船，是往南湖捉鱼虾蟹类去的，一只只黑羽的捉鱼的水老鸦齐整整的分列在两旁，有时有成群的鸭子放过。也有往南湖去的游船，船内有卖弄风情的船娘。进香时节，则很大的香船有时也停在我们的河埠前。

这不过是一封普通的情书,讲述他少年时的所见,不是什么正式的文学作品,就这么随意写来,干净利落,又很具体,处处都是细节。信中讲的就是我们现在所在的老屋周围,乡下人那个时候上城下乡都是通过水路。这里有各样的生活场景,捉鱼的黑色羽毛的水老鸦,还有渔船、成群的鸭子,以及游船和卖弄风情的船娘,进香时节还有大的香船……这样的白话不是浮在面上的,而是生活里生长出来的,连着筋带着皮的,真实,有节奏,有动感。光是读这么一小段,你就会觉得很有作家范儿。我第一次读到这封信,就想起了叶圣陶《多收了三五斗》的开头:

万盛米行的河埠头,横七竖八停泊着乡村里出来的敞口船。船里装载的是新米,把船身压得很低。齐船舷的菜叶和垃圾给白腻的泡沫包围着,一漾一漾地,填没了这船和那船之间的空隙。

河埠上去是仅容两三个人并排走的街道。万盛米行就在街道的那一边。朝晨的太阳光从破了的明瓦天棚斜射下来,光柱子落在柜台外面晃动着的几顶旧毡帽上。

朱生豪这封信写于 1935 年,这样的白话文与大家熟悉的那些作家,比如叶圣陶、茅盾、鲁迅,所写的相比几乎没有什么落差。那时,朱生豪从之江大学毕业不久,只是个二十多岁的年轻人。我们接着往下读,可以看出他的这篇白话文的好来。

也有当当敲着小锣的寄信载客的脚划船,每天早晨,便有人在街上喊着"王店开船"。也有载着货色的大舢(shān)板船,载着大批的油、席子、炭等等的东西。一到朔望烧香或迎神赛会的节期，则门前拥挤得不堪，店堂内挤满了人。乡下老婆婆和娘娘们都头上插着花打扮着出来谈媳妇讲家常，有时也要到我家来喝杯茶。往年是常有瓜果之类从乡下送来的。但我的家里终年是很静的，因为前门有一爿（pán）店，后门住着人家，居在中心，把门关起来，可以听不到一点点市廛（chán）的声音。我家全部面积，房屋和庭园各占一半，因此空气真是非常好，有一个爽朗的庭心，和两个较大的园，几口小天井，前后门都有小河通着南湖，就是走到南湖边上也只有一箭之遥。想起来，曾有过怎样的记忆呵。前院中的大柿树每年产额最高纪录曾在一千只以上，因为太高采不着给鸟雀吃了的也不知多少，看着红起来了时，便忙着采烘，可是我已五六年不曾吃到自己园中的柿子了。有几株柑树，所产的柑子虽酸却鲜美，枇杷就太酸不能吃。桂花树下，石榴树下，我们都曾替死了的蟋蟀蜻蜓叫哥哥们做着坟。后园的门是长关的，那里是后门租户人家的世界，有时种些南瓜大豆青菜玉蜀黍（shǔ）之类。后园的井中曾死过人，禁用了多年，但近来有时也汲（jí）用着，不过乘着高兴而已，因为水是有店役给我们在河里挑起来的。有时在想象中觉得我的家简直有如在童话中一般可爱，虽然实际一到家，也只有颓丧之感，唤不起一点兴奋来。

你们是否知道，这堂课我们从这封信切入的原因？信中提到了哪些地方？他的家，他家的后院、前院。我们现在就在这封信里，在朱生豪的信里。

我们在朱生豪1935年的一封信里遇见了最好的白话文，遇见了朱生豪，遇见了后来的翻译家、永远的莎士比亚著作的译者。莎士比亚在嘉兴，换句话说，莎士比亚就在这个院子里。此刻，我们也在这个院子里。这里现在有什么？石榴树还在，桂花树还在，还有枇杷树。可惜此时，蟋蟀不叫了，叫哥哥也不叫了，也没蜻蜓在飞。那时，前院有大柿子树，还有柑树。朱生豪少年时享受过的虽酸但鲜美的果实，今天还能找到吗？都不在了。虽然还有枇杷树、石榴树、桂花树，但应该是后来种的，而不是朱生豪见过的。不过院子没有变，仍然是朱生豪童年、少年时记忆里的样子。这一刻他家后院的桂花正在开，我们就在桂花树下跟他对话，我们闻的是他少年时闻过的桂香。

与朱生豪对话

朱生豪把自家院中的一草一木、果实、昆虫都写在了这封信里。你们读过鲁迅的《从百草园到三味书屋》吗？鲁迅回忆自家的后院，那里有什么？碧绿的菜畦，光滑的石井栏，高大的皂荚树，紫红的桑椹，在树叶里长吟的鸣蝉，伏在菜花上的黄蜂，轻捷的叫天子（云雀），还有泥墙根一带的油蛉、蟋蟀、蜈蚣、斑蝥、何首乌藤、木莲藤、覆盆子……这些都曾带给他无限的趣味。少年鲁迅故乡的百草园几乎成了整个民族的共同记忆。朱生豪没有那么幸运，但你们很幸运，少年时就走进了少年朱生豪家的院子，见识的不仅是草木之美，还有白话文之美。

鲁迅写的是一篇散文，朱生豪当时只是给"好人"写一封信，想起了儿时的许多伤心和美好事而已。"好人"比他大一岁，是他的女朋友，他们都是之江大学的学生。当时朱生豪大学毕业不久，想起自己十岁丧母，十二岁丧父，小小年纪就成了孤儿，心里很痛苦；但当他想起自家前院后院那些树，还有那些果实——他吃过柿子，吃过虽酸却鲜美的柑子，这些都是他熟悉的，也许是他亲手采摘的，品尝过的——他的心里又是美好的。

他记忆中的这些细节是如此亲切，如此美好，包括他看到的这里种的南瓜、大豆、青菜，还有玉蜀黍，何况他家的前院和后院还通着南湖，通着外面的繁华世界，那个世俗的繁华世界和他家安静的院子是连在一起的。

当他的笔触及院子里的草木时，他是带着情感的。他写了哪些树？桂花树、石榴树、枇杷树、柑树、柿子树。重点写了结果子的那几种树，而且把味道分别写了出来，尤其是那棵大柿子树，每年产额最高纪录曾在一千只以上。这棵大柿子树成了他对他们家繁荣的一个记忆，那一树的柿子代表了昔日的繁荣，那时他有爸爸妈妈，有爷爷奶奶，家里人很多。后来爸爸妈妈死了，那棵柿子树也冷落了，他说自己已五六年不曾吃到自己园中的柿子了。以前，在这棵柿子树结出一千只以上的柿子时,那个家多美好,多有丰收的感受啊,那是一个像在童话中一般可爱的家。如今爸爸妈妈不在了,他一到家有种什么感受?他用了一个词——"颓丧",唤不起一点兴奋来。

作为一个孤儿,朱生豪身上有一种孤儿情结,他的内心非常敏感,对世界万物有一种独特的感受。中国许多作家,跟朱生豪有相似的出身和某些相似的气质。郁达夫童年丧父,鲁迅少年丧父。因为这样的经历会让一个孩子变得非常敏感,对人生有独到的体验,所以他们的不幸反过来又成全了他们。世上的事常有两面性,相反而相成。因为爸妈不在了,他必须学会独立,自己去争取未来,所以他变成了一个独立的人,一个靠自己来建立新生活的人。这个世界就是这么奇妙,谁有幸谁不幸,还不一定呢。当他写出这样的文字的时候,他的不幸就转化为文学史上的有幸,文学史上就有了一个朱生豪。

这样一个少年从这个院子里走出去,从柿子树下、桂花树下走出来,他要走出南湖,走出嘉兴,走到哪里去?走到西湖,走到杭州,走到钱塘江。之江大学在钱塘江畔六和塔附近,当年朱生豪念书的那些房子今天还在,那是中国很好的教会大学之一。之江大学重视英文,朱生豪的英文很好。之江大学教中文的教授像夏承焘先生这样的,也让朱生豪遇见了,这为他奠定了很好的古典文学根基。朱生豪出生于1912年,那是一个白话文时代。他是民国之子,是教会大学的学生。他童年时胡适等人就提倡白话文,他上学时读的就是白话文教科书。他有很好的古典文学修养,他能写白话文,也能够写文言文;他的白话文漂亮,文言文也很漂亮;他能写白话诗,也能写旧体诗词。他还会英文,这是那个时代中西交汇带来的,他在一种中西兼容的教育体系中成长起来。

今天的人中文水平普遍不够,这在朱生豪那个时代是不可能的。生在那样一个时代，是他的幸运，可以说他赶上了好时光；但是他又特别不幸，生在那个时代，他经历了日本侵略。

他生于 1912 年，年轻的时候遇到了抗日战争。有幸和不幸往往是交织在一起的，是分不开的。你想把它们分开，但是撕不开。一面是不幸，转过来另一面就是有幸；切掉一面，另一面就不存在了。人必须直面人生的顺境和逆境，有幸和不幸，好和不好。朱生豪的命运是这样，所有人其实都不会例外。

1933 年，朱生豪大学毕业时，他没想过将来会成为一位翻译家，成为翻译《莎士比亚戏剧》的人。他的梦想可能更多的是做一位诗人。他喜欢写诗，刚才我们读了他的《吹笛人》。一个偶然的机会，翻译莎士比亚著作的使命落到了这个年轻人的头上。1935 年，他的校友詹文浒，介绍他进世界书局工作。在世界书局，一开始他主要是编词典，编中英词典、英汉词典之类的。詹文浒后来建议他去翻译莎士比亚的作品，他也觉得这份工作很有意义，最后就踏上了翻译之路。

我刚才提到他写信给女朋友，他叫女朋友什么？好人。但"好人"不是他对女朋友唯一的称呼，还有"好""好好"等。我们来读他写给"好好"的这封信：

好好：

…………

你崇不崇拜民族英雄？舍弟说我将成为一个民族英雄，如果把 Shakespeare（莎士比亚）译成功以后。因为某国人曾经说中国是无文化的国家，连老莎的译本都没有。

....

淡如，廿五

　　这是从 1936 年夏天他写给女朋友宋清如的信里面摘出来的。宋清如的弟弟说朱生豪如果把莎士比亚翻译出来，他将成为一个英雄。那时，日本人很藐视中国人，说中国是个没有文化的国家，连莎士比亚的译本都没有。莎士比亚是什么时代的人？莎士比亚 1616 年去世，那时中国还是明朝。到了 1936 年，三百多年过去了，在世界上有着巨大影响的莎士比亚作品还没有中文版。所以说，成功翻译莎士比亚作品，可以成为英雄。那个时候他已经开始在译了，所以才会说这样的话。我们再读一封信：

　　《威尼斯商人》不知几时能弄好，真要呕尽了心血。昨天我有了一个得意。……【剧中的小丑说："My young master doth expect your reproach."】这种地方译起来是没有办法的，梁实秋这样译："我的年青的主人正盼望着你去呢。——我也怕迟到使他久候呢。"这是含糊混过的办法。我想了半天，才想出了这样的译法："我家少爷在盼着你赏光哪。——我也在盼他'赏'我个耳'光'呢。"……

　　这封信也是他 1936 年写给宋清如的。
　　莎士比亚的剧本《威尼斯商人》中的一句台词，两位翻译家译出来的味道是不是完全不一样？哪怕意思是相近的。梁实秋是什么人？梁实秋是有名的文学评论家、作家，也是翻译家，而且是研究英国文学的学者，美国留学回来的。可是，还没有出名的青年朱生豪写给女朋友的信里面竟然说自己译得比梁实秋好。

我们来比较一下，梁实秋是这样译的："我的年青的主人正盼望着你去呢。——我也怕迟到使他久候呢。"再来看朱生豪译的："我家少爷在盼着你赏光哪。——我也在盼他'赏'我个耳'光'呢。"

区别在哪里？

（童子：梁实秋译的单单是恭维的话，朱生豪译的有讽刺的意味。

童子：梁实秋直译，朱生豪通过几个词语翻译。

童子：朱生豪把"赏光"拆开，用了一种类似文字游戏的译法。）

朱生豪把"盼望着你去"翻译成了"赏光"，"盼望着你去"也就是"盼着你赏光"，这是一种客气话。如果光是这半句上文，没有下文，也不见什么特别，他玩的花样在后半句。梁实秋的意思是"我也怕迟到让主人等久了不高兴"，但是朱生豪译的是："如果你不赏光的话，我家少爷会'赏'我个耳'光'。"特意把"赏"和"光"都用引号引起来，中文读者完全能明白这不是简单的文字游戏，而是费心思，以最贴近人物的心理去表达。这个小院子里闻过桂花香的少年，比那个从小没有闻过桂花香的少年更厉害；他对母语的感觉更为敏锐，能抓住那些非常关键的词，用自己的方式把它译出来。

梁实秋的英文当然很好，但是论莎士比亚作品的翻译，朱生豪以生命投入，体会人物的性格，胜过梁实秋。如果说梁实秋的翻译是一个通英文又通中文人的标准翻译，那么朱生豪的翻译充满了个性。我们继续来读1936年的另一封信：

好人：

　　今晚为了想一句句子的译法，苦想了一个半钟头，成绩太可怜，《威尼斯商人》到现在还不过译好四分之一，一定得好好赶下去……

Shylock　廿四夜

　　从这封信是不是可以明白，为什么他译得这么好了？从这句话里可以读出什么？

　　（童子：他用很多时间去翻译，直到把它译好。）

　　他为了译好一个句子，可以苦想一个半钟头。你会为一个句子想一个半钟头吗？

　　你们设想一下，他在桂花树下坐一个半小时，苦苦地想《威尼斯商人》中的一个句子到底怎么译才好。夏洛克的台词，鲍西亚的台词……有时候，一个句子就要苦想一个半钟头。《威尼斯商人》虽然译得很慢，但是译得很精彩，那是他苦想出来的。当《威尼斯商人》终于完成，他大喜若狂，我们来读下一封信：

好人：

　　无论我怎样不好，你总不要再骂我了，因为我已把一改再改三改的《梵尼斯商人》（威尼斯也改成梵尼斯了）正式完成了，大喜若狂，果真是一本翻译文学中的杰作！把普通的东西翻到那地步，已经不容易。莎士比亚能译到这样，尤其难得，那样俏皮，那样幽默，我相信你一定没有见到过。

……

《梵尼斯商人》明天寄给你，看过后还我。

朱儿

他急着要跟女朋友分享这一喜悦，因为他自认为这个译本是"翻译文学中的杰作"。今天看来也是真的好，不是他狂妄自大，自吹自擂。我们接着来读下一封信，口吻又换了。

宋先生：

窗外下着雨，四点钟了，近来我变得到夜来很会倦，今天因为提起了精神，却很兴奋，晚上译了六千字，今天一共译一万字。我的工作的速度都是起先像蜗牛那样慢，后来像飞机那样快，一件十天工夫作完的工作，大概第一天只能做 2.5/100，最后一天可以做 25/100……

这是朱生豪 1937 年写给宋清如的一封信，那一天他译了一万字，他说自己工作的速度前面像蜗牛那样慢，后面像飞机那样快。这些信都是分享他翻译莎士比亚作品的心路。在这些信里我们可以看到他的翻译工作充满了艰辛，但同时也充满了喜悦；在这个过程中，他处于最好的、最美的那种生命状态。在翻译莎士比亚作品的过程中，事实上他每一天跟谁在一起？跟莎士比亚在一起，也跟莎士比亚笔下的李尔王、麦克白、夏洛克、鲍西亚、哈姆雷特他们在一起。他太幸福了，有那么多的人陪着他。虽然翻译的工作非常艰辛，但快的时候他一天可以翻译一万字。当然，慢的时候，光是一个句子也要想一个半钟头。

我们来读他写于1943年春天的信：

今天以愉快的期待开始，好鸟的语声催我起来，阳光从东方的天空透出，希望能有一个 happy ending（愉快的结局），结束这十多天来的悲哀……抬头望着窗外，我真不忍望那憔悴的梅花，可是院南的桃柳欣欣向荣，白云是那么悠悠地飘着，小鸟的鸣声依然好像怪寂寞的，要是这空气里再有了你的笑语□□（此处文字遗失），那么春天真的是复活了……

这是一封没有寄出的信，离他生命的终点也近了。当时他的妻子宋清如回娘家去了，他一个人住在这里翻译莎士比亚作品，看着窗外梅花憔悴，桃柳欣欣向荣。这里的梅花和桃柳都是他回忆少年时代那封信中没有提到过的，还有天上的白云，寂寞的鸟声。他这里写的梅花、桃柳、白云、鸟声……都是表达思念。他期待着空气里出现妻子的笑语，对他来说，那才是春天真的复活了。

1944年上半年，朱生豪给他的二弟朱文振写了一封信：

……这两天好容易把《亨利四世》译完，精神疲惫不堪，暂停工作，稍事休养……这一年来，尤其是去年九月之后到现在，身体大非昔比……现在则提一桶水都嫌吃力。因为终日伏案，已经形成消化永远不良的现象。走一趟北门，简直有如爬山。幸喜莎剧现在已大部分译好，仅剩最后六本史剧，至多再过半年，这一件负山的工作，可以告一交代，以后或许可以找一点轻松的事做。已译各剧，书局方面已在陆续排版，不管几时可以出书，总之已替中国近百年来翻译界完成了一件最艰巨的工程……

这很可能是他一生写的最后一封信。他生命的终点快到了，他自己还不知道。他还没有把莎士比亚的剧本全部译完，但是大部分已经完成。他很自豪地跟弟弟说，"替中国近百年来翻译界完成了一件最艰巨的工程"。对于一个贫病交加中的年轻人，这份工作尤其艰巨，他为此耗尽了心血，也因此在文学史上留名。他最终翻译了莎士比亚三十一部半剧本。光是1943年这一年，就是他去世前一年，就在这座小楼上，他译出了十八部，太惊人了。而那个时候他病得很重，家里也很穷。

宋清如说过一句话"你译莎，我做饭"，这淡淡的六个字，是中国爱情史上最美的六个字。这六个字当然要进入中国翻译史，也要进入中国文学史。他们是爱情史上典范的一对。"你译莎，我做饭"，这六个字是最好的白话文。

他们1942年5月1日才结婚，真正在一起生活不过两年。他们都有很好的古典文学根基，会写旧诗，会填词，同时又会写白话的现代诗。宋清如是一位非常聪明的女子，苏州女中毕业，考进之江大学国文系，他们都是之江大学文学社——之江诗社的成员。

朱生豪的一生很短暂，可以说只做了两件事，第一件事是翻译了《莎士比亚全集》，第二件事是爱了一个叫宋清如的人，他们的爱情故事已成了传奇。刚才我们看到的译稿，是他的妻子宋清如手抄的。他们在之江大学相爱，等候了十年，结婚，生子。

在朱生豪故居

朱生豪生前有一大遗憾，就是虽然他已经译出莎士比亚三十一部半剧本，一百八十万字的底稿，但直到去世还没出版。这套《莎士比亚戏剧全集》是宋清如帮他出版的，那时他过世已经快三年了。

等到《莎士比亚全集》出齐已经是1978年了，我最早买的就是那套人民文学出版社出版的《莎士比亚全集》。这个时候他去世已经三十多年了。后来的人把他没有译的那几个剧本也补译了。

朱生豪去世后，宋清如整理完成的《莎士比亚戏剧全集》由世界书局出版。宋清如写了一篇《译者介绍》，题目简单，文章很好，我们先来读第一段：

当我一想起生豪的时候，好像他还是坐着，握着笔出神凝思的样儿。然而这毕竟是憧憬，是幻象，他再也不回来了，虽则这一段凄凉的悲剧的尾声，也许会激起永久的回响，但对于他本身，对于我，都是无补的了。

宋清如的白话文也非常简练，非常干净。她要介绍朱生豪这个人，自然要从之江大学说起，回到1932年秋天的之江大学：

我初次认识生豪的时候，是在民国廿一年①的秋天。在钱塘江畔，秦望山头，极富诗意的之江大学中间。那时候，他完全是个孩子，瘦长的个儿，苍白的脸，和善天真，自得其乐地，很容易使人感到可亲可近。之江的自然环境，原是得天独厚的所在。不论是山上的红叶歌鸟，流泉风涛；或是江边的晨暾（tūn）晚照，渔歌萤火，哪一处不是诗人们神往的境界。他受着这些清静与美的抚育和熏陶，便奠定了他那清高自爱，与世无争的情性。他常时不修边幅，甚至一日三餐也往往不耐烦按时以进；嘴里时常挂着小歌，满显出悠然自得的神气。但是，正因为这样太柔和的环境，才使他成为一个不慕虚荣，不求闻达的超然的人物，不能尽量表现他的才能，而默默地夭折了。

这段写之江大学的文字漂亮极了。"钱塘江畔，秦望山头，极富诗意的之

---

① 即公元1932年。

江大学","不论是山上的红叶歌鸟，流泉风涛；或是江边的晨曦晚照，渔歌萤火，哪一处不是诗人们神往的境界"，这是宋清如的文字。之江大学求学的时光，是宋清如和朱生豪一生的黄金时代，是他们一生中最美好的时光，他们一生的精神基础是在之江大学打下的。

  每个人一生都有一些关键的地方，从故乡出发，你会走到一个对你来说重要的地方。对徐志摩来说，他一生最重要的地方在剑桥大学；对朱生豪来说，他一生最重要的地方在之江大学。从这里出发，他可以走向一个理想的世界。之江大学，在宋清如笔下如此之美，红叶歌鸟，流泉风涛；她在这里遇见了一生的爱，遇见了清高自爱、与世无争的朱生豪。他们都热爱文学，喜欢写诗填词。我们来读他们当年互赠的这些诗词：

蝶恋花

宋清如

  愁到旧时分手处，一桁（héng）秋风，帘幕无重数。梦散香消谁共语，心期便恐常相负。

  落尽千红啼杜宇，楼外鹦哥，犹作当年语。一自姮（héng）娥天上去，人间到处潇潇雨。

蝶恋花

朱生豪

  不道飘零成久别，卿似秋风，侬似萧萧叶。叶落寒阶生暗泣，秋风一去无消息。

倘有悲秋寒蜨蝶，飞到天涯，为向那人说。别泪倘随归思绝，他乡梦好休相忆。

朱生豪是典型的民国人，生于1912年，死于1944年，生于民国，终于民国，一生都活在民国。朱生豪那一代民国人都带着古典时代最后的流风余韵，还能写出这样的古典诗词来。宋清如也写新诗，下面的诗是她寄给朱生豪的：

假如你是一阵过路的西风
我是西风中飘零的败叶
你悄悄地来，又悄悄地去了
寂寞的路上只留下落叶寂寞的叹息。

他们那一代能写旧体诗词，也能写白话诗词，今天我们当然没有必要再费心费力去写旧体诗词了，把白话文写好就够用了。但古诗词、古文是母语的基础。白话文是从《诗经》《楚辞》中流变过来的，是从唐诗宋词中流变过来的，是从唐宋八大家的古文中流变过来的；要写出干净利落的白话文，就要有源源不断的活水注入你的生命里。

包括朱生豪和宋清如在内，许多民国文人的白话文写得好，就是因为有这个活水源头。朱生豪翻译的作品为什么出色，也是因为它是从母语江河中孕育出来的。我们读一段他译的《李尔王》独白：

吹吧，风啊！胀破了你的脸颊，猛烈地吹吧！你，瀑布一样的倾盆大雨，尽管倒泻下来，浸没了我们的尖塔，淹沉了屋顶上的风标吧！你，思想一样迅速的硫磺的电火，劈碎橡树的巨雷的先驱，烧焦了我的白发的头颅吧！你，震撼一切的霹雳啊，把这生殖繁密的、饱满的地球击平了吧！打碎造物的模型，不要让一颗忘恩负义的人类的种子遗留在世上！

这是他用白话文译出来的《李尔王》独白，郭沫若写的历史剧《屈原》有一段《雷电颂》独白，就是模仿李尔王独白的。雷霆万钧、充满力量的《李尔王》独白就是朱生豪从这个小院子送到全中国的，是他把最好的英文转换成了最好的中文。他靠什么？靠中文好。光是英文好不够。

我们再来读朱生豪写的《〈莎士比亚戏剧全集〉译者自序》，这是他用文言文写的。今天我们要全方位领略一代翻译家的文言文、白话文、旧体诗词和白话诗：

于世界文学史中，足以笼罩一世，凌越千古，卓然为词坛之宗匠，诗人之冠冕者，其唯希腊之荷马，意大利之但丁，英之莎士比亚，德之歌德乎。此四子者，各于其不同之时代及环境中，发为不朽之歌声。然荷马史诗中之英雄，既与吾人之现实生活相去过远，但丁之天堂地狱，复与近代思想诸多抵牾；歌德去吾人较近，彼实为近代精神之卓越的代表。然以超脱时空限制一点而论，则莎士比亚之成就，实远在三子之上。盖莎翁笔下之人物，虽多为古代之贵族阶级，然彼所发掘者，实为古今中外贵贱贫富人人所同具之人性。故虽经三百余年以后，不仅其书为全世界文学之士所耽读，其剧本且在各国舞台与银幕上历久搬演而弗衰，盖由其作品中具有永久性与普遍性，故能深入人心如此耳。

漂漂亮亮的文言文，讲的是世界文学史，以及四个最具分量的代表——希腊的荷马、意大利的但丁、德国的歌德和英国的莎士比亚。当他用文言文来讲述他心目中的莎士比亚时，很简洁，很干脆，很有力；他说莎剧讲的是"古今中外贵贱贫富人人所同具之人性"，所以才如此深入人心。继续读：

虽贫穷疾病，交相煎迫，而埋头伏案，握管不辍。凡前后历十年而全稿完成（案：译者撰此文时，原拟在半年后可以译竟。讵（jù）意体力不支，厥（jué）功未竟，而因病重辍笔），夫以译莎工作之艰巨，十年之功，不可云久，然毕生精力，殆已尽注于兹矣。

好一个"尽注于兹"，重若万金，其实又何止万金！"殆已尽注于兹矣"，他整个的生命都放在了莎士比亚作品翻译上，译完三十一部半莎剧，他的生命也结束了。这三十一部半中文版莎剧是他拿命换来的。光照百年的莎译，是朱生豪在这个院子奏出的一曲《广陵散》。他在这个小院子完成的译作，让中国人可以享受以最好的中文翻译的最好的英文。这是一位伟大的翻译家，在他家的柿子树、柑树下留下来的果实。只要《莎士比亚全集》中文版在，朱生豪就在，他虽死犹生。因莎士比亚作品中文版而永生的朱生豪，他在做这个巨大的翻译工程时，只有几本词典，没有其他什么参考书，但是他呕心沥血，最终完成了这个大工程。莎士比亚的重要性，英国作家卡莱尔讲过一句话——我们宁愿失去一百个印度，也不愿意失去一个莎士比亚。莎士比亚是英国人永远的骄傲；不仅是英国人永远的骄傲，也是整个英语世界的骄傲。他奠定了英文高贵典雅的地位，英文的大量词汇通过莎士比亚的剧本被固定下来。莎士比亚是整个英语世界的王者，过去的王者，现在的王者，永远的王者。永远的王者有几个人？朱生豪前面提及了荷马、但丁、歌德，还有托尔斯泰这样的人，这类人是王者。中国的曹雪芹、李白、杜甫，"白也诗无敌"，那就是王者。

朱生豪最后的时光，留在这个小院子里，常常为下一顿吃什么发愁，却以贫病之身完成了莎士比亚剧本的大部分翻译工作，完成了中国翻译史上最艰巨的一个工程，他为此可以含笑了。他可以像桂花一样，永远发出幽香来了。他可以活成一棵桂花树，活成一棵枇杷树，活成一棵石榴树，还可以活成他记忆中的那棵大柿子树。

我们"莎士比亚在嘉兴"这节课就上到这里。

童子习作

不朽之歌

赵馨悦

"沙，沙，沙"，风吹过树木；阳光像利箭一样直插绿叶，在地上留下斑驳光影。院子那样静，桂花正开得烂漫，空气中充满了桂子金黄的颜色。

"沙沙……沙沙……"，有人来了。来了一个青年，他手中拿着一支笔，正左右扫着。忽然，他发现了我。

他笑着问我："你是谁？你来这儿干什么？"我微微发愣，甚至有些茫然。"不知道……"我开口说。那位先生笑得厉害，说："我还真没见过一个和我相同的人。人为什么会死亡？人死后是沉睡还是继续新的征途，我不知道，我也不想知道。我的童年和少年已经够悲惨了，我不想再知道终点了！"

他的影子投在桂花树上，那么真实又那么迷离。阳光洒在他沉思的脸上，他的思绪仿佛已飞向了蓝天。我静静地注视着他，他是不幸的，但命运也有几分眷顾他，让他在青年时遇到宋小姐，让他在历史上留下重要的几笔。

他又说了："你认为什么是英雄？人们会喜欢英雄吗？"我说："英雄？就是那种能打胜仗的人吧！"青年似乎有些气恼，他质问道："难道像我这样的翻译家，一个能翻译莎士比亚剧本的翻译家，不是一个英雄吗？"他接着又说："不过，你说得也没错，但你说的只是一个层面的英雄。我不是，我可能也配不上英雄，但我可以骄傲地说我做了英雄的事。"

"照您的说法，您和莎士比亚是站在一起的？"我问。他沉思了一会儿，迅速给出答案："是，也不是。"

我不再问了，看着地上。树叶"唰唰"地响着。那位先生说："我是朱生豪，你要来我这儿坐会儿吗？"他笑着。起风了，朱生豪散尽了，变作尘埃，又落入其他无名者的怀抱。

我看看天，看看树影，看着地上的尘土。原来一名智者就这样"化作春泥更护花",他永远在翻译的世界中唱着不朽之歌。

柿子树

袁子煊

在这个院子里,朱生豪翻译了莎士比亚的剧作。而我——柿子树,是他那时最好的伙伴。

每天,他抬头看向窗外时,我巨大的身躯便进入他的眼帘,帮他寻找灵感。我默默地陪伴着他。

他走向莎士比亚,他从我的身下走向世界。他翻译剧本的时候,永远都不会孤单,他的心灵一直与莎士比亚、哈姆雷特、李尔王在一起。他的笔下流出的是中国最美妙、最神奇的文字。

他是一位英雄,他替中国撕掉了"无文化"的标签,他像后院那棵桂花树一样,持续地发出幽香。

他把一生都献给了莎士比亚剧本的翻译;他翻译莎士比亚的作品,为了一个句子可以苦想一个半钟头。为了翻译莎士比亚作品,他无数个夜晚笔耕不辍,直至天亮。

但是不幸和有幸终究是分不开的,他终于坚持不住了,他像一颗璀璨的流星坠落了。他很遗憾,自己没有把莎士比亚作品译完……

他走了,我也走了。他,留下了《莎士比亚全集》;我,变成了他笔下记忆中的文字。

活成一棵桂花树

郭馨仪

几本破旧的词典开了又合
莎翁的巨著散发出光彩
窗外
梅花诵唱自己的孤傲

才子佳人，柴米夫妻
他是文学英雄
他们的爱情是奇迹
他们的日子像白米
虽艰苦，却温暖

他活成了一棵桂花树
香飘百世而不散
而她
让幽幽桂香与月平齐

你瞧
他们都在呢
灰瓦白墙的院落里
桂花金黄灿烂

他是谁

曾子齐

石

朱生豪是石，一块永不磨灭的石，一块屹立在巅峰上的石。三十二个春秋化作石，闪耀在世间。"你译莎，我做饭。"这是最质朴的生活，如石一般的生活。说他是莎士比亚的知音，倒不如说，他是石头的后代。他像石头一样固执，为了让译本更加完美，一个句子他可以苦想一个半小时。没有了这块石的"我也在盼他'赏'我个耳'光'呢"，《梵尼斯商人》会减分不少。他像石一样固执，像石一样永恒。

书

朱生豪是书，一部小说，一部情节引人入胜的小说。十岁丧母，十二岁丧父，人生不幸接踵而来。但又是这种孤儿情结，成就了他的诗人生命。有幸与不幸相反相成，在他的人生中表现得淋漓尽致。

笛

朱生豪是笛，一支声音悠扬的笛，一支停不下吹奏的笛。当他用笛吹出三十一部半中文版莎士比亚时，中国不再是"无文化"的国家，不再是莎翁剧作翻译上落后的国家。这一曲笛声，散入千家万户。

一朵桂花万千香

陈禹含

眼前这一枝枝黝黑的树干,与淡淡的清香似乎融成了一体。我,静静地看着那朵桂花:它正努力尝试将自己的花瓣面向天空,试图获得更多的养分。我看着,看着。那朵努力生长的花,将我带到了一个新的世界。

还是那棵桂树,它似乎年轻了许多,蟋蟀与叫哥哥们躲在院子的角落里。这时还是清晨,第一声鸣叫刚刚响起,鸟雀成群飞来,停在大柿子树上。我深知,我来到了朱生豪的信里。

透过这棵桂树,我看到了朱生豪孤独的背影,他正伏案译着莎士比亚的剧本。突然间,我感到莎士比亚也在这小小的房间里,哈姆雷特也在,夏洛克也在,李尔王、亨利四世都聚集在这小小的房间里。朱生豪的文字跳跃起来,汇聚在每个人的心中——朱生豪不再孤独,他在自己的文字中生活着。

今天我来寻找那棵属于朱生豪的树,那棵属于王者的树,那棵文学史上的英雄树。啊!我找到了,它就在朱生豪的文字里。它发出阵阵幽香,最后化作了一曲《广陵散》,年年在树上鸣奏。

笔

王旖旎

我是一支笔，一支普通的笔。我在工厂里，被制作，装箱，然后被卖到嘉兴。我的主人是个浓眉大眼、五官端正的男子，他曾在笔记本上写下"朱生豪"三个字，想必那就是他的名儿。

他拥有一个温暖漂亮的家！窗子的外边，是个有颜色的世界。工厂里，我每天只能见到黑色的笔芯和白色的标签；这里，有绿齿轮般的叶子和黄色的零部件般的桂花。可是没了主人，这儿又成了一个黑白的工厂。

主人似乎很喜欢我。有一次，他盯着我看了一个半钟头才继续写作！后来我得知他在翻译莎士比亚的剧本。据说，那个外国人受全世界的仰慕，译他的每个句子都要反复推敲。

翻译是把中国字变成外国字，或反过来。我认得它们中的一些。中国的字，方方正正；一些外国字，却是精瘦精瘦的。

朱生豪伏案写作时，时常会停下，那时他会把笔搁在底稿上。这时，我就会看他写的是什么，译得准不准。真牛！他的活儿，说是原创也不为过；说是翻译，懂外国字的一看那原文，必得拍案叫好："您可真是中国的莎士比亚呢！"

他偶尔也写写信，我真想见见那"好人"呢！终于，她来了，朱生豪和她做了柴米夫妻。可是，从主人苍白的脸判断，他在一天天衰弱，但他自己还未注意。

几年后。

主人意识到自己的生命快结束了。他停止呼吸后，仍微张着嘴，好像在说："莎翁作品还未译完，我不能死！"

在我看来，这里又成了工厂。

莎士比亚在嘉兴

付润石

他是之江大学一名平凡的学生，一天天望着海宁潮，他的故乡如今人去楼空，寂寞之中更有一丝孤独。朱生豪的短暂人生只有三十二年，试问他的文字有几岁？比他的生命长，甚至可以追溯到17世纪的莎士比亚时代……

桂树、柿子树、枇杷树，绿油油挤满了花园，尽管它们不是朱生豪夫妇当年种下的，没有看尽朱生豪夫妇的柴米生活，但似乎有着民国的味道。

白墙灰瓦，青灰色石板连廊，"你译莎，我做饭"，余音在细雨之中缭绕。

朱生豪短促的一生，是在黑暗之中，在内忧外患中度过的。古木的桌子立在窗口，七十多年前，漫漫长夜，那个年轻人一句句地推敲着，让哈姆雷特、麦克白等来到了中国。近十年寒窗翻译之途，恰是抗日烽火连天的十年。日本人对中国没有莎士比亚剧作译本的嘲笑，刺激着青年朱生豪。

从他的窗子向外看，重重的江南园林，修长的翠竹，似乎还看见了已经不在的后门，通向世界的大门。门内的孤独，门外的闹市，他将莎士比亚带给中国。1944年，离抗战胜利不足一年，他却离开了。

他在嘉兴的老屋默然而生，默然去世，留给中国三十一部半莎剧。

今天，朱生豪童年生活的院子里，传来了哈姆雷特忧郁的独白。十月的桂香，虫声鸟鸣，掩盖不了战争的灾祸和生活的折磨；屋中的一片小世界，一片属于朱生豪的世界，洁白的墙，灰色的瓦，掩不住朱生豪存在的意义：他是一个毕生致力翻译工作，为莎士比亚而生的人。

枇杷树

项郑恬

从我有记忆起，我就在朱家的后院。我可谓是不幸的枇杷，我身边有一棵全院之王——柿子树。

它特别喜欢吹嘘，每天趾高气扬地摇晃着绿得发油的树叶，一次又一次清点那一千多个红彤彤的"灯笼"。家里的人都很喜欢它，学着它的样子对外人吹嘘。

而我除了偶尔让小孩子上去打个秋千，就没别的用处了。至于那些又青又涩的果子，自然化成了柿子大王的养料。

后来一切突然变了，屋子突然冷清了下来，原先的老主人被几个行色匆匆的人抬走了，随之而去的是身边的柿子大王和一切繁华。小少爷靠在我身上，一种冰冰凉的东西顺着我的身体渗入我脚下的土地。

少爷悲痛了一阵，拾起几本破旧的英语词典，靠着我翻看一本书。后来我知道了那是莎士比亚的书籍，而他要做中国文学的英雄，他要翻译莎士比亚全集。

他获得成功时，欣慰地抚摸着我。我虽然仍旧顶着苦涩的枇杷，但是感觉到了前所未有的幸福。

多年过去了，我的苦枇杷没有因为时间的浸染而变味，还是那般不成熟。我看着柿子大王留下的坑，心中想：也许不幸中的万幸便是天下最大的幸运了。

三、分烟话雨伊人去——嘉兴人物篇

先生说

前面在南湖的烟雨楼，你们有没有看见一块牌子，上面写着四个字"分烟话雨"？这是把烟雨楼的"烟雨"拆开了，这四个字是谁写的呢？褚辅成写的。我们刚从梅湾街褚辅成史料陈列馆过来。褚辅成是什么人？他曾留学日本，是中国近现代史上有影响的人物，辛亥革命时浙江的元勋，曾当选为国会议员，主办过上海法学院，也是九三学社的重要发起人之一。他就出生在嘉兴梅湾街，但他的故居已经没有了。我们看到的那幢两层砖木结构的老房子，是他的寄子陈桐生的家，他曾经借来给韩国抗日志士、大韩民国领袖之一金九躲藏用。

1932年4月29日，上海虹口公园发生了爆炸案。当时，日军正在虹口公园为庆祝日本天皇生日举行阅兵，韩国抗日志士尹奉吉投掷了炸弹，日军总司令白川义则被炸死，日本驻华公使重光葵被炸断一条腿。此次行动由金九策划。事后，为了帮金九躲避日军的追捕，支持金九的褚辅成，将他护送到嘉兴，那房子就是金九其中一个藏身处。屋后就是湖，还藏着小船。如果有人举报，可以从水路逃脱。现在褚辅成史料陈列馆和金九避难处就在一起。

褚辅成和沈钧儒都是嘉兴的大人物。沈钧儒的故居还在，不过现在已经被改建成沈钧儒纪念馆了。褚辅成生于1873年，沈钧儒生于1875年，他们是同一个时代的人，有许多相似的经历。沈钧儒中过进士，曾到日本留学，念的是东京私立法政大学；褚辅成有秀才功名，也曾到日本留学，先后进入东京警察学校和法政大学。在上海法科大学（后改名上海法学院），沈钧儒是教务长，褚辅成是院长。他们在中国的地位旗鼓相当，从晚清开始的几十年间，都有相当的社会影响力。

不同的一点是，沈钧儒家虽然在嘉兴有房子，但他不是在嘉兴长大的；当时他爷爷任苏州知府，他出生在苏州，从小生活在苏州、无锡、吴淞等地，十四五岁时，才到原籍嘉兴参加秀才考试。他对嘉兴并没有那么深的了解，与土生土长的褚辅成不大一样。

对于嘉兴人来说，更熟悉的是褚辅成，而不是沈钧儒。褚辅成生在嘉兴，长在嘉兴，在嘉兴办过小学、中学，跟嘉兴的关系非常深。"分烟话雨"是抗日战争胜利后，褚辅成回嘉兴时写的。1946年6月23日，他和沈钧儒一起回来，受到故乡人的热烈欢迎。第二天，他游南湖，在烟雨楼出席嘉兴县商会的聚餐会，饭后写了这四个字。有人曾写过一首诗：

烟雨楼台听春雨，清风轻拂和细语。
分烟话雨伊人去，落花还恋静夜雨。

"分烟话雨伊人去"，我把这句诗作为今天这节课的主题，讲几个嘉兴人物：一个是沈钧儒，一个是褚辅成，还有一个是沈曾植。这三个人，谁的岁数最大？沈钧儒和褚辅成都是19世纪70年代出生的"七〇后"，沈曾植比他们大二十几岁，他是1850年出生的。这节课我们主要围绕这三个人物，同时也会涉及其他的嘉兴人物。如果不是限制在嘉兴城这个范围，海盐、海宁、桐乡这些地方也算进来，那么嘉兴人物除了"五〇后"的沈曾植和"七〇后"的褚辅成、沈钧儒，还有很多，如"七〇后"有海宁的王国维，"六〇后"有海盐的张元济（商务印书馆重要的灵魂人物），"八〇后"有桐乡的陆费逵（中华书局创始人）、海宁的蒋百里和张宗祥这些人，"九〇后"有海宁的徐志摩、桐乡的茅盾和丰子恺这些人，以及20世纪出生的朱生豪、金庸等，嘉兴人物很多。

我的朋友范笑我先生以前在嘉兴主持一家叫秀州书局的书店，写过一系列《笑我贩书》，他也研究嘉兴的地方文献。我们在烟雨楼读的几篇关于南湖和烟雨楼的白话文，就是他从旧报纸上找出来的。他告诉我，嘉兴建城一千七百多年，历史上有名有姓的名人有一万八千多人，这放在整个中国恐怕都是了不起的。我们刚才提及的这些人，如果从1850年出生的沈曾植算起，不到一百年，嘉兴就产生了很多举足轻重的人物。

在沈曾植故居上课

我们之所以选择在沈曾植故居来上课，是因为这是嘉兴的文脉所在。这是沈曾植住过的房子，这里有他的生命气息。嘉兴城没有一个地方比这里更有文化气息了。

我曾经想，嘉兴要说文化，去两个地方看就够了。一个是我们去过的朱生豪故居，那代表了什么？东西方文化的贯通。朱生豪把莎士比亚带到了中国。莎士比亚是从哪里出发走向中国的？是从嘉兴出发的。所以有人说，莎士比亚在嘉兴。也可以说，那里是现代文化的一个旧址。

沈曾植故居则是中国古典文化的一个旧址。沈曾植是中国传统学问的集大成者，最后一代大家。他之后，比他小二十七岁的王国维的学问已经开始变化了。王国维已经开始读叔本华，读康德，读西方的著作，已经有新的东西了。沈曾植属于中国旧学问的最后的高峰，是集大成者，也是终结者之一。

我们今天在这里与沈曾植相遇。"分烟话雨伊人去"，这些人都已经去了。无论是沈钧儒、褚辅成，还是沈曾植、朱生豪，都已经去了，他们都已经去了。我以前读过一篇论文，作者是潘光旦——清华大学的教授，曾做过清华大学的教务长，是人类学家、优生学家，也是一位教育家——他的那篇论文叫《明清两代嘉兴的望族》。研究了嘉兴五百年中的那些望族之后，他说，中国古话说的"君子之泽，五世而斩"不一定确切，嘉兴有些望族竟然传了二十一代，平均能传七八代；按每一代二十六年算，七八代已超过了百年；在一百多年中，一个家族始终保持着旺盛的势头，每一代都能出人才，这简直是不可想象的。这个地方的家教，这个地方的读书风气，都值得好好探究。他指出的历史现象中有两点十分值得深思：

一是传统中国中，血缘网络往往是人才产生的渊薮（sǒu），二是望族兴衰的原因之一在于遗传和教育……

遗传因素之外，很重要的因素就是教育。一个家族要想长期保持兴旺，不能不重视教育。

他还注意到一个原因，就是这一带在历史中太平的日子比较多。太平天国打到江南是1853年，就是沈曾植幼年的时候；在这之前，包括嘉兴在内的江南保持了一两百年的太平。没有动荡不安，这也是家族兴旺出人才的一个重要原因。沈曾植出生在嘉兴这样一个地方，他的家族属于嘉兴的望族。

沈曾植的学问到底有多大？我们可以用王国维在沈曾植七十岁生日时说的几句话来形容。"国初之学大，乾嘉之学精，而道咸以降之学新。"（"国初"是指清朝入关之初，"乾嘉"是乾隆、嘉庆年间，"道咸"是道光、咸丰年间。）他说沈曾植兼有清初诸老经世致用之学，乾嘉学人的经史考据，道咸以来之民族、地理之学，"综览百家，旁及二氏，一以治经史之法治之，则又为自来学者所未及"，可谓推崇备至，俨然就是清末民初学界第一人。然而这位被王国维奉若天人的沈曾植，曾经在很长的时间内是被遗忘的人物。

讲到那个时代的中国学术史，本来沈曾植是一位非常重要的人物。他的学问综合了那个时代不同领域、不同方面；他不仅精通考据学、经世致用之学，还懂民族学、地理学，简直是一位百科全书式的古典学者。可惜他生不逢时，在他老年时，时代发生了巨大的变化，新的学问进来了，白话文代替了文言文。

在中国的旧学问中，最重要的就是"经史子集"，有一部很重要的书叫《四部丛刊》，就是把这些典籍合在一起，大部头的书。沈曾植"经史子集"都精通。

现在我们来看看，沈曾植到底是个什么样的人。你们可以用一句话来说说。

（童子：他是个纯纯粹粹的中国人。

童子：一个非常博学的古典文学家。

童子：沈曾植是个文化人。）

沈曾植是个文化人，这个说法太笼统了。

（童子：沈曾植是个守旧但博学的人。

童子：中国之完人。）

"中国之完人"，这是外国人给他的评价。这不能单独摘出来说，要放在相应语境里。1912年，远道而来的俄国哲学家卡伊萨林在辜鸿铭的介绍下拜访了沈曾植，那时沈曾植闲居在上海的家——"海日楼"，门庭冷落车马稀。那位俄国人对他的学问惊叹不已，写了一篇文章《中国大儒沈子培》，称他为"中国之完人"，认为他是中国文化的典型。这句话在这样一个语境中才通，单独拿出来说沈曾植是"中国之完人"很突兀，毕竟那只是一位俄国学者的一家之言。

沈曾植不仅是王国维最为敬仰的学问家，也是陈寅恪心仪的大学者。我们再来看看另一个外国人是怎样评价沈曾植的。日本有个学者叫内藤湖南，"京都学派"的创始人，一个重量级的学者，他称沈曾植是"通达中国所有学问的有见识的伟大人物"。大约二十年前，我写了《沈曾植："不知何处是故乡"》一文。当时觉得世人已把沈曾植遗忘得差不多了，所以我把不同的人评价他的话放在一起。为了让世人对沈曾植有更多的了解，我引用了中国人对他的评价，比如王国维、陈寅恪这些世人更熟悉的大学者对他的敬仰，我也引用了日本学者内藤湖南对他的评价，以及俄国哲学家对他的评价。无论对中国学者来说，还是对外国学者来说，沈曾植都是很有分量的。我们今天在沈曾植故居，重新来认识他，是否要照搬别人的原话——"中国之完人""通达中国所有学问的有见识的伟大人物"呢？我们要抓住特征，要用独一无二的自己的语言，使其与其他的人物区分开。

在沈曾植故居走廊上讲课

我那时也写过评价沈曾植的话，有一点长，我们一起来读一下：

在急剧变化的历史潮流面前，一个旧学问、旧文化的集大成者，也曾呼吸过近代文明的空气，但思想却跟不上时代前进的步伐，最终被历史所抛弃，只能"忧伤憔悴以死"，连同他的学术贡献和文化成就一起被湮没了……

这样一个有学问的人却曾经被人忘记了，好在人们现在对沈曾植又越来越看重了。我站在这里可以看见里面墙上写的"学术大师"四个字，还有一段话——"沈曾植对词曲、乐律、音韵等方面的考证也有不俗的成就，这仅仅是他的学问当中的一个小小的部分"。他的学问太大了，他有很多的学问。如果时代没有发生巨大变化，他就是可以被人夸到天上去的"中国之完人""伟大人物"，但是时代变了，他从天上掉到了地上。

沈曾植是个什么人？我们来看看他的生平。他是1880年的进士。明清两朝嘉兴这个地方的望族中出了很多的进士，沈钧儒也是进士。沈曾植做过刑部主事、员外郎、郎中、总理衙门章京等。戊戌变法那一年，他到武昌出任两湖书院的主讲，后来又回到朝廷到外交部任职。再后来，他到上海南洋公学担任总理，就是校长，保举他的人叫盛宣怀。盛宣怀在给皇上的奏折里称他"品学粹然"。做了多年京官后，他又做了地方官，从江西广信知府，到督粮道、盐法道，再到安徽提学使，1906年他做到了安徽布政使，还做过护理巡抚，已经是一方封疆大吏了。但是，他的心思不在做官上，在安徽五年，他曾到日本考察教育，创办地方实业，开采铜矿。1910年，他回到了上海，之后他说自己有病要求退休，第二年就发生了辛亥革命，清廷垮台了。他接不接受新的中华民国？不接受。他晚年的悲剧就在于，新的时代来了，但是他不接受新的时代，他是活在旧时代里的，他的学问与新时代也格格不入，他最后在抑郁中死去。他留下的诗中说："黄叶飘如蝶，青冥逝不遐。"这是他七十三岁时留下的诗句，他像黄叶般飘零，像蝴蝶般飘零。

他一生最重要的，不是他官做到护理巡抚，而是他的学问，他在学术上的贡献。晚清学术转型中，最能体现学术新动向的，一个是西北民族地理历史的研究，一个是佛学研究，他在这两个领域都取得了非凡的成就。他的几本著作，研究元朝的历史，研究蒙古源流的，到现在都还很有价值。

作为中国受过完整传统文化熏陶的最后一代文人，沈曾植几乎精通旧学问当中的所有门类；他还会书法，偶尔画画，他的山水画虽然比不上他的书法，但也淡雅得别有韵味。他在书法方面巍然是一位大家，在那个时代，沈体书法是为人所仰望的。

在沈曾植故居合影

我们进门的时候看到了他的书法。在中国书法史上，他是继往开来的人。继的是魏碑、汉隶，继的是王羲之，继的是颜真卿、柳公权，继的是张旭、怀素他们的草书。那么"开来"呢？开的是，马一浮、谢无量、潘天寿、沙孟海等现代书法家,这些书法家都受到沈体书法的影响,沈体书法充满了魅力。

这样的一代集大成的旧式学者,以后不可能见到了,难怪王国维那么推崇他。在王国维的眼中,沈曾植的学问是不可跨越的。沈曾植从小在这个院子里熟读四书五经,书法、诗歌、学术各个方面,他都代表了中国古典时代最后的标准。他死了,这样的人以后还能横空出世吗?以后出来的人就是王国维,就是徐志摩,就是朱生豪了。我写过这样一段话,一起读一下:

  他生命的最后十年无疑是在悲伤、寂寞中度过的。面对一个他所陌生的新时代,他指出"学士者,国之耳目也,今若此,则其谁不盲从而踬蹶(zhì juě)也。且学者,礼之所出,礼也者,国人之准则也。若今学士,可谓无学,国无学矣,而欲质之以礼,其可得欤?"他自认为"代表了一个时代的文化与价值",天然地负载着文化的责任,旧朝的覆灭在他看来是一种文化的覆灭,是"道"与"术"的分裂。他所重视的不是一家一姓的权位更替,而是获得价值与尊严的文化传统的兴亡,恐怕这才是他"旧朝情结"的源头。

沈曾植非常清醒,他知道自己代表了一个时代的文化与价值,但一切都已无可挽回了。他看着时代的变化,晚年只能在寂寞和悲伤中度过。王国维说他"承前哲""开创来学",他其实并不是一个保守的人,他在中年时代也提倡学习西欧。他所研究的辽金元史、西北和南洋的地理等在当时属于新的学问,启发了像王国维、陈寅恪这样的学者。实际上,他也是承上启下的一代学者,但他不幸生在那个时代的夹缝当中;作为一个被清朝重用过的人,他无法接受清朝的崩溃，最后便跟民国格格不入了。王国维也一样，所以王国维选择了自杀。

现在我们再看看 1875 年和 1873 年出生的那两个嘉兴人——沈钧儒和褚辅成，他们也都生在清朝统治之下——沈钧儒还做过朝廷的官——但他们参与了创立新的民国，欢欢喜喜地迎接新的时代，因此也成了政权更迭的受益者，成了民国初年新一代的精英。辛亥革命发生后，褚辅成先后出任浙江军政府的政事部长、民政司长等要职；沈钧儒担任了教育司司长等职。他们在民国初年当选为国会议员，是典型的民国精英，他们一生最重要的事业都在民国年间。

沈钧儒并非在嘉兴长大，但嘉兴一直是他心目中的故土。他 1921 年写过几首关于嘉兴的诗，大家一起来读一下：

嘉兴（一）
沈钧儒

绕城官柳拂长街，桥外晴漪净似揩。
寄语里人须早起，南湖烟景晓来佳。

沈钧儒并不是一个很有文学才华的人，他的能力不在这个方面；和褚辅成一样，他们走的都不是学问家的路，也不是诗人的路。"绕城官柳拂长街"，平平常常的诗句，"南湖烟景晓来佳"，你们也写得出来。"寄语里人须早起"，这句倒还活泼，但也不算好诗。

我们再读一首他的《花底》：

花　　底

沈钧儒

去年诗句带花香，花底吟诗喜欲狂。

今日对花成一恸，更无人语在花旁。

这首诗就好许多，是他 1935 年写的。他也写过新诗，比如《云》：

云

沈钧儒

云耶，

你不是云

也不是假设的图画；

你是反映我们真实湖山的片影，

美丽，

安静，

怎叫我不注视你？

我告诉你，

我爱你！

1938 年 3 月，他为自己的诗集《寥寥集》写了篇自序，开篇就说："生平不事苦吟，也不爱作诗，眼前事物，忽起感触，意思奔凑，随便成了句子，就把他写出来，不拘新旧体，甚至不叶（xié）韵，不合格调，有些不通，亦不甚理会，当他是一种对于自己的安慰。"他说自己一次在旅途中触发诗兴，得了两句："万山影里闻吹笛，一水湾前看打菱。"却一直没有凑成一首诗。

所以我们说嘉兴有文化的地方在沈曾植这里。沈钧儒的才能是在社会活动方面，他在1909年成为浙江两级师范学堂监督，同年当选为浙江咨议局的议员，担任副议长；辛亥革命发生，他支持浙江独立，成为新的浙江教育司司长，又当选为参议院候补议员；五年后递补为正式议员。沈钧儒说自己生平从事过三十年的议会活动。但从1923年起，他开始在上海做律师，成为律师界的领军人物。他敬重鲁迅。鲁迅的葬礼上，就是他在一面大大的旗帜上写了"民族魂"三个大字，覆盖在鲁迅的灵柩上。他在葬礼上说：

像鲁迅先生这样伟大的思想家和文学家，不但我们人民对他都表示尊敬，就是我们政府，也应当敬重他的！他现在虽得不到什么国葬，但今天可说是一个民族的葬仪。

1936年，因为主张抗日，沈钧儒在上海参与发起了上海文化界救国会，进而成立了全国各界救国联合会，结果七个救国会的领袖都被抓起来了，包括他和章乃器、邹韬奋、史良、李公朴、王造时、沙千里，这就是"七君子事件"。当年该事件是轰动世界的一个大新闻，他们被关押了八个月零八天之后获释。

向来无意做诗人的沈钧儒回忆狱中生活时说:"我在看书写字外,觉得到处充满了诗意,有时正在盥洗,赶紧放了毛巾,找纸头来写;有时从被窝里起来,开了电灯来写,想到就写,抓住就写,写出就算。有的竟不像了诗,亦不管它,择其较像诗的录在本子上。"他在狱中写的日记却是很有意思,是很好的白话:

我从我们的天井里一二方丈的天空望出去,看见一片片的行云,还有飞鸟,都觉得羡慕,也增加了我心里的愉快与舒适。
....
因为认识了几个字,一刻离不开笔和纸,好像一离开就不能生活似的,那末,他们从来没有认识过字的人们该怎么样?他们是真可怜,他们是从来没有踏进过这另一世界的门啊。

他的朋友陶行知因为出国了,逃过一劫,否则就是"八君子"事件。陶行知在出国的海轮上,从报上看到沈钧儒领头游行的照片,送给他一首诗《留别沈钧儒先生》。这首诗在沈钧儒纪念馆的墙上看到过,我摘了一段,大家把它读出来:

老头,老头!他是中国的大老,他是少年的领头。老头常与少年游,老头没有少年愁。虽是老头,不算老头。
老头,老头!他是中国的大老,他是同胞的领头。他为了中国得救,他忘了自己的头。唯一念头,大众出头。

这是首打油诗，用"老头"做文章，那么多的"头"，老头、领头、自己的头、念头、出头，都是"头"。陶行知也是一位童心不泯的教育家，连写给朋友的诗都这么可爱。

这个叫沈钧儒的"老头"，1937年出狱时六十二岁。9月4日，他在南京鼓楼医院写了一篇《决念》，开头说：

> 黎明睡起，视表才五时，楼窗下视，绿草如茵，几枝老树，郁勃得可爱，一股朝爽之气，扑窗而入。我静静地呼吸，欣赏；默念环境，俯仰万端……

我们回到褚辅成的"分烟话雨"。分烟话雨伊人去，沈曾植早已去了，褚辅成去了，沈钧儒也去了，他们的时代已过去，只剩下南湖烟雨楼上这四个字"分烟话雨"。褚辅成在嘉兴是一个举足轻重的人，他把被日本人通缉的韩国独立运动领袖金九藏在嘉兴四年也没有被发现。他年轻时就担任了同盟会浙江支部长，跟沈钧儒同时当选为浙江省咨议局议员、资政院议员；辛亥革命后，他不仅做了浙江军政府的政事部长、民政司长，还担任过浙江省参议会的议长，当选为第一届国会众议院议员。沈钧儒加入同盟会，他是介绍人之一。

这节课嘉兴人物篇，我们叫"分烟话雨伊人去"。这里曾经诞生过被俄国哲学家称为"中国之完人"，被日本学者称为"伟大人物"的沈曾植，如今只留下一个空空的庭院。你们在庭院里看一下有哪些植物，还有什么可以跟沈曾植呼吸相通的。

童子习作

历史遗忘处

付润石

沈曾植、褚辅成、沈钧儒，河之所湾，亦是思想之湾也！从 1850 年到 1923 年，从守旧的儒生到追求自由的人士。他们的所思所想，竟是那样的不同。门前的桂树，看着一个个用思想或行动影响过中国的人，看着一个个踏着坚定的石板路从南湖走出来的人。

梅湾街被遗忘了，被淹没在历史的潮水中。人们总是只记得燎原之势，忘却星星之火。他们闻到阵阵梅香，不再寻找南湖侧的梅湾。历史遗忘处，也许正是历史伤心处。

他们在寂寞的小巷内徘徊过，他们的心从来都不局限于嘉兴，而是装着整个中国。他们从嘉兴出发。1850 年后的一百年，正是历史急剧变动的时代。他们是学者，他们是行者，他们的思想也许会有不同，但他们都是真真实实在行动，想要尽自己的力量，将中国引向光明的方向。

今天我们踏上了他们踏过的石板路，讲着他们的故事，虽然少年的我还不能明白历史的复杂，但终有一天，我会明白的。而且我相信，从这一天起，梅湾街将不再是历史遗忘处，也不再是历史伤心处了，它终究不会被遗忘。如今这梅湾街上留下了我们的读书声，伴着桂花的阵阵清香；这香气是过去的，也是未来的。

四、南来白手少年行——金庸篇

先生说

　　这是金庸出生，度过了童年、少年时代的村庄，但这个新造的庭院，他从来没有见过。这是他的伤心之地，他南下香港之后就再也没有回来过。他晚年回过海宁，回过袁花镇，但没有回到这个村庄，"金庸旧居"是一个金庸未见过的新居，他记忆中的旧居早就消失了。多年战争，政权更迭，这个五百多年的望族、曾经科甲鼎盛的"江南有数人家"没有留下什么痕迹，但有一副对联他带去了香港：

　　　　竹里坐消无事福，花间补读未完书。

　　那是金庸的祖上查昇——康熙年间的翰林书法家留下的笔墨，也许是他对海宁查家的最后一点念想吧。他记得，小时候他们家还挂着一块匾额，其上有康熙皇帝题写的"澹远堂"，边上有九条金龙装饰。从明代起，海宁查家就有人中进士，一直到他的爷爷查文清。他爷爷是 1886 年光绪年间中的进士，那是他们家最后一个进士。他爷爷做过丹阳知县，他出生那年爷爷就离世了。他爷爷是 1923 年 9 月去世的，查家的家谱有记录。金庸在跟日本学者池田大作对话时说，他生下来时爷爷还在，是爷爷给他起的名字。他生平第一份工作是在杭州的东南日报社,浙江省档案馆保存着他入职时填写的表格,上面有他的出生年月,民国十二年(1923年)3月,他和爷爷相处的时间仅有半年,但爷爷对他的影响是长远的,他后来的武侠小说《连城诀》就与爷爷的故事有关。

在金庸旧居"澹远堂"合影

金庸是海宁查家的后人,可以说,"海宁查家"这个身份是他一生的骄傲,也是他一生背负的重担。在急剧变动的时代里,他父亲遭枪决,他自己则永远地离开了故乡,成为一个异乡人,在香港——他的第二故乡安身立命。如果他一直留在海宁这个村子里,他会成为我们今天知道的这个金庸吗?

我们知道金庸是因为什么?因为"飞雪连天射白鹿,笑书神侠倚碧鸳"

这副对联，这十四个字代表了他十四部武侠小说，包括《飞狐外传》《雪山飞狐》《连城诀》《天龙八部》《射雕英雄传》《白马啸西风》《鹿鼎记》《笑傲江湖》《书剑恩仇录》《神雕侠侣》《侠客行》《倚天屠龙记》《碧血剑》《鸳鸯刀》，唯一一部短篇小说《越女剑》没有放进去，《连城诀》最早的版本叫《素心剑》。超出这个范围的，署名"金庸著""全庸著"或"金庸新著"等，都是假冒伪劣之作。

如果说查良镛生于 1923 年，那么"金庸"的诞生则要到 1955 年。那一年，他第一次使用"金庸"这个笔名连载他的第一部长篇武侠小说《书剑恩仇录》；可以说，金庸在 1955 年横空出世。在他之前，另一位作家陈文统以"梁羽生"的笔名在写武侠小说。他们俩年龄相仿，都是香港《大公报》的编辑，而且都爱好下围棋。

他们的事业、名声都是在香港建立的。

"南来白手少年行"，这是金庸的一句诗；他年轻时，双手空空来到香港，后来创办了《明报》，成为报业大亨，在寸土寸金的香港拥有一栋明报大厦，他的名字登上了香港富豪榜。他南下时带着一支金不换的笔，带着母语的装备，这是他从少年时开始积累的，也是他一生最大的资本。

作为武侠小说作家、创业成功的报人，金庸就是从这条通往外面世界的小泥路起步的。在少年时代，他就读过不少小说，包括巴金的《家》，包括很多的武侠小说。他八岁开始读武侠小说，民国时期那些武侠小说作家的作品他几乎都读过。在这个小小的村落中读武侠的少年，后来创造了一个水深浪阔的江湖、一个吸引亿万读者的江湖。这个江湖里的生死歌哭、爱恨情仇都牵连着海宁这个乡村的桑林、稻田、小桥流水。一个人一生的因缘际会，常常源于少小时的偶然相遇，如同他最初遇到的那本武侠小说。

小学毕业后，金庸到嘉兴中学读书——所以他熟悉南湖、熟悉烟雨楼——但是只念了一年，抗日战争就爆发了。日本人要打嘉兴，嘉兴中学迁到了浙江丽水碧湖镇上。因此他少年时代就开始了流亡生活，随后失去了母亲。

金庸的一生其实充满了悲剧，少年丧母，青年丧父，中年丧子。他五十多岁的时候，他年方十九岁在哥伦比亚大学读一年级的儿子在宿舍里自杀了。那是1976年，《哥伦比亚大学报》有他儿子自杀的报道。人生的很多不幸他都遇到了。他刻骨铭心的人生惨痛都化入到他的作品当中，他笔下的一个个传奇主角几乎都是孤儿。少年时遭逢抗日战争，家国沦丧，使他每每落笔，就不自觉地将同情给了孤儿。这个孤儿情结也是他自身命运的投影。

他的第一部武侠小说《书剑恩仇录》就是关于海宁陈家的故事，那是他幼年时代就听熟的故事。他住在袁花镇，但年年八月十八都去看天下第一潮，常常听到海宁陈阁老家的故事，说陈家的儿子被雍正皇帝换走了，成了乾隆皇帝。这个故事传说了两百年。我少年时看过一本书，书中有一篇论文，是历史学家孟森写的，题目就叫《海宁陈家》。他考证过，这些事情当然不是真的，但是作为一个传说，海宁人愿意相信它是真的。金庸把这个传说变成了一个惊心动魄的武侠故事，《书剑恩仇录》就这样诞生了。一切都有渊源，凡事都不是无缘无故发生的。故乡海宁潮涨潮落，这是他一生挥之不去的家园，也给予了他创作的最初灵感。

金庸的文字表达能力在他很小的时候就显露出来了。小学五年级时，他的老师陈未冬发现他作文写得好，叫他一起办班级的刊物《喔喔啼》。他经常写错别字，"如果"总是写成"若果"，老师专门纠正过他，他一辈子都记得。

可惜这本刊物找不到了，现在我们看到的是金庸在中学时代发表的三篇作文，这是我十八年前在浙江档案馆的《东南日报》缩微胶卷中找出来的。他用的笔名是"查理"。我们来读一下他的《一事能狂便少年》：

　　去年，我的一位好友被训育主任叫到房里去，大大的教训了一顿。训到末了，训育主任对他说："你真是狂得可以！"

　　是王国维先生说过罢："一事能狂便少年。"狂气与少年似乎是不可分离的。他不能勉强自己赶快增加年龄，于是，暑假后不得不换了一个学校。

　　这位友人是那些有着火热的情绪的人们之一，他做起各种事情都像在拼命。而使他成为我最亲密的友人的，正由于这种性格。因为狂气固然会使保守者感到非常愤怒与厌恶，而冷静同样要使狂气十足的人觉得万分的不可忍耐。对于这个，我和安德雷马罗斯有着相同的见解："其间发生的误会与不幸，应当归罪于人类的天才，胜于归罪于个人的恶德。"所以我不愿意使自己对这位训育主任有什么不敬的意见，因为我知道我和他几乎相差三十岁的年纪。这种差异是不可超越的。我只以为放弃教育手段而勉强别人增加年龄是一件不值得赞美的事情，并且狂气也不是同他所想象的那样：是一种非常要不得的东西。

　　"狂气"，我以为是一种达于极点的冲动，有时甚至于是"故意的盲目"，情情愿愿的撇开一切理智考虑底结果。固然，这可以大闯乱子，但未始不是某种伟大事业的因素。像我们不能希望用六十度的水来发动蒸汽机一样，一件惊天动地的事业要以微温的情感、淡漠的意志来成就，那是一件太美好了的梦想。

我要这样武断的说一句：要成就一件伟大的事业，带几分狂气是必需的。

因为事业的够得上称一声"伟大"，一定是"与众不同"，在开始时，在进行中，顽固者固然看了不顺眼，优柔寡断者也未尝会赞同。于是：劝告来了，嘲笑来了，责骂来了，干涉禁锢也来了。如果不带几分狂气，蔑视别人底意见，不顾社会的习俗，这件事准得半途撒手。假使帕理不是凭着一股狂气，或许到现在，"北极"还没有在地图上出现；爱迪生没有对工作的热狂，这许多造福人类的发明，恐怕也不会由他开始吧！

在现在，固然那些假作疏狂、装装才子风流的像晋代的纵酒傲世、披发箕踞的也未始不有，但那已经不值得一哂：就是如陶潜的洁身自好，阮籍的明哲保身底消极狂态，也遭遇到它们底没落了。我们不需要温德莎公爵、安东尼底"不爱江山爱美人"的狂，拿破仑、希特勒底征服全世界的狂，因为这种狂气发泄的后果，小则使世界动荡不安，大则将使全人类受到祸害。

我们要求许许多多的，像法国大革命时代一般志士追求自由的狂；马志尼、加富尔的复兴民族的狂，以及无数的科学家、艺术家、探险家等对于真理，对于艺术，对于事业的热狂。

这是他高二时发表的一篇文章，写得很饱满。他区分了几种不同的"狂"，要什么"狂"，不要什么"狂"。题目是现成的，这句诗是哪里借来的？王国维的《晓步》。我们来读《晓步》：

晓　步

王国维

兴来随意步南阡，夹道垂杨相带妍。

万木沉酣新雨后，百昌苏醒晓风前。

四时可爱惟春日，一事能狂便少年。

我与野鸥申后约，不辞旦旦冒寒烟。

这是王国维 1904 年春写的一首诗。他生于 1877 年，1904 年已经二十七岁了。"四时可爱惟春日，一事能狂便少年"，这两句是从唐代诗人韩偓那首《三月》里借来的，只不过他做了一点变动。韩偓的原诗是：

四时最好是三月，一去不回惟少年。

他把"四时最好"变成了"四时可爱"，把"三月"变成了"春日"，把"一去不回惟少年"变成了"一事能狂便少年"。你们觉得他写得好还是韩偓写得好？如果光论这两句，还真是王国维写得好。王国维是清末的人，1904 年他从唐人那里借来这两句诗，却又超越了唐人——"一事能狂便少年"。一个 1877 年出生的海宁人写的诗，被另一个 1923 年出生的海宁少年借来做了自己文章的题目，也是论题所在。这篇文章被编辑看中了，编辑并不知道这个查理是个中学生，文章发表在当时浙江省最大的报纸《东南日报》的副刊上；这个副刊也很有名，叫笔垒。金庸那个时候在衢州中学读书，当时衢州中学的国文老师中出了多位作家、语言学家,他们经常有文章发表在这个副刊上。金庸也去投稿,并且登出来了,后面他又在这个副刊上发表了几篇文章。

回到那个酷热的夏天,我在浙江档案馆那个缩微胶卷中发现了查理的《一事能狂便少年》,然后又找到了《人比黄花瘦——读李清照词偶感》,还有一篇连载多次的六千字长文《千人中之一人》,论友谊的。单就他发表的这些文章来说,他中学时代在同龄人中就要高出一头。他后来写武侠小说都属于叙述,但他最看重的不是这些用来娱乐大众的作品。他是办报纸的,每天要评论天下大事,国际国内的,那都是议论,他一生吃的是议论的饭。他少年时在《东南日报》发表的《一事能狂便少年》《人比黄花瘦——读李清照词偶感》《千人中之一人》就是议论性质的。

我们回过头来看看金庸的小学时代,他写过一篇《月云》,我节选了一小部分在这儿,一起来读一下:

一九三几年的冬天,江南的小镇,天色灰沉沉的,似乎要下雪,北风吹着轻轻的哨子。突然间,小学里响起了当啷、当啷的铃声,一个穿着蓝布棉袍的校工高高举起手里的铜铃,用力摇动。课室里二三十个男女孩子嘻嘻哈哈的收拾了书包,奔跑到大堂上去排队。四位男老师、一位女老师走上讲台,也排成了一列。女老师二十来岁年纪,微笑着伸手拢了拢头发,坐到讲台右边一架风琴前面的凳上,揭开了琴盖,嘴角边还带着微笑。琴声响起,小学生们放开喉咙,唱了起来:

一天容易,夕阳又西下,

铃声报放学，欢天喜地各回家，
先生们，再会吧……

唱到这里，学生们一齐向台上鞠躬，台上的五位老师也都笑眯眯的鞠躬还礼。

小朋友，再会吧……

前面四排的学生转过身来，和后排的同学们同时鞠躬行礼，有的孩子还扮个滑稽的鬼脸，小男孩宜官伸了伸舌头。他排在前排，这时面向天井，确信台上的老师看不到他的顽皮样子。孩子们伸直了身子。后排的学生开始走出校门，大家走得很整齐，很规矩，出了校门之后才大声说起话来："顾子祥，明天早晨八点钟来踢球！""好。""王婉芬，你答应给我的小鸟，明天带来！""好的！"

男工万盛等在校门口，见到宜官，大声叫："宜官！"笑着迎过去，接过宜官提着的皮书包，另一只手去拉他的手。宜官缩开手，不让他拉，快步跑在前面。万盛也加快脚步追了上去。

两人走过了一段石板路，过了石桥，转入泥路，便到了乡下。经过池塘边柳树时，万盛又去拉宜官的手，宜官仍是不让他拉。万盛说："少爷说的，到池塘边一定要拉住宜官的手。"宜官笑了，说："爸爸怕我跌落池塘吗？万盛，你去给我捉只小鸟，要两只。"

我们先念到这里,"走过了一段石板路,过了石桥,转入泥路,便到了乡下",也就朝我们现在所在的这个村里来了。沿着泥路一直走过来,要经过池塘边柳树,现在是一片桑林,刚才来的路上大家都看到外面的桑林了。

"宜官"是金庸的小名,"宜"就是"二",他在家中排行老二,上面有个哥哥,他是二官;"官"在这一带就是小孩、儿童的意思,这里的人都叫他宜官。

一九三几年的冬天,也就是他十来岁的时候,他在袁花镇的龙山小学堂读书。他回忆起放学时的那个场景,还有他们唱的歌,都很美,这让人不禁想起李叔同的那首令人难忘的《送别》。他走过的石板路、泥路,他熟悉的池塘、杨柳,他喜欢的小鸟……在时间中没有变得模糊,但那个被长工拉着手的"宜官"已垂垂老矣!

平淡如水的回忆,是他晚年的文字,与他中学时写的《人比黄花瘦——读李清照词偶感》《一事能狂便少年》那种锐气的文字已大不一样了。

我们再来读一下他1949年写的《听不到那些话了》。这是一篇怀念文章,当时《大公报》总经理胡政之先生去世了。他到香港,就是去跟胡政之的,但没有多久,胡政之就生病回上海治病了,第二年就去世了。消息传来,他写了这篇《听不到那些话了》。我们来读最后一段:

去年,也是在这个季节,也是这种天气,胡先生离开香港。我站在报馆宿舍门口,看着他一步一步走下坚道的斜坡。临别时他说:"再会。"我问他:"胡先生,你就会回来么?"他说:"就会回来。"说了淡淡的一笑,我从这笑容中看到一种凄然的神色,我立在门口呆了许久,心中似乎有一种不祥的对命运无可奈何的预感，果然，他永不会再回来。这些话也永远不会再听到了。

文章的题目是《听不到那些话了》，结束在"这些话是永远不会再听到了"。这篇悼文写得非常漂亮，非常饱满，非常有感情，仅仅从这一段就可以看出来，有许多细节的回忆。去年同样的季节、同样的天气，胡政之先生离开香港，金庸送他的时候，他一步一步，从那条坚道斜坡走下去；临别的时候，虽然胡先生说他还会回来，但是金庸从他淡淡的笑容里看见的是一种凄然的神色，他在门口呆了许久，心中已经有了一种不祥的预感。这一天果然来了，胡先生永远不会再回来了。文章充满深情，金庸的深情都是在细节里面体现出来的，都是在对话、场景中，而不是说一番"胡先生，我多么想念你"之类的话。文章没有一句废话，干干净净，所有深情都落在他们互动的情景上面。金庸的文章写得好，写文章就应该这样。难怪他后来一开笔写武侠小说，就写得那么好。从1949年到他开始写武侠小说还有六年，六年后金庸就要横空出世了，这时候还只有查良镛。

游学手册上我选的金庸文章，有不同的署名，查理代表的是中学时的金庸，查良镛代表的主要是青年时的金庸，1955年他开始以金庸为笔名写作，偶尔在报纸上写评论时也会用查良镛，当然他还用过其他笔名。

我从他的武侠小说《射雕英雄传》《书剑恩仇录》和《天龙八部》中选了五个片段，我们先看"江南"，因为我们此刻就在江南：

便在此时，只听得欸（ǎi）乃声响，湖面绿波上飘来一叶小舟，一个绿衫少女手执双桨，缓缓划水而来，口中唱着小曲，听那曲子是："菡（hàn）萏（dàn）香连十顷陂，小姑贪戏采莲迟。

晚来弄水船头滩，笑脱红裙裹鸭儿。"歌声娇柔无邪，欢悦动心。

段誉在大理时诵读前人诗词文章，于江南风物早就深为倾倒，此刻一听此曲，不由得心魂俱醉。只见那少女一双纤手皓肤如玉，映着绿波，便如透明一般……

菱塘尚未过完，阿碧又指引小舟从一丛芦苇和茭白中穿了过去。这么一来，连鸠摩智也起了戒心，暗暗记忆小舟的来路，以备回出时不致迷路，可是一眼望去，满湖荷叶、菱叶、芦苇、茭白，都是一模一样，兼之荷叶、菱叶在水面飘浮，随时一阵风来，便即变幻百端，就算此刻记得清清楚楚，霎时间局面便全然不同。鸠摩智和崔百泉、过彦之三人不断注视阿碧双目，都想从她眼光之中，瞧出她寻路的法子和指标，但她只是漫不经意的采菱拨水，随口指引，似乎这许许多多纵横交错、棋盘一般的水道，便如她手掌中的掌纹一般明白，生而知之，不须辨认。

如此曲曲折折的划了两个多时辰，未牌时分，遥遥望见远处绿柳丛中，露出一角飞檐……

（《天龙八部》）

这段写江南的水路，水上的茭白、芦苇、荷叶，摇船的欸乃声响、阿碧唱的曲子，文字非常动人，人物的心理活动也特别有意思，鸠摩智、崔百泉、过彦之，这三个人物各怀鬼胎，都看着阿碧的眼睛，想从她的眼光中瞧出她寻路的法子和指标，可是那个阿碧——姑苏慕容家的丫鬟，只是漫不经心地采菱拨水，随口指引，后面那句话极为精彩——"似乎这许许多多纵横交错、棋盘一般的水道，便如她手掌中的掌纹一般明白，生而知之，不须辨认。"棒极了，这种文字！就这样曲曲折折地划着划着，江南水乡的一切就融入了故事情节当中，融入了人物的心思当中。

金庸是江南人，熟悉江南水乡，他笔下的江南写得生动，可以理解。就是他没有去过的西北戈壁，他照样能写得让你永远难忘。我们再来看一段他笔下的西北戈壁：

不一日已到肃州，登上嘉峪关头，倚楼纵目，只见长城环抱，控扼大荒，蜿蜒如线，俯视城方如斗，心中颇为感慨，出得关来，也照例取石向城投掷。关外风沙险恶，旅途艰危，相传出关时取石投城，便可生还关内。行不数里，但见烟尘滚滚，日色昏黄，只听得骆驼背上有人唱道："一过嘉峪关，两眼泪不干，前边是戈壁，后面是沙滩。"歌声苍凉，远播四野。

一路晓行夜宿，过玉门、安西后，沙漠由浅黄逐渐变为深黄，再由深黄渐转灰黑，便近戈壁边缘了。这一带更无人烟，一望无垠，广漠无际，那白马到了用武之地，精神振奋，发力奔跑，不久远处出现了一抹岗峦。

转眼之间，石壁越来越近，一字排开，直伸出去，山石间云雾弥漫，似乎其中别有天地，再奔近时，忽觉峭壁中间露出一条缝来，白马沿山道直奔了进去，那便是甘肃和回疆之间的交通孔道星星峡。

峡内两旁石壁峨然笔立，有如用刀削成，抬头望天，只觉天色又蓝又亮，宛如潜在海底仰望一般。峡内岩石全系深黑，乌光发亮。

道路弯来弯去，曲折异常。这时已入冬季，峡内初有积雪，黑白相映，蔚为奇观，心想："这峡内形势如此险峻，真是用兵佳地。"

过了星星峡，在一所小屋中借宿一晚。次日又行，两旁仍是绵亘（gèn）的黑色山岗。奔驰了几个时辰，已到大戈壁上。戈壁平坦如镜，和沙漠上的沙丘起伏全然不同，凝眸远眺，只觉天地相接，万籁无声，宇宙间似乎唯有他一人一骑。他虽武艺高强，身当此境，不禁也生栗栗之感，顿觉大千无限，一己渺小异常。

（《书剑恩仇录》）

读这些文字，会不会想起苏东坡的前后《赤壁赋》？我试着这样读：

嘉峪关头，倚楼纵目，长城环抱，控扼大荒，蜿蜒如线，城方如斗……

不过减了几个字而已，可以再继续往下读：

歌声苍凉，远播四野。一望无垠，广漠无际。一字排开，云雾弥漫，别有天地……

凝眸远眺，天地相接，万籁无声，一人一骑，大千无限，渺小异常……

有景有思，苏东坡的《赤壁赋》是不是也是如此？读着读着，你是否明白金庸这些白话文是从哪里来的？是从生生不息的母语江河中流出来的，是从文言文中化出来的，难怪句句都饱满，句句都落实，句句都有来历。他不光江南写得好，西北也写得这么好。

我们再来看他是怎样写西湖的。西湖，白居易写过，苏东坡写过，杨万里写过，袁宏道写过，张岱写过……很多的大人物都写过，金庸要用白话文写出前人未曾写出的西湖美，真是不容易呀。我们来看他写三潭印月这段：

> 三潭印月是西湖中的三座小石墩，浮在湖水之上，中秋之夜，杭人习俗以五色彩纸将潭上小孔蒙住。此时中秋甫过，彩纸尚在，月光从墩孔中穿出，倒映湖中，缤纷奇丽。月光映潭，分塔为三，空明朗碧，宛似湖下别有一湖。只见一个灰色人影如飞鸟般在湖面上掠过，剑光闪动，与湖中彩影交相辉映。

> 五艘船向湖心划去，只见湖中灯火辉煌，满湖游船上都点了灯，有如满天繁星。再划近时，丝竹箫管之声，不住在水面上飘来。

> 数百艘小船前后左右拥卫，船上灯笼点点火光，天上一轮皓月，都倒映在湖水之中，湖水深绿，有若碧玉。

（《书剑恩仇录》）

关键是要把西湖的美与他笔下的故事融合在一起，让西湖成为舞台，同时写出一个前人未曾写过的西湖，"数百艘小船前后左右拥卫，船上灯笼点点火光，天上一轮皓月，都倒映在湖水之中"。红花会群雄与乾隆皇帝的卫士要在西湖展开一番龙争虎斗，这是前人未写过的西湖。

我们再来看他写的湘西。湘西是沈从文的故乡，没想到金庸竟然也很熟悉。他高中毕业到重庆去考大学，路过湘西住了一阵子，后来他被重庆中央政治大学开除，抗日战争胜利前后又在湘西工作了一段时间。他这样写沅江上的纤夫：

> 眼见日将当午，沅江两旁群山愈来愈是险峻……只见上行的船只都由人拉纤，大船的纤夫多至数十人，最小的小船也有三四人。每名纤夫躬身弯腰，一步步的往上挨着，额头几和地面相触，在急流冲激之下，船只竟似钉住不动一般。众纤夫都是头缠白布，上身赤膊，古铜色的皮肤上满是汗珠，在烈日下闪闪发光，口中大声吆喝，数里长的河谷间呼声此伏彼起，绵绵不绝。
>
> （《射雕英雄传》）

如果沈从文来写沅江上的纤夫，大概也只能写到这个程度。就凭这段文字，金庸的白话文简直可以直追沈从文了。

他笔下的江南我们见识过了，西北的戈壁读了，西湖读了，湘西的纤夫也读了，都是静的，金庸写得最多的是什么？是打斗的场面。我们来看看聚贤庄乔峰大战群雄前的一段文字：

> 乔峰端起一碗酒来，说道："这里众家英雄，多有乔峰往日旧交，今日既有见疑之意，咱们干杯绝交。哪一位朋友要杀乔某的，先来对饮一碗，从此而后，往日交情一笔勾销。我杀你不是

忘恩，你杀我不算负义。天下英雄，俱为证见。"

…………

众人越看越是骇然，眼看他已喝了四五十碗，一大坛烈酒早已喝干，庄客又去抬了一坛出来，乔峰却兀自神色自若。除了肚腹鼓起外，竟无丝毫异状。众人均想："如此喝将下去，醉也将他醉死了，还说什么动手过招？"

殊不知乔峰却是多一分酒意，增一分精神力气，连日来多遭冤屈，郁闷难伸，这时将一切都抛开了，索性尽情一醉，大斗一场。

…………

乔峰跃入院子，大声喝道："哪一个先来决一死战！"群雄见他神威凛凛，一时无人胆敢上前。乔峰喝道："你们不动手，我先动手了！"手掌扬处，砰砰两声，已有两人中了劈空拳倒地。他随势冲入大厅，肘撞拳击，掌劈脚踢，霎时间又打倒数人。

（《天龙八部》）

拿起金庸的武侠小说，如果你只是去看情节，只是去看打斗的动作，不去体会文字之美，那你就看歪了，正道是要看到文字背后的那种美。我们看他写的打斗，如乔峰聚贤庄大战前先喝四五十碗白酒，那种豪气冲天，要体会文字的力量，而不是仅看故事情节这么简单。金庸武侠小说中的文字，在武侠小说作家中首屈一指，他的白话文干净、漂亮，非常有表现力。

从他少年时代以"查理"的笔名发表文章，到他后来写的武侠小说、报纸评论，可以看到他在母语表达上的一步一个台阶。学者胡河清写过一篇《中国文化的诗性氛围》，其中说：

> 《书剑恩仇录》是金庸小说的国境线。在这部小说中滚动着犹如"玉城雪岭"般的钱塘夜潮。这是金庸故乡海宁的潮。其中暗伏着中国文化根源之地发出的信息。海潮的涨落体现了太阳系的游戏规则。金庸是将号称天下第一潮的海宁潮捎向人间的绝世怪才。乾隆和陈家洛夜半在海神庙相会的情景大概只有土生土长的海宁人才能够写得出来。"十万军声夜半潮"，金庸居住的盐官镇日日夜夜就是这样受到来自受制于太阳系活动规律的奇妙辐射的。读了《书剑恩仇录》，才会明白金庸何以能构成这样庞大的有关中国天人合一文化的话语系统。他的十四部大著就和挟持天地日月精气的海宁潮一样，是一种太阳系的游戏。

这里有个错误，金庸是哪里人啊？他居住在海宁盐官镇吗？不是。他是袁花镇人，这说明胡河清没来过海宁，他只知道金庸是海宁人，对于盐官镇和袁花镇却不大分得清。但是他的这几句话写得很有力量，他说"金庸是将号称天下第一潮的海宁潮捎向人间的绝世怪才"，海宁潮的涨落体现了太阳系的游戏规则，只有金庸这样幼年、童年、少年时代就看着海潮涨落的人，才能写出《书剑恩仇录》和他的一系列武侠小说，那是和"挟持天地日月精气"的海宁潮一样有气魄的作品。

在海宁袁花镇金庸旧居

金庸去世后,我写的悼念文章中引用了《天龙八部》的一个段落,此时乔峰已恢复了他的本名萧峰,他本来就是契丹人,姓萧。

　　萧峰大声道:"陛下,萧峰是契丹人,今日威迫陛下,成为契丹的大罪人,此后有何面目立于天地之间?"拾起地下的两截断箭,内功运处,双臂一回,噗的一声,插入了自己的心口。
　　…………
　　蹄声响处,辽军千乘万骑又向北行。众将士不住回头,望向地下萧峰的尸体。

只听得鸣声哇哇，一群鸿雁越过众军的头顶，从雁门关飞了过去。

辽军渐去渐远，蹄声隐隐，又化作了山后的闷雷。

他小说中的片段随便掐下来都这样惊心动魄，文字非常漂亮，写生死都可以写得这样豪气冲天。

《天龙八部》最后写到萧峰在雁门关下折箭自杀，曾令多少读者潸然泪下，这当中也包括少年的我。这样壮烈的死法，当然不是金庸能有的，也非他所向往的，他向往的是《神雕侠侣》中的杨过，或者《笑傲江湖》中的令狐冲，轰轰烈烈之后飘然归隐，哪怕像《鹿鼎记》里面的韦小宝那样悄然归隐；他曾说他最羡慕的古人，就是功成业就之后带着西施泛舟太湖的范蠡，还有汉代的开国元勋张良。他心里一直有一个退隐梦，早在1960年10月5日，他就在《明报》发表文章说张良的结局怎样，范蠡的结局怎么样。因为大家不知道，所以容易引起各种有趣的想象。那个时候《明报》刚刚创办一年，还是香港一张无足轻重的小报，他当时正在写《神雕侠侣》，最后他给了杨过这样一个安排：杨过携着小龙女的手，与神雕并肩下山，"其时明月在天，清风吹叶，树巅乌鸦啊啊而鸣……"

2018年10月30日金庸在香港病故。他追悼会上派发的小册子中就有这段话。

2003年夏天，他在杭州对央视《新闻夜话》的主持人说，将来他的墓志铭将会这样写：

"这里躺着一个人，在20世纪、21世纪，他写过十几部武侠小说，这些小说为几亿人喜欢。"

好像他一生的贡献就是写了那些武侠小说，没有一字留给《明报》，但他一生的黄金岁月都是在办《明报》；从1959年到1992年，那是他人生最宝贵的岁月，而他的武侠小说1972年就完成了。我曾写过这样一段话：

> 他当然不会忘记他心血铸造的《明报》事业，但那已隐入历史的深处。芸芸众生看见的只是他的武侠小说。十五年后，他在香港安然离世，以九十五岁之年告别世界，海宁潮、西子湖、香江水……他生平熟悉的地方总是有水，人生也如水一样流过，终有归入大海的一天。
> 大海也是水，所以从水到水，人生都是水，眼泪也是水。
> 他肉身的离去只是自然规律，他的作品（包括未曾结集的大量社评）和他一生的故事还将继续为世人所关注。

金庸到底是一个什么样的人呢？

当然，他深知自己和前辈报人不可同日而语，在香港这个高度商业化的社会，他与《明报》的选择注定了带有更多的商业特征和功利色彩；他对香港市民心理有较深的体察，即使在评论时事时，也不失商业机心；他所处的环境和胡政之、张季鸾他们毕竟完全不同，中国特色的"文人论政"到他身上已是余波。归根到底，他和《明报》都是特定时代里香港这个特定社会的产物，有香港才有金庸，是香港成全了他的梦想，他在很多方面都深受香港这个典型商业社会的影响。但在骨子里他又是一个非常典型的中国人，一个深深打上了传统文化烙印的中国读书人。他年轻时学的是外语，直到老年，他宽大的书房里仍摆满了外文精装书，但他很少受西方文明的影响，终其一生，可以说他的内心都生活在传统中，这就不难解释他身上那种刻骨铭心的"大中国主义"情结。

金庸的白话文，干净朴素，既有中国古典的韵味，又有20世纪动荡岁月成长起来的那一代读书人特有的书卷气，读来令人伤感又有几分豪情。

在金庸旧居"赫山房"与金庸对话

关于金庸，我们就讲到这里。金庸已经故去了，一个时代就这样过去了，好在他的武侠小说还在。最后我们用他那副对联来结束：

飞雪连天射白鹿，笑书神侠倚碧鸳。

童子习作

成为大侠

刘尚钊

他的梦想是成为大侠？

金庸先生的武侠传奇，让他陷入了想象。那一字一句，一章一节，都让小小的他忍不住模仿。他太爱金庸和武侠了。

他渐渐把自己当成了一名大侠，时不时嘴里喊出一句："哪一个先来决一死战？！"双手舞动着，脸上表情严肃认真，带着十足的狂气。

就连他在学堂里写的作文，都是关于武侠的。老师问："你如此痴迷武侠，是什么原因？"他不能回答，那是说不出的喜欢，是一个少年无邪的愿望。

为了自己的愿望，他找到了当地一名武艺高强的师父。师父言："学武可是件苦差。金庸先生小说里那些大侠在比武时显尽英雄，但背后的艰辛可不是一般人能受得住的。"他愿意。

经过数个春秋，他成了全国最年轻的拳法传人。

这时他又拿起金庸的小说,终于读懂了。一个大侠是多少个寒暑练成的,并不是生下来就是大侠。且武侠的根本是"侠",而不仅仅是"武"。

金庸懂武侠,武侠亦懂金庸。

江　湖

郭馨仪

他
是一事能狂的少年
笔尖下闪着刀光剑影
谈吐中是归隐的侠气

一人之江湖
千万人之江湖
江湖中叱咤风云的他
善使一支笔

少年梦
是游侠之梦
梦中有江南水乡
有大漠风云

谁不知

金庸之鼎鼎大名

他年少时的侠客梦

早已化作点点清风

江湖再见

再见江湖

分烟话雨金庸去

冯彦臻

"分烟话雨",烟雨楼是金庸少年时就熟悉的。那时,王国维、徐志摩都离开了世界。如今金庸也去了,同去的还有那个属于他的江湖。

香江水、西子湖、海宁潮是金庸一生离不开的水。他的武侠小说,带着香江的柔美,西子湖的庄重,又不失海宁潮的万丈豪情。

金庸少年丧母,青年丧父,中年丧子,这是他的不幸。但他同样很幸运,如果他的生活一直幸福完美,或许也成就不了他了。也许正是如此跌宕起伏的命运,成就了金庸。

王国维说:"一事能狂便少年。"金庸也印证了这句话,狂气与少年是密不可分的,他少年时就在报刊上发表文章,后来在香港办《明报》。写武侠小说的金庸是从少年慢慢长成的。

分烟话雨金庸去,金庸一点儿也不平庸,他是不平凡的。他的遗憾可能是没能在自己的江湖中飘然归隐。但是,没关系,离开这个世界也不失是一种飘然归隐。

金庸去了,可他也留在了黄老邪的箫声中,黄蓉的笑声中,永远藏在属于他的江湖中。

沧海一声笑

金恬欣

沧海笑,滔滔两岸潮。江山笑,烟雨遥。

落目人世,沧海茫茫。遥想当年,少年轻狂,春衫薄。

——题记

金庸不庸。他的一生如水,少年时是溪流,青年时是大江,晚年时是沧海。

年少时的金庸,也是世家里的一朵娇花,稚嫩着呢。直到母亲、父亲相继离世,他才从繁华梦里惊醒。

年轻,有的是骄傲的资本。"一事能狂便少年",他毅然辞职,自办《明报》。此时的他,如滚滚长江——用石掷之,便激起一朵朵浪花,卷起千堆雪。办《明报》期间,金庸是一个冷静的旁观者,世事无常,他用一支笔去记录。

晚年的金庸,就像江流入海,没了浪花,也没了声息。愿做一场江湖梦,梦醒愿为武侠人。

大海漫无边际，就像这文字编织的江湖，风流人物跃然纸上。活泼机灵的黄蓉，随性率真的杨过，风流倜傥的韦小宝……每一个人都那样轰轰烈烈，处江湖之中，笑傲一切。

金庸与他笔下的人物一样，都是茫茫人海中的一滴水。人生不需要多精彩，愿在少年狂后，归隐于田园。

最好的结局莫过于相忘于江中。

江湖中的人有傲气。他们不在乎谁的江山，只艳羡两小无猜。功名利禄，都弃之于脑后。人生不如大吵大闹一场，然后飘然离去。弃五行，辞六界，自顾去逍遥——如一滴水从天而降，自小溪归于河流，最后进入大海。

江湖，愿你归来仍是少年，一声长笑，忘却半生之狂妄，做一个笑傲江湖的逍遥人。

南来白手少年行

曾子齐

金庸旧居的门一扇一扇进入视线之中，唯有一个小房间的门紧闭着，雪白的墙被玻璃代替，似乎要把岁月的印记全部关在里边。

那个"金庸出生地"的小屋已被定格在了1923年的春天。

偌大的院子，少年金庸的痕迹早已淡去，看不见一个他的脚印。

"南来白手少年行"，耳边的吟诵声，仿佛来自遥远的天边，若有若无。那声音或惊心动魄,或细水长流,或感人肺腑。

"飞雪连天射白鹿,笑书神侠倚碧鸳。"是他带我们走入一个奇妙的武侠世界。但是,有多少人知道他还是个报人呢?又有谁喜欢报人查良镛胜过喜欢小说家金庸呢?

金庸把他一生最重要的时光献给了《明报》,最后被人们所记住的却只是那些武侠小说。那么多年的付出竟比不上小小的娱乐!

回到那个小小的房间,似乎有婴儿的哭声在回荡。转眼,近百年时光已逝,伊人已去,明报大楼依然耸立在香港街头,武侠小说还在发光。

一事能狂便少年

郭锴宁

王国维先生说过:"一事能狂便少年。"少年与狂不可分离。金庸先生少年时是非常"狂"的。他读高中时,有一次差一点儿被开除,原因是他在壁报上发表了一篇暗讽学校训育主任的文章,这足以说明他的"狂",但他"狂"有资本,他当时的文采已在同龄人之上了。

没有资本而"狂",不过是刷存在感,讨得别人一阵嘲笑罢了,没有一点儿意义。金庸的"狂",并不是刷存在感,体现的是一种自信和勇气。他大学时虽然辍学,但后来照样成了大名鼎鼎的作家。

但并不是只有少年才可以"狂",金庸的一生都很"狂"。青年时他写武侠小说,里面一个个飘逸的人物性格,也代表着他心中的那个江湖。到了晚年，他还是"狂"的，依然追逐自己的青春，取得了剑桥大学博士学位。金庸的一生是传奇的，造就他传奇的就是"狂"。

笔

张　禾

从我有意识时起，我就一直陪伴在一个人的身边；他叫查理，就是查良镛，又叫金庸。我惊叹于他江河一般的文字，时而平静优美，时而汹涌澎湃。

在他的"想象力黑洞"中，我见到了无数的人物，看到了无数的故事。

时间慢慢过去，我开始享受这份工作。我聆听到西湖上如意婉转的歌声，聆听到戈壁上呼呼作响的风声……听着听着，眼看着主人渐渐老去。不过，我能感受到他那颗"老夫聊发少年狂"般依旧年轻的心。

但人总要死的，看着主人合上双目，我心里被悲伤填满，我再也看不到他了，虽然他那些跌宕起伏的文字还在。

射雕少年

付润石

绿油油的桑田，拥抱着初秋的海宁袁花镇老查家，这里听不到潮声，听不见王国维的读书声，也听不到徐志摩吟诗的声音。

袁花镇这个偏僻角落，平静得仿佛不曾有过动静，一切都是静止的。到了金庸老家门口，我才恍然大悟：真是这里，一代武侠小说家的故乡。

袁花镇的时间开始了，从一个婴儿呱呱坠地，祖父给他取名"查良镛"开始。一切都欣欣向荣，帝国已走向民国新天地，仿佛在他之前袁花镇从未存在过似的。现在，它又静止了，只留下读者阵阵叹息。九十多年过去了，袁花镇一次次地沉思，它知道它并未白白度过这近一个世纪的时光。

平静中，袁花镇仿佛看见了金庸，看见他骑着马，踏着皑皑白雪，"嗖"的一声，一支羽箭划过长空，穿入一只大雕颈中……射雕的金庸，仍活在母语的时空里。

从小名"宜官"到笔名"查理"，从袁花到石梁，重要的不是距离，不是年龄，而是理想和朝气。是那种看见云便想到《偶然》，看见水便想到王国维，看见桑田就能回想查家几百年兴衰的历史感。乾隆帝不在了，陈家洛和白振不在了，潮水仍一天天吞天沃日。袁花镇还在，或许还在做那满街店铺、代代进士的美梦，但已经不再有"珍珑"棋局的精妙、聚贤庄大战的豪情万丈了。

新修的旧居，查良镛从未来过。一段不堪回首的往事，多少"剪不断，理还乱"的离愁！从这片桑田出发的少年，多少年来在母语的时空中射雕，他射尽了千年的江湖，从此不再有侠客，这箭划破了文学和新闻的天空，划破了东方之珠的天空。

日日夜夜，钱塘江受到来自太阳系游戏规则的牵制，逆流而上的潮水一直涌到中国文化的上游。查良镛在袁花镇的少年时光，已经影响了几代读者。我们这些后来人，不知道查良镛是否像郭靖一样笨拙、胡斐一样孤独、乔峰那样豪迈，或渴望像令狐冲那样飘然归隐。但是，我们看见他曾经在母语时空里射雕，他有一种努力生长的样子。他学着后羿的样子，在千年江湖中射雕：他拉开弓弦，瞄准了夕阳下天边的几抹黑影……

从海宁潮到金庸

张雨涵

　　海宁潮、西子湖、香江水……他生平熟悉的地方总有水，人生也如水一样流过，终有归入大海的一天。

——课堂笔记

海宁潮

　　金庸生在海宁潮的潮声中，小名宜官。他是看着钱塘江的浪花长大的，海宁潮那气势磅礴的奔跑步伐与震耳欲聋的怒号，从1923年3月那天起，就已深深刻在了他的灵魂中。多少年来，日日夜夜，都是潮声伴着他度过。海宁潮，潮声里就有着与生俱来的"狂气"；而少年的"查理"，也是"一事能狂便少年"。

　　海宁潮，载着他生命中最初的几年光阴涌来。

西子湖

金庸在杭州度过几年的光阴。海宁潮是"狂"的，而西子湖却是细腻、柔和的。西子湖那柔和的波光，闪耀着光芒的湖面，成就了金庸干净的白话文。西子湖，也是他灵魂的一部分。

西子湖，载着金庸年轻时的学识飘来。

香江水

1948年，查良镛移居香港。战火纷飞间，查良镛不再是查良镛。香江水孕育了"金庸"这个武侠小说作家。我尚未到过香江，但我知道香江水在金庸生命中极为重要。在香江边，"武侠"横空出世，《明报》一举成名。金庸在香港度过了生命的大部分时光，成就了他不可比拟的光芒。但无论如何，中国传统文化的烙印，仍然深深刻在他的骨子里。

从宜官到金庸，也就是从海宁潮到香江水，包含了他一生波浪起伏的旅程。

潮起潮落，大侠在江湖
黄孝睿

1923年春，海宁查家一个婴儿哇哇降临，爷爷查文清为他取名查良镛。

查良镛听着钱江的潮声长大。钱江大潮浪涛起伏，见证了查良镛坎坷的一生。家毁，母丧……都没有击败他。

曾经的他，是一名自称"查理"的男生。正如王国维先生所说"一事能狂便少年"，查理很狂，是一位充满朝气的少年。那是徜徉在一篇篇美文间的查理，那是遭受无数次打击后又勇敢站起来的查理，那也是脑子里满是幻想、憧憬着未来的查理。不能说他年少轻狂，他狂是有资本的。

渐渐地，他以自己本名查良镛出现在人们视野中。

未及而立的查良镛听不到滚滚钱江潮了，取而代之的是维多利亚港轮船的轰鸣声。他有非凡的毅力，逐渐变得沉稳。这个远道而来的浙江青年开始如潮水般释放自己蓬勃的力量。

"金庸"这个广为人知的笔名在1955年出现，一代大侠刚刚起程。功成名就的金庸重拾童年的乐趣，成了少年时那个浮想联翩的查理。金庸在属于自己的空间里尽情释放自我。他是萧峰，智勇双全、豪迈飒爽、英雄悲壮；他是令狐冲，潇洒大方、武功高强……功成名就后归隐是金庸最向往的。

漫步于大侠的旧居，白墙黛瓦，草木散布。我仿佛徜徉在他的武侠世界，耳边涛声滚滚。

叫一声"宜官"

李益帆

"喔喔啼——喔喔啼——"公鸡的鸣叫，唤起了童年的回忆，一部部美好的作品从他心中流淌出来。

一声"宜官",将他带回查家的黄金时代。满街的店铺,唤人去捉小鸟,还为了一只"瓷鹅"而哭。回家路上的小池塘,充满了万盛对他的爱。这水仿佛活了,倒影中小鸟在拜菩萨,池中的水洒向柳树,那长条的勾人心弦的"头发"就这样化为"桑树"。

穿过绿油油的桑树林,是衰落了的查家。查良镛去了香港,带走了儿时的英雄梦,于是有了"飞雪连天射白鹿,笑书神侠倚碧鸳"。从武侠小说到《明报》,他在香港一步一个脚步地努力前行。

从水里来到水里去,终究还是水。海宁到香港,都是有水的地方。他的一生都没有离开水。池塘边,再叫一声"宜官",还有人回答吗?

五、一生须惜少年时——王国维篇

先生说

这是我第三次来到王国维故居，堂前的这副对联出自学者、书法家张宗祥之手，可以说是一个海宁人献给另一个海宁人的：

旧书不厌百回读，至理真能万事忘。

这副对联集的是苏东坡和陆游的两句诗。王国维是一位学者、一位"旧书不厌百回读"的读书人；他一生都在埋首读书，在学术的殿堂求至理，浑然忘却世上万事。他的治学生涯短暂但辉煌，他生平的学术成就在这个展厅中可以看到；从攻读西方哲学到构筑新美学体系，从《宋元戏曲考》到"二重证据法"，无不印证了他指出的古今成大事业、大学问者必须经过的三种境界。大家一起来读：

古今之成大事业、大学问者，必经过三种之境界："昨夜西风凋碧树。独上高楼，望尽天涯路"，此第一境也。"衣带渐宽终不悔，为伊消得人憔悴"，此第二境也。"众里寻他千百度，回头蓦见，那人正在灯火阑珊处"，此第三境也。此等语皆非大词人

不能道。然遽（jù）以此意解释诸词，恐晏欧诸公所不许也。

他借用了宋代三位词人三首词中的三个词句，来表述古今成大事业、大学问的人必须经过的三种境界，我觉得特别恰当。我少年时第一次遇到王国维，在《王国维评传》中第一次读到这番话，就记住了，一直记到现在。

你们衡量一下自己现在处于哪种境界？（童子：第零境界。）"第零境界"要走向哪里？走向第一境界，就是"独上高楼，望尽天涯路"。我们到海宁来，就是"独上高楼"，开阔视野，打开自己的世界。

有的人从来都没有到达过第一境界，在"第零境界"里盘桓一直到死。能走到第一境界的人是有幸的，但是不经过第二境界便不会有第三境界。第二境界是什么？"衣带渐宽终不悔"，柳永的词，王国维借过来用在这里，为了研究学问，衣带渐宽，人憔悴，即不断地努力、用功。只有经过了第二境界，才能进入第三境界，"回头蓦见，那人正在灯火阑珊处"，终于抵达他想要抵达的地方。

王国维的学问非常广。年轻时他研究教育、文学，在文艺批评、诗词戏曲史研究上有重要的贡献；后来转向了金石、小学，主要研究甲骨文、金文，研究汉魏的石经、敦煌卷子，还研究中国上古史、蒙元史。他在古诗词、戏曲史、教育、历史以及甲骨文、金文、敦煌学等不同领域，都有原创性的贡献，受到世界学术界的敬重，不仅被中国人景仰，有个美国学者甚至用了二十年的时间，来翻译他的《人间词话》。

他很年轻时就走出这个小屋到了上海，然后东渡日本，接触了欧洲的哲学，知道了叔本华、康德这些哲学家，开始了中西思想文化的比较。他在《红楼梦评论》中，就用到德国哲学家叔本华的悲观哲学来研究《红楼梦》。他在上海主编一本杂志叫《教育世界》，第一次在中国提出了一些新的概念，如"美育"；

然后他转向了美学领域，写出了光照百年的《人间词话》，其中提出了著名的"境界说"。他说"词以境界为最上。有境界则自成高格"。他又研究了宋元以来的戏剧史，早在 1913 年初就写出了《宋元戏曲史》，这是中国第一部关于戏曲史研究的著作。在他之后，鲁迅在北大讲中国小说史，完成了《中国小说史略》，这与王国维研究戏曲史一样都是开创性的。

他提出的"二重证据法"，就是指地下挖掘出来的新材料和地上已有的文献之间相互印证，这是历史研究中很重要的方法论上的突破。他在上古史特别是商周史研究领域有重大贡献，同时他也是一位古文字学家，精通甲骨文、金文。他五十岁时就自杀了，学术贡献已是如此。海宁盐官王国维的故居，被后世许多读书人看作学术的圣地，到这里来可以感受王国维的生命气息。

与王国维对话

王国维先生始终用文言文写作，但是他在学术上不老旧，而是开风气的。可以说他是一个横跨中西古今的人，学贯中西，也学贯古今，能把古今和中西都打通，这样的中国人百年来也没有几个，而他是第一个。连"教授中的教授"陈寅恪对他都佩服得不得了，给了他十个字的评语——"独立之精神，自由之思想"。这些话后来被刻在了清华大学王国维先生的纪念碑上。他是真正做到了"有容乃大"的人，五十岁就完成了他所说的古今之成大事业、大学问者的三种境界。

到了王国维故居，我就觉得自己是王国维的朋友，是到朋友家来做客串门的。因为我跟王国维先生之间有精神上的联系。我十七岁时在北京白石桥的一家旧书店，买到了一本《王国维评传》，知道了王国维先生的学问道路，从此就对他景仰得不得了。我曾一遍遍地重复郭沫若评价他的这句话：

> 他留给我们的是他知识的产物，那好像一座崔嵬（wéi）的楼阁，在几千年的旧学的城垒上，灿然放出了一段异样的光辉。

这是我跟王国维先生结缘的起点。郭沫若也研究甲骨文，也研究历史。郭沫若，字鼎堂，王国维，号观堂，所谓中国研究甲骨文的"四堂"，另外两个人是罗振玉，号雪堂，董作宾，字彦堂。

虽然王国维五十岁就放弃了这个世界，但是他的学问像一座"崔嵬的楼阁"依然放射出异样的光辉。这个小小的庭院，门口有一块石头，上面刻着"全国重点文物保护单位"，这么寻常的甚至有点儿微不足道的房子为何会成为全国重点文物保护单位？因为这个人曾经在这里住过十三年，这个人在这里度过了他最宝贵的少年时光，他在这里奠定了很深的旧学根基；

他从这里走出去，到上海，到日本，接触了西学，成了一代横贯中西古今的大学者，真正实现了古今之成大事业、大学问者的三种境界。他是进入了第三境界的少数人，不少人可能死在了第二境界里，"为伊消得人憔悴"，憔悴死了，或者不愿意憔悴，连第一境界都没有走出来。难怪大部分人终其一生只能走在第零境界，少数人能走到第一境界，能够走到第一境界的人就很好了。能穿过第二境界的人，一定能进入第三境界。天分加努力，必然有成就。

郭沫若的这句话进入我十七岁的生命当中，我的生命里从此就活着一个王国维；我知道中国有个王国维，海宁盐官钱塘江边有座王国维的旧房子。那本《王国维评传》的扉页有一张这个房子的黑白照片，不是很清晰。二十三年后，2007年我第一次来到这里，看到这个房子我很失望，因为它太新了，跟我在照片上看到的旧房子不一样。2007年到现在又是十二年过去了，我第二次来这里是上个月。当时选定的上课场地就是这里，在王国维的石头雕塑前上课。那次我们来时还是夏天，这里都是知了，这些树上全是知了，如果在这里上"与知了对话"一课，那是与王国维先生家的知了对话。这里都是什么树？这些树中间现在只有鸟声，那时候全是知了声，知了叫得非常灿烂。那天比较热，我们到这里已是中午时分，我们在这里听了好久的知了声。那天我们听见的知了声，仿佛是少年王国维听到过的知了声。现在我们听到的是什么？是少年王国维听了十三年的鸟声，虽然此鸟非彼鸟，但是这个地方没有变，这是能听见知了声的地方，这是能听见鸟声的地方，这是能听见蟋蟀声的地方，更重要的是这里能听见什么声？对，能听见钱塘江潮水的声音。

有人说，金庸是听着钱塘江潮水的声音长大的，广义上说可以。之前我们去过金庸旧居,你们说那里能听见钱塘江潮水的声音吗?当然听不见,从金庸旧居到钱塘江开车都差不多要一个小时呢。金庸小时候来盐官看潮,是要坐船的。虽然金庸可以年年都来,那也只是年年来,不像少年王国维天天在楼上就可以听潮。你们刚刚去过他的卧室,可以想象:他早晨在床上醒来,保不准就听见了潮水声;跨过现在这条马路就是钱塘江大堤。真正听着海宁潮长大的少年是王国维,他才是盐官人。

盐官历史上出过的人物,清代有陈阁老,是做大官的。王国维是做学问的,但是随着时光的流逝,做官的陈阁老,跟做学问的王先生相比,真正留下来的是谁?当然是王先生,陈阁老已过去了,世上的富贵荣华转眼成空。留在时间中的是听过知了声的少年王国维,是听过钱塘江潮水声的少年王国维。

钱塘江的潮水很神奇,今天不是农历八月十八,我们看不到十八米高的潮水,也看不到万人轰动的那种场面,但是我们依然能看见从海上来的一线潮,那是少年金庸看过的、少年蒋百里看过的、少年徐志摩看过的,当然也是少年王国维看过的,他们都是太阳系游戏规则中的神奇的海宁潮捎向人间的绝世奇才,有他们,就有海宁。海宁如果只有海宁潮,没有王国维,没有金庸,没有徐志摩……它还能吸引我们吗?人比潮水更牛,有潮水、有人,这个地方就有生命,有活力。从某种意义上说,海宁潮捎向人间的这些奇才,一个一个都是中国级的甚至是世界级的。

蒋百里,军事学家,他在日本士官学校念书时,同蔡锷、张孝准一起被日本教官称为中国"士官三杰"。蒋百里活得比蔡松坡长久,做过保定陆军军官学校校长,培养了很多将军。他是一个军事理论家、军事教育家,先后留学日本、德国,之后我们将去蒋百里纪念馆讲蒋百里。

这些海宁潮捎向人间的海宁人物,"七〇后"的王国维生于1877年,"八〇后"的蒋百里生于1882年,"九〇后"的徐志摩生于1897年……他们都遇到了一个跌宕起伏的大时代,那时政治和文化上都发生着急剧的变化。王国维生在这样一个地方似乎一点儿都不奇怪,只有这个地方的灵气才足以造就这样一位学者。这里有太阳系的神秘游戏规则给他做牵引,许多事情是非常神秘的。我觉得你们今天很有幸,至少比我有幸,我十七岁才遇见王国维,2007年我第一次来到这里已经四十岁了,你们十一二岁就遇见了王国维,之前在清华大学海宁王静安先生纪念碑前上课,你们就会背陈寅恪执笔的那篇碑铭。你们少年时就来到了王国维先生家,成为他家里的客人,我希望你们成为他的朋友。

王先生生于1877年,我生于1967年,我比他晚生了九十年,但是我可以把自己看作他的朋友,是跟他一样走在一条通往未来的精神道路上的人。他喜欢《红楼梦》,我也喜欢;他喜欢叔本华,叔本华曾是我年轻时迷恋的哲学家;他喜欢康德,康德也是我喜欢的哲学家;他喜欢宋词,我二十岁前后还研究过宋词……我觉得我就是他的小朋友,比他小九十岁而已。"他"(指王国维石像)无非比我高一点而已,只是个头有点儿差距。另外我是肉做的,他是石头做的,但我的心是石头心,所以本质上我跟他是同构的,本质相同。

你们今天进入王国维故居前,我有意让你们从这块石头开始。因为这块石头告诉我们,少年王国维在这里住了十三年,十三年的时光都留在了这座旧房子里。他在这里听鸟声,听知了声,听钱塘江潮水的声音,就这样听着听着,他知道了世界的许多秘密,知道了人类的许多秘密,知道了过去的秘密,甚至也知道了将来的秘密。王国维能不能想到今天我们会坐在这块石头前上课？不能，但这又有什么关系。

王国维故居门口的课堂

你们觉得王国维还活着吗？活着，活在这块石头里，活在他的书里，活在人们的心里。"活还是死"其实是一个非常抽象的概念。有的人活着，他已经死了；有的人死了，他还活着。人不是知了，知了是否活着的标准是什么？就是叫，不叫了，知了就死了。人呢？我思故我在，有思想就叫活着，没思想就是结束了。

王先生最后是清华国学院四大导师之一，与梁启超、陈寅恪、赵元任在一起，那时还不叫清华大学。从这个意义上说，海宁王静安先生是清华人，他最终的归宿是清华。作为清华国学院的导师，他培养了不少学者，其中包括也是海宁人的吴其昌。

可以与天壤同久的是王先生的"独立之精神，自由之思想"，不是他的肉身。石头要彰显的其实也不是他肉体的生命，而是思想、精神的生命。我想起爱默生的一句话："人类的基础不是在物质里，而是源于精神之中。可是精神的本质却是永恒。"清华的那块石碑和海宁这块以王国维先生的形象出现的石头，指向的都是精神。

陈寅恪对王国维的盖棺论定，让我想起沈曾植七十岁的时候，王国维先生写的《沈乙庵先生七十寿序》中的一段评价，大家一起来读：

窃又闻之：国家与学术为存亡，天而未厌中国也，必不亡其学术；天不欲亡中国之学术，则于学术所寄之人，必因而笃之。世变愈亟，则所以笃之者愈至。

"天而未厌中国也，必不亡其学术。"对于一个国家一个民族来说，最重要的就是那些研究学术的人，无论是研究自然科学的、人文科学的，还是研究社会科学的。他们所研究的学术，常常关乎一个国家、一个民族的存亡。王国维知道，作为古典学问的集大成者，沈曾植就是"学术所寄之人"，是一个民族文化学术的托命之人。而他则是在沈曾植之后承前启后的一代学者，既承接了沈曾植的旧学问，又开启了未来的新学问。一个是继往，一个不仅继往，而且开来。深知学术之价值的王国维，一生就是要为学术而生。我们来读他的这一段《文学与教育》：

生百政治家，不如生一大文学家。何则？政治家与国民以物质上之利益，而文学家与以精神上之利益。夫精神之于物质，二者孰重？且物质上之利益，一时的也；精神上之利益，永久的也。前人政治上所经营者，后人得一旦而坏之，至古今之大著述，苟其著述一日存，则其遗泽且及于千百世而未沫。故希腊之有鄂谟尔①也，意大利之有唐旦②也，英吉利之有狭斯丕尔③也，德意志之有格代④也，皆其国人人之所尸而祝之，社而稷之者，而政治家无与焉。何则？彼等诚与国民以精神上之慰藉，而国民之所恃以为生命者，若政治家之遗泽，决不能如此广且远也。

这段话我非常喜欢。他说，生一百个政治家出来还不如生一个大文学家出来。这样的大文学家中国有吗？李白、杜甫、曹雪芹、鲁迅、沈从文……这些人都是，生出一个这样的人，胜过一百个政治家。你们还记得梁启超给他的儿子们写信时是怎么说的吗？他说，如果他们能成为李白、杜甫这样的人，他宁愿他们不要做姚崇、宋璟。姚崇、宋璟可是开元盛世时的两个宰相。

王国维提到了荷马、但丁、莎士比亚、歌德，朱生豪为《莎士比亚戏剧集》写的序言中，同样提到了这几个人。这两年，我们一路走来，从希腊、意大利到德国，佛罗伦萨的但丁故居，法兰克福的歌德故居都去过了，下一个目标就是英国的莎士比亚故居。他们带给人类的是永久的精神财富。无论王国维还是

---

① 今译"荷马"。
② 今译"但丁"。
③ 今译"莎士比亚"。
④ 今译"歌德"。

朱生豪，说着说着就会说到这四个人，他们代表了古希腊、意大利、英国、德国对人类的贡献；他们在文学上的创造，是人类的想象力、审美力在他们身上的绽放，像花一样的绽放，而且这种绽放不是一时的绽放，而是千年的绽放、万年的绽放。

中国有没有这样的花绽放？刚才走过来，我看到路边有许多无名花在绽放。如果讲中国文学史，有没有花在绽放？《诗经》是不是花一样地绽放？《诗经》三百多篇，就是三百多种花在绽放。唐诗的天空星斗灿烂，诗人们是不是都像花一样在唐帝国绽放？大唐帝国灭亡以后，多少人还会在意那些皇帝叫什么名字，而不关心李白、杜甫他们的诗篇？前面我讲过，只要一首诗，甚至一句诗，一个诗人就足以传世。一句"夜半钟声到客船"就够了，《黄鹤楼》《春江花月夜》这样一首诗就能成就一个诗人。宋代人写的诗也好，但总觉得苏东坡他们写不过李白、杜甫，是不是？但是填词就是他们的事了，苏东坡、柳永、李清照、辛弃疾，那是宋词的花。宋代的花、唐代的花，都是花，都曾经像花一样绽放。王国维概括古今成大事业、大学问者的三境界，就想到了柳永、辛弃疾、晏殊他们的词句。

王国维不仅研究词，写出了《人间词话》，而且也会填词。我选了王国维的几首词，大家一起来读：

蝶恋花·辛苦钱塘江上水

王国维

辛苦钱塘江上水。日日西流，日日东趋海。终古越山浉（hòng）洞里。可能销得英雄气。

说与江潮应不至。潮落潮生，几换人间世。千载荒台麋鹿死。灵胥抱愤终何是。

这是王国维 1898 年写的，那一年他只有二十一岁，还住在这座房子里。自九岁搬到这座房子，他一住就是十三年。就在他将要离开这座房子，前往上海时，他填了这首词。你们在这首词里能不能看出他对故乡的依恋？他写的是钱塘江的潮水，"说与江潮应不至。潮落潮生，几换人间世"，那是他朝夕面对的"辛苦钱塘江上水"。

蝶恋花·阅尽天涯离别苦
王国维

阅尽天涯离别苦。不道归来，零落花如许。花底相看无一语，绿窗春与天俱暮。

待把相思灯下诉。一缕新欢，旧恨千千缕。最是人间留不住，朱颜辞镜花辞树。

虞美人·杜鹃千里啼春晚
王国维

杜鹃千里啼春晚，故园春心断。海门空阔月皑皑，依旧素车白马夜潮来。

山川城郭都非故，恩怨须臾误。人间孤愤最难平，消得几回潮落又潮生。

你们有没有发现王国维这阕《虞美人》写的也是故乡的潮水？1907年，他已经离开故乡，看见了外面更辽阔的世界。他去过上海，也去过日本了，见到了大世界，但对于故乡的潮落潮生、故乡的夜潮，他还是念念不忘。他是听着潮水长大的少年，他永远都会回望潮水，他就是潮生的孩子。再读一首浣溪沙：

浣溪沙·草偃（yǎn）云低渐合围
王国维

草偃云低渐合围，雕弓声急马如飞。笑呼从骑载禽归。
万事不如身手好，一生须惜少年时。那能白首下书帷。

我们这一课就叫"一生须惜少年时"。本来我想把这堂课叫作"一事能狂便少年"，我怕你们"狂"不起来，那就珍惜少年的时光吧。"万事不如身手好，一生须惜少年时"，王国维先生写得好。如果做到了这句"一生须惜少年时"，再有一句"一事能狂便少年"，你就可以了，你就可以成为梁启超的《少年中国说》期待的中国少年。2018年10月4日，我们在北京植物园梁启超先生的墓前上课，今天也是10月4日，那天你们在梁启超先生墓前背诵了《少年中国说》，现在还能背几句吗？

故今日之责任，不在他人，而全在我少年。少年智则国智，少年富则国富；少年强则国强，少年独立则国独立；少年自由则国自由，少年进步则国进步；少年胜于欧洲则国胜于欧洲，少年雄于地球则国雄于地球。红日初升，其道大光。河出伏流，一泻汪洋。潜龙腾渊，鳞爪飞扬。乳虎啸谷，百兽震惶。鹰隼试翼，风尘吸张。奇花初胎，矞矞皇皇。干将发硎，有作其芒。天戴其苍，地履其黄。纵有千古，横有八荒。前途似海，来日方长。美哉我少年中国，与天不老！壮哉我中国少年，与国无疆！

"少年智则国智，少年强则国强"，无论是王国维先生笔下的少年，还是梁启超先生笔下的少年，都是他们对未来中国少年的期望，他们期望的人当然也包括了在座的你们。

相隔一年，同样是10月4日，三百六十五天，一个奇妙的圆圈，我们从梁启超走到了王国维，从死走到了生，那是埋葬梁启超先生的地方，这是王国维少年时代住过的地方。

我们刚才读了王国维先生的几首词，或许可以混在宋人的词里；他毕竟不是宋人，他写不出《念奴娇》《水调歌头》，也写不出《雨霖铃》那样的词来，但他是真正懂词的一个人。他是词人，更是学人，他的《人间词话》提出了"境界"说。我们选读几段：

人间词话（节选）

王国维

（一）词以境界为最上。有境界则自成高格，自有名句。五代北宋之词所以独绝者在此。

（三）有有我之境，有无我之境。"泪眼问花花不语，乱红飞过秋千去。""可堪孤馆闭春寒，杜鹃声里斜阳暮。"有我之境也。"采菊东篱下，悠然见南山。""寒波澹（dàn）澹起，白鸟悠悠下。"无我之境也。有我之境，以我观物，故物皆著我之色彩。无我之境，以物观物，故不知何者为我，何者为物。古人为词，写有我之境者为多，然未始不能写无我之境，此在豪杰之士能自树立耳。

（七）"红杏枝头春意闹"，着一"闹"字，而境界全出。"云破月来花弄影"，着一"弄"字，而境界全出矣。

他说，"有境界则自成高格，自有名句。""采菊东篱下，悠然见南山。"就是无我之境，好像"我"是不存在的，我是无意中看见了南山，我抬起头来，南山就已经在那里，不是我要看见南山，简直是南山非得让我看见。《人间词话》很薄的，你们将来通读了，就具备了初步的审美能力。

刚才有人问李白写过词吗，我们继续读《人间词话》：

（十）太白纯以气象胜。"西风残照，汉家陵阙（què）。"寥寥八字，遂关千古登临之口。后世唯范文正之《渔家傲》，夏英公之《喜迁莺》，差足继武，然气象已不逮矣。

这里提及的范仲淹的那首《渔家傲》，"塞下秋来风景异。衡阳雁去无留意"，跟"西风残照，汉家陵阙"是同一种风格，但是李白的八个字，千年来让多少人念念不忘。

（十六）词人者，不失其赤子之心者也。故生于深宫之中，长于妇人之手，是后主为人君所短处，亦即为词人所长处。

（十七）客观之诗人，不可不多阅世。阅世愈深，则材料愈丰富、愈变化，《水浒传》《红楼梦》之作者是也。主观之诗人，不必多阅世。阅世愈浅，则性情愈真，李后主是也。

（十八）尼采谓："一切文学，余爱以血书者。"后主之词，真所谓以血书者也。宋道君皇帝《燕山亭》词亦略似之。然道君不过自道身世之戚，后主则俨有释迦、基督担荷人类罪恶之意，其大小固不同矣。

王国维读过德国哲学家尼采的著作，尼采说南唐后主李煜的词中有亡国之痛，字字血泪，所以说是用血写的。作为诗人，阅世深了不一定好，所以王国维说李煜有赤子之心，生于深宫之中，长于妇人之手，作为君主那是他的短处，作为词人恰好是他的长处。

我们回到"少年"，王国维的词中有"万事不如身手好，一生须惜少年时"，也有"四时可爱惟春日，一事能狂便少年"；"一事能狂便少年"从唐代诗人的诗中化出，但胜过了前人。少年金庸读过他这首词，记住了这句"一事能狂便少年",还借来做了作文的题目。但作诗填词的时代毕竟过去了,在王国维先生的最后十年,白话文运动正如火如荼。文体随着时代的变化而变化,这一点,他并非不清楚。我们来读他的《宋元戏曲史·自序》:

> 凡一代有一代之文学:楚之骚,汉之赋,六代之骈语,唐之诗,宋之词,元之曲,皆所谓一代之文学,而后世莫能继焉者也。

我十七岁时第一次读到这句话,就死死地把它记住了,知道了凡一代有一代之文学。楚有楚辞,汉有汉赋,六朝的骈文,唐诗,宋词,元曲,明清小说,然后是白话文登场了。一代有一代之文学,游戏永远成不了文学,只能是娱乐。金庸的武侠小说有争议,连金庸都觉得那是娱乐,但是我们前面也讲过,把其中的片段拿出来,不从娱乐的角度去读,他的白话文大气、干净、有味,他是真正通母语的人。

这是提纲挈领的一句话。王国维写《宋元戏曲史》自序的时候,为什么要写这句话?他要把宋元戏曲特别是元曲放在整个中国文学史的脉络里考虑,从而确定元曲的价值,认为向来不被重视的元曲也有崇高的价值,跟唐诗宋词可以相提并论。在此之前,元曲本没什么地位。然而王国维这样的大学者说一代有一代之文学,元之曲可以跟唐之诗、宋之词相提并论,从此一切都被改变了。王国维这句话,不过几十个字,却打破了多少年来人们认识的误区,改变了人们的观念。这就是学者的力量,学术的力量。

前面我说过,他的《红楼梦评论》也是开创性的,他说《红楼梦》与一切喜剧相反,是彻头彻尾的悲剧,悲剧中的悲剧,它的美学价值就在这里。他不从伦理价值上说,而是从美学价值上给《红楼梦》一个确定的评价,并且跟《圣经·创世记》将人类的原罪的历史连在一起，用叔本华的悲剧哲学来阐释《红楼梦》的悲剧，这都是前人未曾想过的，也是绝对不可能想到的。这就是这块石头的原创，这块石头的原创是石破天惊的原创。这里面有石头吗？《红楼梦》不就是《石头记》吗？《红楼梦》不就是从一块石头开始的吗？所以，我说王国维是一块石头也没问题，他真的已成了一块石头，我们此刻看见的就是一块石头，《红楼梦》也是一块石头，这个世界就是石头的世界。

鲁迅曾说王国维"老实到像火腿一般"。郭沫若写过一篇文章，把鲁迅和王国维放在一起评价。鲁迅生于1881年，比王国维小四岁，他们都曾留学日本，鲁迅开创了中国小说史研究，跟王国维写《宋元戏曲史》可以相提并论。这一段话值得留意：

> 就这样，对于王国维的死我们至今感觉着惋惜，而对于鲁迅的死我们却始终感觉着庄严。王国维好像还是一个伟大的未成品，而鲁迅则是一个伟大的完成。
>
> 我要再说一遍，两位都是我所钦佩的，他们的影响都会永垂不朽。在这儿我倒可以负责推荐，并补充一项两位完全相同的地方，那便是他们都有很好的《全集》传世。《王国维遗书全集》（商务版，其中包括《观堂集林》）和《鲁迅全集》这两部书，倒真是"虽与日月争光可也"的一对现代文化上的金字塔呵！

这是郭沫若对鲁迅和王国维的评价。这里面有一个非常好的说法，说他们一个是"伟大的未成品"，一个是"伟大的完成"。王国维活到五十岁，鲁迅其实也只活到五十五岁。但是学术的工作最讲究积累，鲁迅主要是做文学工作。如果王国维能活到六十岁，甚至七十岁，还可以有很多新的贡献。可惜他已经变成了石头，这个"伟大的未成品"化成了一块石头的未成品。这个雕塑看上去就有一点儿像未成品。

我们再来看一位叫李劫的评论家对王国维的评价。李劫把王国维跟陈寅恪放在一起。王国维比鲁迅大四岁，比陈寅恪大了十三岁。我们知道，陈寅恪家学渊源，他父亲是著名诗人陈三立，他爷爷是戊戌变法时湖南巡抚陈宝箴，他们家从江西农村走出来，成为中国的名门望族。陈寅恪从小就受到了最好的家教，而且留学欧美，在哈佛大学、柏林大学等许多学校听课，但是他一个毕业证书都没有拿，在他看来，求学问远比拿证书重要。他在世的时候被称为教授中的教授，他拿着一个蓝布包袱走进教室，一些教授坐在他的课堂里规规矩矩地听讲。

陈寅恪敬重王国维，不仅因为他的学问，还有他身上的那股子劲儿，他不断地接纳新的知识、新的思想，让自己越来越强大，变成石头一样的人。肉身是脆弱的，石头是坚硬的。石头可以变成补天的石头，可以变成西西弗斯推到山上去的那颗石头，可以成为罗丹刀下的石头，变成"思想者"。我们来读这一段：

中国数千年文化之所以江河日下，愈显苍白，其不可忽视的原因，在于审美上的疲乏。这样的疲乏，赫然折射出该民族的集体无意识创伤。而王国维和陈寅恪的过人之处，则在于对这种审美疲乏的洞察，只不过他们在谈论美学的时候，时常使用美术一词。按照王国维的说法，既有可信而不可爱的理性逻辑和实证科学，又有可爱而不可信的纯粹哲学和纯粹美学。王国维由此感慨：

"我国无纯粹之哲学,其最完备者,唯道德哲学,与政治哲学耳。"他最为感慨的当然是:中国文化历史上,"美术之无独立价值也久矣"。

王国维、陈寅恪都是理解了中国文化秘密的人,中国几千年的文化最缺的东西就是审美,虽然唐诗宋词都写得很好,但是我们的审美意识没有被唤醒。李劼认为,王国维和陈寅恪先生已经意识到中国美学缺乏独立的价值,这是一个重大缺陷。一个人没有培养起审美的意识,一个民族高高在上,总是更多关注道德、伦理、政治,造成审美疲乏,这是一个根本性的缺陷。审美是一个民族的深层结构,能够构成这个民族最坚实的基础。为什么人们一提起世界文明,马上就会想到《荷马史诗》,想到但丁的《神曲》,想到莎士比亚的戏剧,想到歌德的《浮士德》,想到托尔斯泰的小说,因为这些作品代表了那个民族的秘密。德国的秘密藏在歌德的《浮士德》里,英国的秘密藏在莎士比亚的作品里,希腊的秘密藏在《荷马史诗》里,藏在断臂的维纳斯雕像里。这就是密码,文化的密码,文明的秘密都在这里,在审美方面。一个人从小没有建立起审美的概念,就会看见花开没有能力去欣赏,看到日出日落、潮起潮落没有能力欣赏。审美是一种能力,是一种积累,是依靠文化陶冶出来的;不断提高一个民族的审美水准,要从每一个少年开始。王国维提出的"美育"这个说法太重要了,他的《人间词话》《红楼梦评论》也都是在审美上做文章。"境界说""悲剧的悲剧"都是审美的发现。

我们再来读李劼的这一段话:

……如果说悲剧意味着一种巨大的审美快感的话，那么王国维的自沉则正好是这种快感的全身心的体验。由于如此深入的生命体验，王国维走向昆明湖的脚步并不像人们通常想象的那么沉重那么凄惨，而具有一般人所无法想象的平静和愉快。因为这脚步既没有"昨夜西风凋碧树。独上高楼，望尽天涯路"式的迷惘，也没有"衣带渐宽终不悔，为伊消得人憔悴"式的焦灼，从而全然洋溢着"众里寻他千百度，回头蓦见，那人正在灯火阑珊处"的欣喜和恬然。相形之下，梁济死得迷惘，谭嗣同死得焦灼，唯有王国维死得宁静，宛如一味淡淡的清香，在投水的一刹那从昆明湖上飘散开去，萦回于天地之间，观照出人世的苦难，观照出历史的劫变。遗憾的只是，当时的呼吸领会者，独寅恪而已。

　　对于王国维先生自杀的悲剧也可以从审美的角度去理解，李劼想到了他提出的三境界，巧妙地化用在这段文字当中。最后那句很好，是从哪里借来的？2018年的今日我们在北京香山黄叶村曹雪芹故居，我提到过鲁迅在《中国小说史略》里评论《红楼梦》的那句话，被李劼改动了一下，用在这里——"遗憾的只是，当时的呼吸领会者，独寅恪而已。"我们可以看出，他是借来的。读书的重要性就是，将来我们可以源源不断地向前人借用，只要借得恰当，但千万不能抄袭。最后我们还是用鲁迅评论《红楼梦》那句话来结束——"悲凉之雾，遍被华林，然呼吸而领会之者，独宝玉而已。"

　　我们今天与王国维的对话就停在这里。

在王国维故居合影

童子习作

通　　感

赵馨悦

万物都是相连的，世界也是相通的。人，互相感受对方，又与万物的心相感。

王先生同潮水一样出生，又像潮落那样平静地归去。他是个从小听着潮水声长大的小孩。

王先生的文字，不粗糙，但也算不上精细，只是用他那自然平静的语言"编织"成书。他的一生也是一本书，那是一本什么书？也可以叫"人间词话"吧。

　　每个人都可以成为一个审美共和国，这是德国人席勒说的，放在王先生身上也很恰当。席勒是个审美共和国，每个人都是审美共和国，只要你能辨认什么是美的，你用审美的眼光看着世界万物。

　　石头与人相感、相通。在王观堂先生家门口，有一尊用石头雕刻的王先生雕像，它有一颗人的心。我的老师说自己有人的形，却有石头的心。他们有相通的地方，都希望我们"一生须惜少年时"。

石头的境界
——伟大的未成品
袁子煊

　　他，是海宁潮捎向人间的王国维，继往，且开来。

　　他在海宁的潮水声中长大，是"潮生的孩子"。在这座已成了"全国重点文物保护单位"的房子里度过了十三个春秋，他每天听着潮起潮落声。

　　他，像春天里的花朵，绽放了。他精通各种"乱七八糟"的学问，从"昨夜西风凋碧树。独上高楼，望尽天涯路"，沿着"天涯路"走到了"众里寻他千百度，回头蓦见，那人正在灯火阑珊处"。他有独立之精神、自由之思想,成了万众敬仰之人。如今,他虽然已经离我们而去,成了石头的心,进入了石头的境界,但他的思想永存。有思想,就是活人。他,就这样永远地永远地留在了历史的轮回之中。

院里,高大的玉兰树依然耸立。宽宽的树叶后,鸟儿正叫得灿烂。这声音,仿佛是少年王国维昔日听过的,虽然此鸟非彼鸟,但是声犹在,王国维的魂也在!

雕　像

林南翀

一个盛夏的夜晚,知了唱得灿烂,鸟儿叫得明亮,我走到一片白玉兰树丛边,树丛中几尊雕像若隐若现。我走到第一尊雕像前,仔细端详。

第一尊雕像是一个无所事事的人。他看到我,感到我在用异样的眼光看他,他便说:"读书有什么好的,看着那枯燥无味的字,简直就是浪费我的生命!"我知道,他永远只能停留在第零境界。

绕过第一尊雕像,走到第二尊雕像前。我见他拿着一本书,心不在焉地站在那里,我招呼他:"你已经在第一境界了,但你需要更加努力!"他听了很不满,两只眼睛瞪得大大的。我想这样的人永远上不了第二境界。

接着我走到第三尊雕像前。他瘦骨嶙峋,手里拿着一本书,两眼贪婪地盯着。我说:"你已经进入了第二境界。"他问:"我有机会进入第三境界吗？"我只是淡淡一笑。

忽然，我被一股强大的引力吸了过去，我面前的雕像前堆着一摞比它自己还高的书。这是进入了第三境界的王国维先生吧？！

突然狂风大作，卷走了一切……

十万军声半夜潮

冯彦臻

王国维

海宁潮捎向人间的

绝世奇才

二十二岁那年

王国维走出海宁

海宁潮如万马奔腾

多年后

王国维自沉

只消得几回潮落又潮生

海宁潮依然年年奔腾

可哪一次

又比得上

这两次

王国维的一生

就是这样

平平淡淡

或轰轰烈烈

向我们走来

却又悄无声息地

走出历史的后门

历史就像

海潮

谁不是

轰轰烈烈地来

又悄无声息地走

可是

又有多少人

能被记住呢

王国维的魂

是属于钱塘潮的

也只有

带有王国维魂的潮

才能有

十万军声

壮观天下无的气魄

拂　尘

金恬欣

天际一道白线，江上没有船，唯有岸上人潮涌动。

江潮未来，江面如锦缎，有时微微泛起点儿褶皱。此时，白雾横于江上，天地浑浊，彼岸不知在何处，仿佛又回到了天地初开的时刻。

是否有人为潮而生？

倚着钱塘江，王国维就在江边出世。他是钱江之子，白日倚江而居，夜晚枕潮而眠。

人生的诗意藏在这自然之间。枕于江畔，或许在王国维少年时，这诗意，就化作一个个美梦，藏在他的心中了。

江水洗去他心中的尘埃，送给他明镜一般的心灵。在这江畔，王国维度过了十三个春秋，江水赋予了他水的灵气。

境界。什么是境界？只见那江上的白雾与波光粼粼的江面融为一体，这是虚无之境界；不久，初阳起，薄雾散，这是清明之境界。正是钱塘江赋予了王国维灵气，使他很自然地想到"境界"一说；江水带给他的透彻，使他能用上帝的目光看世界，让天地变得清晰。

江潮来了，卷起千堆雪。后浪推前浪，如追逐的孩子。那潮水将尘埃带去远方，留下一片干净的世界。

那潮水如同一位素衣道人，拿着拂尘，将灰尘扫尽，使这滔滔江水归于平静，使这混沌的天地变得清澈。

王国维何尝不是如此？他想驱走丑恶，只留美于人间。他留下的《人间词话》发现了美的秘密，那是涨落不息的江潮孕育出来的。

潮水过去了，世界显得尤为宁静，尘土已随着浪花朝天边走去，只留下干净素洁的江面与观潮人幸福的微笑。

玉兰香

陈禹含

闻着迎面扑来的玉兰香，我走进王国维的故居，去看那潮生的孩子。

第一缕香

第一缕香气来源于他的童年。这清香中，还带有淡淡的钱塘江江水味，他是一个潮生的孩子。在这小小的院子中，他度过了十三年，院子中似乎还回荡着他的琅琅读书声。黑瓦、白漆、木房，这中间蕴含着什么？历史？文学？比这些更重要的是王国维美好的童年回忆。

满树芳香

第一缕，第二缕，第三缕……伴随着无数的记忆，玉兰树发出幽香。这些记忆成就了他的一生。我走到那棵玉兰树下，聆听那棵大树的声音，它在花香中告诉我，王国维已永远活在了书里、石头里。

香气永恒

夏天，蝉声灿烂。蓦然回首，一代宗师早已悄然离去。1927年，他离去了，院中的玉兰花仍年年绽放，向人间散发幽香。"独立之精神，自由之思想"也永远铭刻在了石头上；他终究是一个石头人，拥有着石头心。

人间词话

陈姝含

斟满一杯酒，一饮而尽，天地一色，水月弄影，幽静的夜笼罩着幽静的江。

——题记

日

知了叫得灿烂。少年王国维坐在桌前，细品着蝉声。

如今，再看看故居外，听听故居的声音，蝉鸣早已逝去，留下的是鸟的鸣叫之声。这鸟声或许也是他少年时听过的，即使此鸟已非彼鸟。

少年王国维曾沉浸在蝉的鸣叫声中，悟出了属于他的"境界"。日的灿烂，也是蝉的灿烂。

午

　　潮声滚来，神秘的太阳系规则，笼罩着王国维彩虹色的梦。由青年迈入壮年的王国维，终于完成了《宋元戏曲史》，他想到了"凡一代有一代之文学"，似乎又回到了少年时光——正午时分，潮声扰乱他的心，他写下了"一事能狂便少年"。午，他在潮声中听到世界的秘密。

夜

　　时间静止。从"昨夜西风凋碧树"到"衣带渐宽终不悔"，只差"众里寻他千百度，回头蓦见……"王国维步入中年，已拥有一个王国维的世界。但他明白，夜色苍茫，自己终将成为一块石。

　　"五十之年，只欠一死。"他斟满一杯酒，随后将酒从头向下倾泻。这时，时间真的静止了。这酒变成了昆明湖的水，那块石头便是王国维。

　　石的世界里涌出淡淡清香，王国维一生的话语，就是人间词话。

王国维少年时

郭锴宁

　　王国维的家，可以说是海宁几位大家中环境最好的，四周安安静静，没有寻常人家的嘈杂，可以静听小鸟和知了歌唱，感受钱江潮的起伏。

王国维的家，看起来十分朴素，周围是一排排绿树，叶子油得发亮。来到前厅，看到一副对联，左联是苏轼的诗，右联出自陆游，张宗祥的书法苍劲有力。

王国维是学者，文采也很好，留下了许多传世的诗词。他常常口出金句，评论诗词直击要害。他所提出的古今之成大事业、大学问者必经过三境界，被人熟知。

"一生须惜少年时"，少年王国维在海宁家中坐听钱江潮的汹涌澎湃。每天早晨，一打开窗户，就能看到大片大片的翠绿。这样的环境使得少年王国维从小喜爱大自然，并从大自然中获得无穷的灵感。

王国维在这个院子生活的十三年，是他读书成长的十三年，为他终成大器奠定了基础。但王国维知道，他必须去感受一个更大的世界，他走出了家门。

潮生潮落忆观堂

张禾

1877年的钱江潮似乎与往年别无两样。农历八月十八，仍旧"远出海门，仅如银线；既而渐近，则玉城雪岭际天而来……吞天沃日，势极雄豪"。观潮的人群中，有一个面带欣喜的男子，他叫王乃誉，他夫人有了身孕。

12月3日，一个男孩呱呱落地，他叫王国桢。他身上寄托着父亲的希望。王国桢后改名王国维，字静安，晚号观堂。

"老实得像火腿一样。"这是鲁迅对他的评价。的确如此，但谁也不敢小看他在学术上取得的成就。有人说："谁也想象不到在他瘦弱的身躯中潜藏着改变中国的巨大能量。"

他继往开来，写出了令人震惊的《宋元戏曲史》，他那册薄薄的《人间词话》堪称巨著。

他又旧又新，他写的旧体诗词不逊于唐宋诗人，他是末代皇帝溥仪的"南书房行走"，他将尼采引入中国，打破了中国陈旧思想的囚笼，他是清华国学院四大导师之一……但不幸总紧跟有幸的脚步，溥仪被逐出紫禁城后，他迷惘，走路的脚步显得虚浮，如初学走路的婴儿一般，跟跟跄跄。

悲剧发生了，一代大师坠入了昆明湖中，如流星隐于黑夜，留下了"五十之年，只欠一死"的字条，令世人不解。

几个月后，汹涌的钱江潮又回来了，王国维——这个被潮送来的孩子，又乘着潮回去了。

与石居

付润石

一块巨石，耸立在海宁的土地上，顺着它的视线，穿过一百米的石子路，便是江堤所在。

这块巨石上布满孔洞，但只是简单的几何图形。丑到极处，便是美到极处。它是抽象的，做不了压菜石、洗衣石。它也许是为王国维而生的石，反过来讲，王国维就是这石。

这块石头，自信地立在王国维家门口，无数人不怀好意地敲它的前门，希望找到它石头般的心，可是终究是徒劳。它回答："走开。我紧闭着，即使你将我打碎，我仍然紧闭着；你可以将我磨成沙砾，我依然不让你进来。"

他们终究还是进来了，其中一位还厚颜无耻地留下一副烂透的对联。我突然感觉这石头像米开朗琪罗的奴隶像，那也是抽象的，令人深思的。只不过奴隶们有一种无可言状的悲剧。

"一部彻头彻尾的悲剧。"王国维道破了自己的一生，道破了石头的秘密，但他的身后并不是白茫茫一片真干净。

王国维以自沉画上悲剧的句号，但自沉不是终点，而是起点。他绝不是李尔王那样在暴雨中死去，更不是奥菲利亚一般在失意中自沉。2018年的今日，我们在鱼藻轩背诵《王观堂先生纪念碑铭》；一年的时间，从深沉的鱼藻轩来到"能狂"的海宁，如果说我们的对话是一个从死到生的过程，王国维更是一个从死到生的过程。

"五十之年，只欠一死。"此刻死与生一字之别，对于王国维并没有区别。自沉是他追求的表现，他是那样平静。王国维之后，还有陈寅恪，对于审美共和国的思考，会一代代继续下去。

鸟声上下，树林荫翳，这个时节闻不见玉兰的芬芳，听不见蝉鸣，一百米外的潮声，还在日复一日、夜复一夜地涌上来，试问何年潮声初次惊动世界？试问何年人类初次望见潮？太阳系的游戏规律，在每一年的八月十八阐释它的意义。

王观堂先生的意义有多重大，我想并不只是一部《人间词话》的重量，不只是一句"那人正在灯火阑珊处"的分量，也不只是一尊石像的重量。他有一种对至真至善至美的执着追求。

1927年王国维自沉的鱼藻轩，和他出生的地点同样是有水的，然而最大的不同则是海宁潮水，它可以逆流而上，且生生不息。

石与水

张雨涵

"但潮来得快，退得也快，转眼之间，塘上潮水退得干干净净。"

王国维的一生，也如潮水一般，来得快，去得也快。

——题记

石

女娲补天时，炼了三万六千五百零一块石头，最终剩下一块，那块石头便是贾宝玉身上的宝玉。不，它何曾不在这里，在王国维的灵魂中。

王国维是石。他的雕像是石，心是石，灵魂是石。他为学术而生，他骨子里有石头一般认真、严谨的态度。

水

他是钱塘江边的石头，日日夜夜枕着潮声，他终究会被潮水溶化。他也是水，是海宁潮的灵气造就了他。他是一位承前启后的学者，如潮水后浪推着前浪不断向前。他是水，是钱塘江，是海宁潮。

"五十之年，只欠一死。"他在世上不过五十个春秋。他如潮水一样，来得快，去得更快。

他生命的消逝，就如石，滚落江底。他生命的消逝，就如水，被推走了，不知去了何处。先生不再回来了，石与水也换了模样。不！他仍在，仍在记忆中，在他由石与水构成的灵魂中。

有人说，梁济死得迷惘，谭嗣同死得焦灼，唯有王国维死得宁静。

先生是石，先生是水。

活在石头里

李益帆

一条深邃而神秘的小径通向王国维的家。置身其中，鸟与蝉的共鸣打破了这一寂静。

戴着眼镜、留着长辫的王国维走到院子里拾起一块石头，问道："石头，你为什么缺个角？"石头答："因为我是一件平凡又不平凡的'未成品'，经过日月的推敲，我终会成为一件'完成品'。"听完这话，王国维的心中也慢慢有了石头，在精神道路上寻找知己，看彻头彻尾的悲剧《红楼梦》，在唐诗宋词的"境界"中畅游，与潮水相依相存。也许等了几个小时才能看到一条银线，但等来的是仿佛从天而降的大潮。太阳系的游戏规则是什么？不过是一个想象，王国维想象自己是写意的雕塑，凝固了的生命。

自沉带给他的是全身心的快感。他的才气和芬芳随之散去，他成了一个活在石头里的人。

六、不带走一片云彩——徐志摩篇

先生说

　　徐志摩生于1897年，殁于1931年。有人说他是"中国的拜伦"，有人说他是"东方的诗哲"，也有人说他是"星月下的夜莺"，而他自己说——"我是天空里的一片云"。

　　云，云就是他，他是《偶然》中的一片云。一起来朗诵《偶然》：

偶　　然

徐志摩

我是天空里的一片云，
偶尔投影在你的波心——
你不必讶异，
更无须欢喜——
在转瞬间消灭了踪影。

你我相逢在黑夜的海上，
你有你的，我有我的，方向；

你记得也好，

最好你忘掉

在这交会时互放的光亮！

这是徐志摩 1926 年 5 月写的一首诗，那时距他离世还有五年的时光。他短暂的一生，就像一片云，飘来飘去。此刻，徐志摩这片云和你们在这里"交会"，能不能互放光亮，就看你们了。如果你跟徐志摩在海宁、在这座他住过的房子里交会，却没能互放光亮，是因为徐志摩不够亮还是你不够亮？所以，你要先把自己擦亮，让你跟徐志摩相遇时，可以和他互放光亮。人与人相遇，可以互放光亮。

现在，我们又来到了一块石头前面。王国维家门口也有一块石头，那块石头是粗糙的，是一块学者的石头，这里的这块石头是不是精致多了？它似乎是光滑的，是一块诗人的石头，但是这块石头比那块石头小，那块石头是和底座连在一起的，而这块不是。石头与石头也不一样，有的石头高大，有的石头矮小，有的石头粗糙，有的石头光滑，不同的石头代表了不同的人，不同的风格，不同的生命形态，不同的方向。你有你的方向，我有我的方向。在哪里？在《偶然》里。我们把它拆开来，你有你的方向，你的方向是通往徐志摩的，我的方向是通往王国维的，他的方向是通往金庸的。不同的方向决定了不同的人生。每个人都要找到自己的方向，有的人的方向是臭皮匠的方向，有的人的方向是诸葛亮的方向。你可以想想，你会选择哪个方向，是臭皮匠的方向，还是诸葛亮的方向？这个答案你不用告诉任何人，只需告诉你自己。如果你说"三个臭皮匠，顶个诸葛亮"，我也可以说，三个诸葛亮不如一个臭皮匠，论做鞋，谁行？就看怎么比、比什么。

我们在徐志摩家又看到了石头，石头的后面是砖头，这是1926年建造的老房子，也就是他写《偶然》这首诗的那一年。徐志摩在这里生活，在这里读书，在这里写诗，他第二次结婚也在这里。他生命中最后的时光，是在外面的大学里教书，实际上他在这里住的时间并不多，但这毕竟是徐志摩的老房子。它是唯一的、不可替代的。如果这不是徐志摩的房子，我们就不会来这里上课，这座房子就不会有那么多人进进出出，不会有那么多人到了海宁，就想进来看看。其实他们不是来看房子的，而是来看徐志摩这个人的。中国只有一个徐志摩，世界只有一个徐志摩。

与徐志摩对话

徐志摩曾经在光华大学、大夏大学、东吴大学、中央大学、北京大学教书。

他上过的大学也很多，中国的沪江大学、北洋大学、北京大学，美国的科拉克大学和哥伦比亚大学，英国的伦敦政治经济学院、剑桥大学国王学院，一共七所大学。哪一所大学对他的影响最大？真正影响了他的是剑桥大学。他把剑桥翻译成康桥，把剑河翻译成康河，他的那首《再别康桥》也成了他的代表作。你们都已经背下来了，一起来背诵：

再别康桥
徐志摩

轻轻的我走了，
正如我轻轻的来；
我轻轻的招手，
作别西天的云彩。

那河畔的金柳，
是夕阳中的新娘；
波光里的艳影，
在我的心头荡漾。

软泥上的青荇，
油油的在水底招摇；
在康河的柔波里，
我甘心做一条水草！

那榆荫下的一潭，
不是清泉，是天上虹；
揉碎在浮藻间，
沉淀着彩虹似的梦。

寻梦？撑一支长篙，
向青草更青处漫溯；
满载一船星辉，
在星辉斑斓里放歌。

但我不能放歌，
悄悄是别离的笙箫；
夏虫也为我沉默，
沉默是今晚的康桥！

悄悄的我走了，
正如我悄悄的来；
我挥一挥衣袖，
不带走一片云彩。

1928 年 11 月

"不带走一片云彩"，这句诗如今就刻在剑桥大学国王学院的一块石头上。

又是石头，这个世界就是个石头的世界，哪里都是石头。以后我们到剑桥大学去，可以在那块石头前背诵《再别康桥》；康桥如何激发了徐志摩的心灵革命，让他成为一位诗人，也留到那儿去讲。

今天，我们的课堂选在徐志摩故居的桃树下他的石头雕像前，这堂课就叫"不带走一片云彩"。我们真的带不走云彩，连徐志摩都带不走一片云彩。当他乘坐的飞机跌落时，他甚至来不及带走一片云彩。但是，带走带不走，有什么关系吗？没关系，他就是"天空里的一片云"，他需要带走一片云彩吗？他自己就是云！所以，你也要让你自己成为星、成为云，成为星就会发光，成为云就能在天上自由地飘。你自己是云，你就有自由。你自己是石头，你就在那里屹立不动，安定、确定、笃定。如果你什么都不是，不是星，不是云，不是石头，那你就会被风吹走，什么也留不下。

我们来读他的另一首诗《我不知道风是在哪一个方向吹》：

我不知道风是在哪一个方向吹

徐志摩

我不知道风

是在哪一个方向吹——

我是在梦中，

在梦的轻波里依洄。

我不知道风

是在哪一个方向吹——

我是在梦中，
她的温存，我的迷醉。

我不知道风
是在哪一个方向吹——
我是在梦中，
甜美是梦里的光辉。

我不知道风
是在哪一个方向吹——
我是在梦中，
她的负心，我的伤悲。

我不知道风
是在哪一个方向吹——
我是在梦中，
在梦的悲哀里心碎！

我不知道风
是在哪一个方向吹——
我是在梦中，
黯淡是梦里的光辉。

1928 年

读完这首诗，风要把我们从桃树下吹到石榴树下，我们的课堂要移到石榴树那边去了，桃树上没有果子，石榴树上正结着果呢。

我记得在无锡钱锺书故居上课时，我让你们用一句话来概括钱锺书是个什么样的人，当时袁子煊同学回答得很准确。现在我要问徐志摩是个什么样的人，你们想一想。是一块石头？是一块砖头？是一棵桃树？石榴树？

（童子：云一样的人。

童子：像他自己的诗一般的人。

童子：一个与他的散文和诗一样有趣的人。

童子：追求自由和美的人。

童子：孩子一样的人。

童子：一个种花的人。）

种花的人？你们师母也种花。

（童子：海滩上种花的人。）

海滩上种花的那个人是徐志摩。花盆里种花的人多了，同是种花的人也不一样，大多数的人种在花盆里、花园里，只有徐志摩，才会在海滩上种花。海滩上种的花是不是很快就被潮水冲走了？哪怕被海浪给卷走了，他还是要在海滩上种花，徐志摩就是这样的人。

一个在海滩上种花的什么人？海滩上种花的诗人。上一次，我们在无锡说钱锺书是个什么样的人？是一个寂寞的人，一个寂寞的学者。现在我们来读徐志摩的文章《海滩上种花》：

…………

我最先想来对你们说些孩子话，因为你们都还是孩子。但是那孩子的我到哪里去了？仿佛昨天我还是个孩子，今天不知怎的就变了样。什么是孩子要不为一点活泼的天真，但天真就比是泥土里的嫩芽，天冷泥土硬就压住了它的生机——这年头问谁去要和暖的春风？

昨天的那个孩子不见了，诗人徐志摩还在。刚才你们有人说，徐志摩是个孩子。继续往下读：

············

我正发窘的时候，来了一个救星——就是我手里这一小幅画，等我来讲道理给你们听。这张画是我的拜年片，一个朋友替我制的。你们看这个小孩子在海边沙滩上独自的玩，赤脚穿着草鞋，右手提着一枝花，使劲把它往沙里栽，左手提着一把浇花的水壶，壶里水点一滴滴的往下掉着。离着小孩不远看得见海里翻动着的波澜。

············

在海砂里种花。在海砂里种花！那小孩这一番种花的热心怕是白费的了。沙碛（qì）是养不活鲜花的，这几点淡水是不能帮忙的；也许等不到小孩转身，这一朵小花已经支不住阳光的逼迫，就得交卸他有限的生命，枯萎了去。况且那海水的浪头也快打过来了，海浪冲来时不说这朵小小的花，就是大根的树也怕站不住——所以这花落在海边上是绝望的了，小孩这番力量准是白花的了。

你们一定很能明白这个意思。我的朋友是很聪明的，他拿这画意来比我们一群呆子，乐意在白天里做梦的呆子，满心想在海砂里种花的傻子。画里的小孩拿着有限的几滴淡水想维持花的生命，我们一群梦人也想在现在比沙漠还要干枯比沙滩更没有生命的社会里，凭着最有限的力量，想下几颗文艺与思想的种子，这不是一样的绝望，一样的傻？想在海砂里种花，想在海砂里种花，多可笑呀！但我的聪明的朋友说，这幅小小画里的意思还不止此；讽刺不是她的目的。她要我们更深一层看。

先读到这里，这里出现了三个词，第一个是呆子，第二个是傻子，第三个是孩子。徐志摩就是这样的呆子、傻子、孩子，乐意在白天里做梦的呆子，满心想在海砂里种花的傻子，给海砂里的花浇水的孩子。这就是徐志摩——一个没有长大的孩子。虽然他活到了三十四岁，但他一直都是一个孩子。孩子的特点是什么？是天真无邪，不是老气横秋；是单纯，不是成熟和世故。他会在沙滩上种花，大人会不会种？大人不会去种。呆子、傻子、孩子，在某种意义上是三位一体的。徐志摩的身上既有呆子的一面，白天做梦；又有傻子的一面，满心想在海砂里种花。因为他像孩子一样天真，所以才这样去想，也这样去做。这样一个人，确实跟其他的人太不一样了。

我们继续读：

在我们看来海砂里种花是傻气，但在那小孩自己却不觉得。他的思想是单纯的，他的信仰也是单纯的。他知道的是什么？他知道花是可爱的，可爱的东西应得帮助他发长；他平常看见花草都是从地土里长出来的，他看来海砂也只是地，为什么海砂里不能长花他没有想到，也不必想到，他就知道拿花来栽，拿水去浇，只要那花在地上站直了他就欢喜，他就乐，他就会跳他的跳，唱他的唱，来赞美这美丽的生命，以后怎么样，海砂的性质，花的运命，他全管不着！我们知道小孩们怎样的崇拜自然，他的身体虽则小，他的灵魂却是大着，他的衣服也许脏，他的心可是洁净的。这里还有一幅画，这是自然的崇拜，你们看这孩子在月光下跪着拜一朵低头的百合花，这时候他的心与月光一般的清洁与花一般的美丽，与夜一般的安静……

徐志摩接着说，海边种花的那个孩子，他的思想和月下拜花的孩子是一样的，都是单纯的、清洁的，"我们可以想象那一个孩子把花栽好了也是一样来对着花膜拜祈祷——他能把花暂时栽了起来便是他的成功，此外以后怎么样不是他的事情了"。这两个孩子，相通的是他们的单纯、清洁，无论是在海滩上种花，还是月下拜花。

《红楼梦》中林黛玉葬花与这个月下拜花、海滩上种花，行为是不是一致的？林黛玉是什么人？诗人。林黛玉就是诗人的心灵，徐志摩也是诗人的心灵。而孩子都是天生的诗人，写诗对孩子来说是难度很低的，但为什么不是所有的孩子最后都成了诗人？其中很重要的一个原因，大多数的人很快就失去了童心，过了孩子气的年代；他们失去了孩子的单纯、清洁，就成不了诗人了。只有徐志摩这样的人，始终保持一颗童心、一颗单纯清洁的心，才能写出这些充满了诗意的文章。我们继续往下读：

你们看这个象征不仅美，并且有力量；因为它告诉我们单纯的信心是创作的泉源——这单纯的烂漫的天真是最永久最有力量的东西,阳光烧不焦他,狂风吹不倒他,海水冲不了他,黑暗掩不了他——地面上的花朵有被摧残有消灭的时候,但小孩爱花种花这一点:"真"却有的是永久的生命。

  我们来放远一点看。我们现有的文化只是人类在历史上努力与牺牲的成绩。为什么人们肯努力肯牺牲?因为他们有天生的信心;他们的灵魂认识什么是真什么是善什么是美,虽则他们的肉体与智识有时候会诱惑他们反着方向走路;但只要他们认明一件事情是有永久价值的时候,他们就自然的会得兴奋,不期然的自己牺牲,要在这忽忽变动的声色的世界里,赎出几个永久不变的原则的凭证来。耶苏(耶稣)为什么不怕上十字架?密尔顿(弥尔顿)何以瞎了眼还要做诗?贝德花芬(贝多芬)何以聋了还要制音乐?密仡郎其罗(米开朗琪罗)为什么肯积受几个月的潮湿不顾自己的皮肉与靴子连成一片的用心思,为的只是要解决一个小小的美术问题?为什么永远有人到冰洋尽头雪山顶上去探险?为什么科学家肯在显微镜底下或是数目字中间研究一般人眼看不到心想不通的道理消磨他一生的光阴?

这里出现了几个在海滩上种花的小孩,把他们的名字说出来。
(童子:耶稣、弥尔顿、贝多芬、米开朗琪罗……)
  耶稣是基督教的创始人,弥尔顿是诗人、文学家,贝多芬是音乐家,米开朗琪罗是雕塑家、画家,这些人在徐志摩眼里都是什么人?都是在海滩上种花的孩子。还有吗?还有那些探险家、科学家。如果他们不是抱着努力与牺牲的用心，葆有那种单纯、清洁，他们要成为哲人、文学家、艺术家、科学家、探险家，也是不可能的。接着读：

> 为的是这些人道的英雄都有他们不可摇动的信心；像我们在海砂里种花的孩子一样，他们的思想是单纯的——宗教家为善的原则牺牲，科学家为真的原则牺牲，艺术家为美的原则牺牲——这一切牺牲的结果便是我们现有的有限的文化。

科学家为真的原则牺牲，哪些人是科学家？伽利略、牛顿、哥白尼、达尔文、爱因斯坦……为美的原则牺牲的有哪些人？米开朗琪罗、达·芬奇、拉斐尔、凡·高、罗丹、贝多芬、莫扎特、李白、杜甫、曹雪芹、莎士比亚、弥尔顿、泰戈尔……这些画家、雕塑家、音乐家、诗人、文学家都是。为善的原则牺牲，有哪些人算得上宗教家？耶稣、释迦牟尼、马丁路德这些人都是。

胡适比徐志摩大了六岁，是徐志摩的好朋友。我们现在来读胡适的《追悼志摩》，看看他所认识的志摩：

> 悄悄的我走了，
> 正如我悄悄的来；
> 我挥一挥衣袖，
> 不带走一片云彩。
>
> （《再别康桥》）

志摩这一回真走了！可不是悄悄的走。在那淋漓的大雨里，在那迷蒙的大雾里，一个猛烈的大震动，三百匹马力的飞机碰在一座终古不动的山上，我们的朋友额上受了一个致命的撞伤，大概立刻失去了知觉，半空中起了一团天火，像天上陨了一颗大星似的直掉下地去。我们的志摩和他的两个同伴就死在那烈焰里了！

…………

志摩走了，我们这个世界里被他带走了不少云彩。他在我们这些朋友之中，真是一片最可爱的云彩，永远是温暖的颜色，永远是美的花样，永远是可爱。他常说：

　　　　我不知道风
　　　　是在哪一个方向吹——

我们也不知风是在哪一个方向吹，可是狂风过去之后，我们的天空变惨淡了，变寂寞了，我们才感觉我们的天上的一片最可爱的云彩被狂风卷去了，永远不回来了！

…………

他的一生真是爱的象征。爱是他的宗教，他的上帝。

　　　　我攀登了万仞的高冈，
　　　　荆棘扎烂了我的衣裳，
　　　　我向飘渺的云天外望——

上帝，我望不见你！

……

我在道旁见一个小孩：

活泼，秀丽，褴褛的衣衫；

他叫声"妈"，眼里亮着爱——

上帝，他眼里有你！

（《他眼里有你》）

我们先读到这里。这首诗中的小孩，"眼里亮着爱"的小孩，就是徐志摩这样的人。下面这段话刚才你们在展板上看到过，读出来：

他的人生观真是一种"单纯信仰"，这里面只有三个大字：一个是爱，一个是自由，一个是美。

爱、美、自由，这三个词都是徐志摩人生中的信仰，单纯的信仰，一个在海滩上种花的孩子的信仰。你们觉得徐志摩有没有进入他所列举的为真、善、美牺牲的序列中？他跟哪些人站在了一起？

（童子：弥尔顿。）

作为诗人，徐志摩也是为美的原则牺牲的人，他是弥尔顿这个序列中的；他是一位永远的诗人，一个在海滩上种花的孩子。他为什么坚持在海滩上种花？因为他有单纯的信仰，单纯的信仰里包含什么？爱、美、自由。就这么简单。他有没有缺陷？有没有败笔？（童子：有。）什么败笔？（童子：和张幼仪离婚，与陆小曼结婚。）他的原配夫人叫张幼仪，和张幼仪离婚这件事让他饱受非议；到现在，多少年过去了，关于他的争议都还没有过去。但对于徐志摩本人来说，一个在海滩上种花的孩子，他的心思是很单纯的；从孩子的角度，他只选择他自己最喜欢的。胡适作为他的老大哥，是怎么说的？

他万分诚恳的相信那两件事都是他实现他那"美与爱与自由"的人生的正当步骤。这两件事的结果，在别人看来，似乎都不曾能够实现志摩的理想生活。但到了今日，我们还忍用成败来议论他吗？

对啊，徐志摩认为那两件事都是实现他的"美与爱与自由"的人生的正当步骤，那两件事指代的就是离婚再婚。正因为他是一个在海滩上种花的孩子，他才会这样做。他曾说起自己早就向原配夫人提出了离婚，早在1922年他在剑桥大学的时候就提出来了。当时他给张幼仪写过一封信，我们就不读了。我们看胡适是怎么说的。

这信里完全是青年的志摩的单纯的理想主义，他觉得那没有爱又没有自由的家庭是可以摧毁他们的人格的，所以他下了决心，要把自由偿还自由，要从自由求得他们的真生命，真幸福，真恋爱。

后来他回国了，婚是离了，而家庭和社会都不能谅解他。最奇怪的是他和他已离婚的夫人通信更勤，感情更好。社会上的人更不明白了。志摩是梁任公先生最爱护的学生，所以民国十二年[①]任公先生曾写一封很恳切的信去劝他。……任公又说:"呜呼志摩!天下岂有圆满之宇宙?……当知吾侪(chái)以不求圆满为生活态度,斯可以领略生活之妙味矣。……"

梁任公就是梁启超,徐志摩的老师;他认为徐志摩有才华,但是徐志摩所做的这些事情,他并不赞同。徐志摩跟他的原配夫人离婚以后,反而感情更好了,别人就更不理解了,这叫什么?海滩上种花的孩子才会这样单纯,这样让人无法理解。

徐志摩写了一首诗,胡适很喜欢,还把这首诗作为认识志摩的一个窗口。你们说是哪一首?(童子:《黄鹂》。)对,《黄鹂》,我们一起读:

黄鹂

徐志摩

一掠颜色飞上了树。

"看,一只黄鹂!"有人说。

翘着尾尖,它不作声,

艳异照亮了浓密——

像是春光,火焰,像是热情。

等候它唱,我们静着望,

[①] 即公元1923年。

怕惊了它。但它一展翅，

冲破浓密，化一朵彩云；

它飞了，不见了，没了——

像是春光，火焰，像是热情。

1930年2月

这只黄鹂是谁？就是徐志摩自己。他最后怎么样了？像春光、火焰，像热情，然后化作一朵彩云飞了，不见了，没了。这只黄鹂成了谶语，他自己最后成了这只黄鹂。他在写这首诗的时候，知不知道他会成为这只黄鹂？他不知道。就像他写的那篇文章《想飞》，他知不知道他真的会以如此惨烈的方式飞了？他当然不知道。有人注意到展厅里《想飞》这篇文章的节选了吗？从"飞"到"云彩"，我们先来读一段：

飞。"其翼若垂天之云……背负苍天，而莫之夭（yāo）阏（è）者"；那不容易见着。我们镇上东关厢外有一座黄泥山，山顶上有一座七层的塔，塔尖顶着天。塔院里常常打钟，钟声响动时，那在太阳西晒的时候多，一枝艳艳的大红花贴在西山的鬓边回照着塔山上的云彩……

"其翼若垂天之云……而莫之夭阏者"这几句引用于庄子的《逍遥游》。接着读：

啊，飞！不是那在树枝上矮矮的跳着的麻雀儿的飞；不是那凑天黑从堂匾后背冲出来赶蚊子吃的蝙蝠的飞；也不是那软尾巴软嗓子做窠（kē）在堂檐上的燕子的飞。要飞就得满天飞，风拦不住云挡不住的飞，一翅膀就跳过一座山头，影子下来遮得阴二十亩稻田的飞，到天晚飞倦了就来绕着那塔顶尖顺着风向打圆圈做梦……

飞。人们原来都是会飞的。天使们有翅膀，会飞；我们初来时也有翅膀，会飞。我们最初来就是飞了来的，有的做完了事还是飞了去，他们是可羡慕的。但大多数人是忘了飞的，有的翅膀上掉了毛不长再也飞不起来，有的翅膀叫胶水给胶住了再也拉不开，有的羽毛叫人给修短了像鸽子似的只会在地上跳，有的拿背上一对翅膀上当铺去典钱使过了期再也赎不回……真的，我们一过了做孩子的日子就掉了飞的本领。但没了翅膀或是翅膀坏了不能用是一件可怕的事……

好，先读到这里。徐志摩认为什么人会飞？孩子。在海滩上种花的是谁？孩子。写诗的人呢？孩子。一切都是孩子，他就是个孩子。弥尔顿是个孩子，达·芬奇是个孩子，米开朗琪罗是个孩子，牛顿是个孩子，伽利略是个孩子，那些探险家也都是孩子，要不然怎么会去做这种呆子、傻子的事呢，只有孩子才会去做呆子、傻子的事。正是呆子、傻子、孩子三位一体，造就了一个在海滩上种花的人，像徐志摩一样的人。

在徐志摩墓前朗诵

一个人丢掉了孩子的心，不仅失去了想飞的心，也没了飞的本领，飞不起来了。在海滩上种花的孩子，诗人徐志摩一心想着要飞起来。继续往下读：

……飞出这圈子，飞出这圈子！到云端里去，到云端里去！哪个心里不成天千百遍的这么想？飞上天空去浮着，看地球这弹丸在太空里滚着，从陆地看到海，从海再看回陆地。凌空去看一个明白——这才是做人的趣味，做人的权威，做人的交代。这皮囊要是太重挪不动，就掷了它，可能的话，飞出这圈子，飞出这圈子！

徐志摩的梦想是什么？飞！飞！最后真的飞了，飞出了这圈子。继续读：

……人类最大的使命，是制造翅膀；最大的成功是飞！理想的极度，想象的止境，从人到神！诗是翅膀上出世的；哲理是在空中盘旋的。飞：超脱一切，笼盖一切，扫荡一切，吞吐一切。

什么样的人最终飞起来了？可不可以说，弥尔顿飞起来了，达·芬奇飞起来了？这篇文章接下来出现了达·芬奇的名字，你们把这段话念出来：

……"这人形的鸟会有一天试他第一次的飞行，给这世界惊骇，使所有的著作赞美，给他所从来的栖息处永久的光荣。"啊，达文謇！

他说的达文謇（jiǎn）就是达·芬奇，为什么他会突然提到达·芬奇？对，达·芬奇想造一个飞行器。达·芬奇是文艺复兴时代的人，那个时候还没有条件造出飞机，但是达·芬奇已经在想飞了，想造出一种可以飞起来的东西。所以，徐志摩写到这里就想到了想飞的达·芬奇。我们可以说，徐志摩也想把自己放在会飞的序列里，达·芬奇、米开朗琪罗、弥尔顿他们的序列里，贝多芬的序列里。贝多芬用什么飞起来？音乐。米开朗琪罗用什么飞起来？雕塑、绘画。弥尔顿用什么飞起来？《失乐园》等诗篇。徐志摩用什么飞起来？用飞机吗？飞机掉下来了。他用什么飞起来？用诗，用诗飞起来。好，我们看最后一段：

> 同时天上那一点子黑的已经迫近在我的头顶，形成了一架鸟形的机器，忽的机沿一侧，一球光直往下注，砰的一声炸响，——炸碎了我在飞行中的幻想，青天里平添了几堆破碎的浮云。

这篇文章是1926年写的，不料成了对他自己未来命运的预告。他最后坠机，就像这段话说的，炸碎了他在飞行中的幻想，青天里平添了几堆破碎的浮云。这简直就像一个神秘的预言，这种神秘简直让人无法解释。

这篇《想飞》是徐志摩的散文。他是诗人，也是散文家，他的同道叶公超就说他的散文写得更好，我们来读这段评价：

> 我总觉得志摩的散文是在他诗之上，他自己却不以为然，他曾说过他的散文多半是草率之作，远不如在诗上所费的功夫。

徐志摩和叶公超是好朋友，他们都是新月派的代表。什么是新月派？先有一个社团叫新月社，后来又开过一家书店，叫作新月书店，还办了一本月刊，叫作《新月》；虽然《新月》是由新月书店来印刷发行，但彼此之间都是独立的。新月派有哪些人？有胡适，有徐志摩，有叶公超，有梁实秋，有闻一多，有我们讲桂花的时候遇到的饶孟侃，还有陈梦家、沈从文、储安平……这些人都围绕着新月，或是新月社的成员，或在《新月》上发表文章。新月派有诗人，有文学评论家，有翻译家，有学者，也有小说家，叶公超和梁实秋是新月派最主要的文学评论家。我十六七年前写过一本《叶公超传》，其中就写到了新月派和徐志摩。在我另外的一本书《从龚自珍到司徒雷登》中，也有一篇写徐志摩的，《寄一袋西湖边的桃花给徐志摩》，桃花是谁寄的？储安平寄的。对于新月派，我们可以看一下徐志摩自己是怎么说的。他写过一篇《新月的态度》，里面这样写道：

我们舍不得新月这名字，因为它虽则不是一个怎样强有力的象征，但它那纤弱的一弯分明暗示着，怀抱着未来的圆满。

他喜欢的印度诗人泰戈尔有一本诗集叫《新月集》。新月派有什么文学主张呢？我们看他是怎么说的，他们主张"尊严与健康"，不主张革命，反对暴力。他们都能写出很美的文章，除了徐志摩、梁实秋、叶公超、陈梦家、沈从文，还有林徽因、凌叔华这样的才女。那幅小孩在海滩上种花的画，就是凌叔华画的，是她送给徐志摩的。正是那幅画启发了徐志摩，他写了《海滩上种花》；其实那是一篇演讲稿，是他在北师大附中的演讲。

今天我们选了《海滩上种花》，还有《想飞》，《新月》月刊的发刊词《新月的态度》，这些都是徐志摩的散文。他写得好的散文还有《我所知道的康桥》，以及我们在佛罗伦萨读过的那篇《翡冷翠山居闲话》。《我所知道的康桥》我们留到以后去剑桥大学再读。说他的散文比诗好，不只叶公超一个人，另一位新月派的评论家梁实秋也这么说。我们一起来读：

我一向爱志摩的散文。我和叶公超一样，以为志摩的散文在他的诗以上。志摩的可爱处，在他的散文里表现最清楚最活动。

志摩的散文，无论写的是什么题目，永远的保持一个亲热的态度。我实在找不出比"亲热的"更好的形容词。他的散文不是板起面孔来写的——他这人根本就很少有板起面孔的时候。他的散文里充满了同情和幽默。他的散文没有教训的气味，没有演讲的气味，而是像和知心的朋友谈话。无论谁，只要一读志摩的文章，就不知不觉的非站在他的朋友的地位上不可。志摩提起笔来毫不矜持，把心里的话真掏出来说，把他的读者当做顶亲近的人。他不怕得罪读者，他不怕说寒伧（chen）话，他不避免土话，他也不避免说大话，他更尽量的讲笑话。总之，他写起文章来，真是痛快淋漓，使得读者开不得口，只有点头只有微笑只有倾服的份儿！他在文章里永远不忘记他的读者，他一面说着话，一面和你指点和你商量，真跟好朋友谈话一样，读志摩的文章的人，非成为他的朋友不可。他的散文有这样的魔力！……

　　文章写得亲热，不是一件容易事，这不是能学得到的艺术。必须一个人的内心有充实的生命力，然后笔锋上的情感才能逼人而来……

　　…………

　　……志摩的文章无论扯得离题多远，他的文章永远是用心写的。文章是要用心写，要聚精会神的写，才成。……志摩的文章往往是顷刻而就，但是谁知道那些文章在他的脑子里盘旋了几久？看他的《自剖》和《巴黎的鳞爪》，选词造词，无懈可击。志摩的散文有自觉的艺术。

梁实秋简直在教你们怎么写作文，"文章是要用心写，要聚精会神的写，才成。"你们的作文一交上来，我就能看出你们有没有聚精会神地写，有没有用心写，这不光是看你们的笔迹，也不光是看你们的字数，字里行间都能看出来。梁实秋说，徐志摩的文章"往往是顷刻而就"。他之所以写得快，靠的是什么？是构思的时间很长。你们一路走来如果都在用心，心思放在构思上，下笔自然就快了。不要看徐志摩下笔顷刻而就，而要问那些文章在他的脑子里盘旋多久了。还有就是写作的时候要用心，要聚精会神，不要一心二用；上课也是一样，上完课你可以放松一下，可以东想西想一下，想飞也可以，想风往哪个方向吹也可以。

现在我们来看储安平是怎么说徐志摩的。他算是徐志摩的学生辈，他的看法和梁实秋、叶公超一样：

在他自己的功绩上，散文的成就比诗要大。他文笔的严谨，在中国至今还没有第二个人。散文原是诗的扩演，他曾对我说，内涵是它的骨骼，辞藻是它的外表；一座最牢的房子，外面没来一些现代美的彩色与轮廓，仍不能算定成它建筑上的艺术。他的文章，各色各种爽口的好水果全有。你读过他的作品，便知道；香艳的如"先生，你见过美艳的肉没有？"哀悱的如"我的彼得"。

我最末一次和他见面是去年一月里。那时我预备去北平。有一天去看他，三个钟头前，他正从北平回来。听见我也上北平去，说："好极了，咱们的朋友都在向北平流。往北平只要自己有翅膀，上海，上海你得永远像一只蜗牛般的躲在屋子里。"

年轻是他的本分。在《自剖》里，他自己说："是动，不论是什么性质，就是我的兴趣，我的灵感。是动就会催快我的呼吸，加添我的生命。"他的兴趣永远是雪天的白瓣，他的灵感永远是波涛的汹涌。

为了自己文学修养上的稚浅，我想往北平后，常去他处承教承教。有一天张东荪先生告诉我说志摩先生已经到了北平，可第二天，我又为了别的缘故，回到了南边来。去年春天编《今日》，问他要稿子，他来信时还记念到这江南的好妩媚；我在西湖时，曾经装了一袋桃花寄给他过。

我那篇《寄一袋西湖边的桃花给徐志摩》的题目就是从这里来的。他只是这么提一句而已，但是我可以拿这句话做题目，而且作为这篇文章的重心，为什么要这样写？因为我写的是西湖，西湖的人物，从储安平这里借了这句话做题目，就非常有意思，而且也贴切。

在徐志摩故居合影

我们再回到前面胡适的《追悼志摩》。志摩生前出版的最后一本诗集《猛虎集》，其中有我们刚才读过的《黄鹂》；胡适说重读这首诗，"好像他在那里描写他自己的死，和我们对他的死的悲哀"。他接着这首诗写下了这样一番话：

　　志摩这样一个可爱的人，真是一片春光，一团火焰，一腔热情。现在难道都完了？

　　决不！决不！志摩最爱他自己的一首小诗，题目叫做《偶然》，在他的《卞昆冈》剧本里，在那个可爱的孩子阿明临死时，那个瞎子弹着三弦，唱着这首诗……

在这首诗之后，胡适继续写：

　　朋友们，志摩是走了，但他投的影子会永远留在我们心里，他放的光亮也会永远留在人间，他不曾白来了一世。我们有了他做朋友，也可以安慰自己说不曾白来了一世。我们忘不了，和我们在那交会时互放的光亮！

这堂课一开始我就说过，跟徐志摩交会时，能不能互放光亮，就看你们了。不是一定要等到你们进入到可以为求美、求善、求真的原则而牺牲的序列，成为诗人、作家、科学家、艺术家，或者其他什么人，你们才可以跟他互放光亮。那是将来。现在你们作为孩子，也可以在跟这个在海滩上种花的孩子交会时，互放光亮。今天是你们作为孩子跟他交会的日子，今天、将来都可以互放出不同的光亮。

最后大家齐诵《你是人间的四月天》:

你是人间的四月天
——一句爱的赞颂
林徽因

我说你是人间的四月天;
笑响点亮了四面风;轻灵
在春的光艳中交舞着变。

你是四月早天里的云烟,
黄昏吹着风的软,星子在
无意中闪,细雨点洒在花前。

那轻,那娉婷,你是,鲜妍
百花的冠冕你戴着,你是
天真,庄严,你是夜夜的月圆。

雪化后那片鹅黄,你像;新鲜
初放芽的绿,你是;柔嫩喜悦
水光浮动着你梦期待中白莲。

你是一树一树的花开,是燕

在梁间呢喃，——你是爱，是暖，

是希望，你是人间的四月天！

童子习作

不带走一片云彩
——致徐志摩故居三楼上锁的房间

赵馨悦

透过锁眼往里看

仿佛看到了徐先生

坐在窗前望着窗外

他是一朵陨落的云

像云一样

飘浮不定的流浪者

透过锁眼往里看

里面一片乌黑

风吹来了

不知从何而来

鸟鸣叫了

在诗中来，在诗中来

发黄的稿纸上

文字闪烁

透过锁眼往里看
是老师的"怒斥"
惨痛，惨痛
在悲伤里彷徨
爱情的美好，挣扎
在屋内胀破

透过锁眼往外看
看到的是一群
在海滩上种花的孩子
世上的惨痛被人忘却
只有美丽的愿望

三楼的窗门不会再打开
再也不会有
诗人坐在窗前
灵魂已飞出窗外
他并没有带走一片云彩
只是默默地投入
一群无名者的怀抱

他，飞了

袁子煊

那个在海滩上种花的人——徐志摩，他是一个长出了翅膀的人，他飞向蓝天。

长出翅膀

他从桃树下、石榴树下走出，走向未来。有人说他是个呆子，是个傻子，其实他一直都是个孩子，一个在海滩上种花的孩子。他能在黑夜的海上，发出自己独特的那束光亮。他写了一首又一首诗，长出了一根又一根的羽毛。他，渐渐地成了一只新月下的夜莺，他拥有了自己的翅膀。

飞向蓝天

他的羽毛终于在一次次的历练中丰满。他写出了《再别康桥》，写出了《偶然》，靠的是他单纯的信仰：爱、美、自由。他已经不再是那个在海滩上种花的人，在花被浪冲走后不会再去种了。他曾经想飞，而现在，他真的飞起来了。他写过一首《黄鹂》，自己一不小心竟成了那只黄鹂。

成为石头

他最后被不幸所笼罩。在飞机上，这朵漂亮的彩云被无情的火焰撕碎，化成了一块光滑的石头。

尾　声

徐志摩飞了，飞了，这片云彩再也不会回来了，但在文学的世界里，他还在飞……

孩子心

林南翀

徐志摩拥有一颗孩子心

经久不衰

这颗孩子心没有因为年龄的增长

而磨灭了踪影

志摩会飞

拥有着孩子心的志摩会飞

是展翅万里的飞

遮天蔽日

笼罩大地

就连他也没想到

这只"神鹰"

在一座大山下

停止了呼吸

在海滩上种花

孩子一样的志摩

种下的花

是否早已被海浪卷走

在新月如钩时

他是否会畅想未来的月

或是想起过去的"老"月

会飞的志摩

有一颗孩子心的志摩

最后是否在坠毁声中飞了

徐志摩

叶悠然

徐志摩一生都像个任性的孩子,他自己还说,自己像个呆子、傻子。也正是这样,他最终成了一朵自由自在的云。

呆　子

乐意在白天里做梦的呆子。

他在康河上寻梦。撑着长篙,想象着自己的船中有着星星的光辉。

他想象自己会飞,在空中飞翔。可是,在他三十五岁那年,一声巨响，炸碎了他在飞行中的幻想。

傻　子

满心想在海砂里种花的傻子。

他想在那动荡不安的时代，播下几颗文艺与思想的种子，多么可笑呀！这跟在海砂里种花有什么区别，这不是一样的傻吗？

他不觉得，他只知道生长出来的植物是令人喜悦的。他不会去想海砂中能不能生长出植物，他只是满心欢喜地去种。

孩　子

天真无邪的孩子。

很多人，他们过了孩童时代就失去了翅膀。可他的翅膀一直都在呢！因为他一直都是孩子，他一直没有失去童心。

他的愿望多么单纯——飞出这圈子，飞出这圈子！到云端里去，到云端里去！

他的愿望最终实现了。

"我不想成仙，蓬莱不是我的分／我只要地面，情愿安分的做人……"这是徐志摩自己说的。可是他不应当是朵云吗？

飞行的人
冯彦臻

徐志摩一生都在飞。

自从钱塘潮将徐志摩捎向人间，他就在飞；他说过孩子都是会飞的，像云一般在天空飞翔。

徐志摩飞到海滩上，在海滩上种花。他还有更大的梦想，他想飞得更高，更远。

后来，徐志摩长大了，但他将他的翅膀保留了下来，因为他有更加高远的理想，他想与弥尔顿、泰戈尔一起飞。

"其翼若垂天之云"，徐志摩飞起来了，他努力地飞，在梁启超等老师的指引下越飞越高，终于与他们飞在了一起。

徐志摩还要飞，飞向自由。于是，他与张幼仪离婚，并选择了在他心目中才貌双全的陆小曼。

他实现了自由，可他还想飞，像云彩那样飞，飞到飞机不能达到的高度。

他踏上了飞机，他本可以超越飞机，但已经来不及了，"它飞了，不见了，没了——"徐志摩的遭遇印证了他那首《黄鹂》，飞了，不见了，没了，像黄鹂一样。

徐志摩虽从飞机上坠落，不过他的翅膀还在。他仍可以飞，像一朵自由的云，在历史的天空中飞。

飘落的蒲公英

金恬欣

徐志摩故居的墙外长着一簇小小的蒲公英。风起，蒲公英在薄暮的日晕下显得熠熠生辉。

没有归期的旅途，飞机在天空下是一副纤瘦的骨架；蒲公英飘走了。面对无边的天空，它们都是任人支配的玩具，生命在自然面前不值一提。

遥想当年，一个孩子把我丢在墙边，赋予了我生命。孩子与自然是最近的。人有生命，植物有生命，何必一定要分贵贱？生命是单纯的，如同它最初的样子。

蒲公英飞了，会飞到何处呢？

风之所向，便是我的栖息之处。徐志摩曾经疑惑："风是在哪一个方向吹？"每一个人，都不知道自己最终的归处，那就像我一样随风而落吧，我坠落的地方便是家。

也许，住在墙内的徐志摩也是这么想的吧。他一生都像一个孩子，那么纯粹高贵，那么随缘随意。

风停后，蒲公英就到达了它们的归宿地。它们有着自己的信仰。信仰也许微小，却不卑微。蒲公英的信仰是获得新生，徐志摩的执念可能是爱情。

他多像我，从小扎根在海宁这片水土间，那么单纯，像我洁白的未被污染的羽翼。为爱情，他甘愿以身试险，就算那希望如蒲公英一般渺小。

蒲公英是会飞的希望，飞机是架构希望的桥梁。

有生命才有希望，每一个生命都是自成一派的希望。

徐志摩是一个孩子，他有单纯的生命信仰。无论是成还是败，待繁华落尽，将魂归大地——如一朵小小的蒲公英。

多好的一生，他如一朵蒲公英，将真、善、美集于一身，最后化作蒲公英的种子，飘落在大地；用文学的力量，孕育一代又一代新的生命。

想寄一袋西湖边的桂花给徐志摩
范采奕

人们常常用"孩子"来称呼徐志摩，这个"孩子"单纯、清洁。

他是一个把花种在沙子里的"孩子"，杨振声先生曾这样评价徐志摩："他的白话文很有趣，但他的诗更有趣，更加有趣的是他自己。"

"其翼若垂天之云……背负苍天"，徐志摩想飞。他说："人们原来都是会飞的……但大多数人是忘了飞的，有的翅膀上掉了毛不长再也飞不起来，有的翅膀叫胶水给胶住了再也拉不开，有的羽毛叫人给修短了像鸽子似的只会在地上跳，有的拿背上一对翅膀上当铺去典钱使过了期再也赎不回……"

真的，徐志摩做到了，他飞起来了，他飞过了西湖，看到了西湖边的一棵棵桂花树。

如今，西湖边的桂花开了，我想寄一袋桂花给徐志摩，却不知该寄往哪里。

梦中的孩子
郭东楠

他从小就有个梦想，他想凌空高飞，他想飞得高。一个活在文学世界的诗人，带着天真无邪的心面对生活，却被婚姻所困，成了笼中的鸟儿。他认为没有感情的婚姻根本没有意义，如果不离婚，害人也害己。离婚，让两个人都得到解放。女子因为这次离婚，找回了自己，成就了一番事业。一切都是那么偶然。

"你有你的，我有我的，方向。"

可离婚没有真正释放他。一切并没有他想的那么美好，他的甜梦不会那么容易出现。

"我不知道风

是在哪个方向吹——

我是在梦中，

她的温存，我的迷醉。"

他是一位诗人，一个天真无邪的孩子。一瞬间，《海韵》中的女郎出现在他的脑海中，也许在诗中才能实现他天真无邪的美梦，他不会被那些小人傲慢的冷眼和鄙视所击垮。

一天，他的朋友送他一幅画，一个小孩子在海砂里种花。他以为朋友是想拿这画来比喻他这样乐意在白天做梦的呆子，满心想在海砂里种花的傻子。可朋友说讽刺不是目的，要从更深的层次看。

他愣着思考许久，终于明白，开心地笑了。海滩上种花不必在意它的结果，这单纯的信仰却是最最难得的，孩子用最单纯的想法来赞美这美丽的生命。只要这花站直了，他就乐，又蹦又跳。

梦中的孩子似乎懂了。他的一生就像一个童话，最后在飞行中突然结束。

不带走一片云彩

曾子齐

　　1931年11月19日，一颗流星从天而降，大雾迷蒙之中，"济南号"邮政飞机与开山亲密接触，火光照亮了整个世界。

——题记

　　寄一片云给徐志摩，
　　就成了他自己。
　　偶然之间，
　　再别康桥，
　　却不带走一片云彩。

　　寄一片云给徐志摩，
　　就成了他自己。
　　偶然之间，
　　沪杭车上，
　　却不带走一片云彩。

　　寄一片云给徐志摩，
　　就成了他自己。
　　偶然之间，

别了人间,
却不带走一片云彩。

他的一生,
似乎是由偶然拼成。
而每一个偶然背后,
又都是必然。
但是,
这一切都不重要了,
他去了,
却不带走一片云彩。

他悄悄地来了,
又悄悄地去了,
却演绎了
轰轰烈烈的人生。
死了,睡着了,
什么都完了,
只有诗留了下来,
那是他没有带走的云彩。

再别志摩

陈禹含

那一场空难，我们失去的不仅仅是志摩，更是一个孩子，一只黄鹂，一片云彩。留下来的只有他的诗篇、散文，还有一块石头。

一个孩子

志摩永远都是一个孩子，一个在海滩上种花的孩子，也是乐意在白天做梦的呆子。蓝天，阳光，大海，那个孩子的笑声似乎还荡漾在耳边。海浪的余波，轻轻拍打孩子的脚丫，洗濯着他脚丫上的淤泥。海滩上，小花早已不在，却在徐志摩的心灵中成长。不仅仅是这一朵，所有孩子在海滩上种下的花朵，一样都代表了单纯的信仰、灿烂的童真；在海滩上种花的孩子如此，志摩也如此。

一只黄鹂

一只黄鹂在天空飞翔，一对翅膀轻快地在空中扇动着。这对翅膀的逐渐丰满亦是人成长的过程，一片片羽毛就像成长过程中的一个个节点。对于志摩，羽毛是一篇篇散文、一首首诗。志摩拥有一对翅膀，等待某一天可以奔赴文学的苍天。他飞出了圈子，飞到云端里去了。志摩也是一只黄鹂，他靠着自己的诗飞起来了，飞起来了。

一片云彩

不带走一片云彩的云彩悄然离去了,大地黯然失色。那朵云中拥有志摩的记忆,金柳,水草,青荇,笙箫……我似乎看见了志摩在康河边渐行渐远的背影。

这片云彩虽已不在人世,却在每个人的心中飘荡。

一块石头

等我来时,志摩早已变成了一块石头。孩子呢?黄鹂呢?云彩呢?可能早已消失了。最后,志摩选择了当一块沉甸甸的石头,一块纯洁的白石,一块只有头而没有身子的石头,一块叫志摩的石头。

最美的一跃

陈姝含

每个孩子,都像一个童话,打开你的耳朵,便打开一个童话世界。可惜,很多在海滩上种花的孩子,都差最美的一跃。

——题记

风

风,将徐志摩吹到梦中。在梦里,他迷失了方向,本想在梦里,完成最美的一跃,却被风吹瞎了眼,但他还能听,他还能嗅。他听见了梦的负心,也听见了梦的温存;他嗅到了梦中的甜美与黯淡。风将徐志摩刮到了海滩上，他在海滩上寻觅，寻觅着单纯信仰：爱！

车

当秋容被风吹老，梦境中的模糊，消隐，也只是人生中单纯的片刻。这时的徐志摩已经开始思考人生。他明白他生活在一个有希望的复活时代，也只有超越时代，才能摆脱这个时代的束缚，不如就坐车飞吧！他看向窗外，在沪杭车中，几点艳色秋景，几点田野风光，只当作偶然。

鹂

他沉浸在痛苦之中，黄鹂代替他唱歌，还借给他一对翅膀，在天空画了一道弧。他自己的歌唱，在一个时代几乎消沉了，黄鹂借给他歌喉，嘹亮地唱，哀怨地唱，美丽地唱，快活地唱。黄鹂给他安慰，给他春光，给他火焰般的热情。在他单纯的信仰里，他一直寻求着自由。自由中似乎有蜜甜的忧愁；其实并不甜，是那种甜得发苦的忧愁。他尝够了这滋味。

偶 然

偶然间，他揉碎了浮藻间的天上虹，那是他寻的梦。

偶然间，他将自己变成波心的一片云，他一生所遭受的痛苦也只是偶然。

这偶然是没有色彩的，当一切都是偶然时，他飞向了云中，转瞬间没了踪影。

海　韵

飞机曾载着希望，当它发生事故时，就像今朝的泥土一样，被海韵淹没了。

他说过："人类最大的使命，是制造翅膀，最成功的是飞。"飞的愿望笼罩一切，扫荡一切，吞吐一切，也超脱一切。

他在飞中死去，他最后在天空中留下的一道弧，却割伤了别人的心……

志摩三色

叶子萌

徐志摩的一生有三种色彩。

红色是他单纯的性格和可爱的童心，在海边的沙滩上种下一朵朵花，种下烂漫的童真。他的诗，有意思，他总想飞，想飞到"理想的极度，想象的止境"。那是想在海滩上种花，想飞出这圈子，到云端里去的徐志摩，想当云的徐先生。

金色是他的诗，在星辉斑斓里放歌；他的诗像梦，在梦里写诗。这梦，内涵是骨骼，辞藻是外表；而他，是人间的四月天，带着一支自由的笔。

蓝色是他的浪漫，闻着刚刚收到的西湖的桃花，赏着远方的湖，自由自在。每一个他心仪的地方，对他来说都是清绝秀绝美绝，无可挑剔；还有他心仪的人，他都看作世间最美的相遇。

啊，徐志摩，像春光，像火焰，多么热情。他是石头，是黄鹂，是一片云。只是那惊天的消息炸开了彩虹……

只见志摩动地来

张禾

钱江潮源源不断地向世界送来绝世奇才，送来了观堂先生，送来了"文武贾宝玉"……1897年，又送来了一个在海滩上种花的孩子。

这个孩子后来以"徐志摩"这个名字闻名于世。他风趣爽快，是大人中的孩子，是孩子中的大哥。

一个夜晚，一抹新月悄然临于人们头上，而"新月派"也悄然诞生了。胡适、梁实秋、叶公超和他都是"新月派"的人，胡适是新月的领袖，而他则是新月的灵魂。

他在欧美留学，一句"轻轻的我走了，正如我轻轻的来"，让多少人向往他的康桥和康河。

他单纯，所以大胆，离婚后与前妻通信更密切了。他拼命工作，他任劳任怨……这个曾经在海滩上种花的孩子，变得如谜一般，无法理解。

在社会与家人的责备下，这个天真单纯的孩子也有了大人的焦虑，开始思索自己做得对不对，殊不知死神的脚步已近了。

巍峨挺拔的山峰，头上系着白丝带，一望无际的天空，耳边风声呼呼作响。这昔日令人惊叹的景色成了他生前最后的画面。

"一球光直往下注,砰的一声炸响,——炸碎了我在飞行中的幻想,青天里平添了几堆破碎的浮云。"昔日笔下的文字,竟成了他命运的预言。

这个孩子走了,"不带走一片云彩";云朵穿上了丧服,为这下凡的兄弟默哀。

偶　　然

付润石

一片偶然投影于波心的云,一块偶然嵌于墙中的砖,一阵偶然吹过小院令石榴树沙沙作响的风,一丛偶然间漫不经心黄了的芳草,一只不知何故偶然而飞的蝴蝶……

在徐志摩的墓前寻梦,寻志摩的诗,寻那个向着青草更青处漫溯的灵魂。寻找至真至善,也寻找至美。

1926年,徐志摩的一篇《想飞》竟预言了五年后的命运。玉兰树旁有志摩的诗,还有少年的琅琅读书声。

八十八年前悄然离去。徐志摩像一只夏末的鸣蝉,一片燃烧的秋叶,也像汹涌拍打江堤的海潮——那样热烈,充满光芒,随即消失在了黑夜的海上。一片天真、单纯、清洁又孩子气的云彩,倒映在海宁的波心。志摩毕生在海滩上种花,他也像那花,对抗着海潮和烈日。

1900年八国联军入侵北京时,他仅三岁。"五四"的风浪,北伐的烽烟……徐志摩不管这些,红砖上没有留下印迹。他只是偶然的一片云，高高地在天空里思考，如云一般纯净，似云一般幻想。

他追求着美，追求着自由，追求着偶然之间一闪而过的黄鹂般的爱。我们沿三十五级台阶拾级而上，看松、樟，沉浸在偶然间传来的空灵的鸣声中。寄一枝桃花给徐志摩，也可以寄一首诗给他，偶然的风把偶然的我们吹来，在志摩的墓前念志摩的诗，不知志摩会怎样想哩。

徐志摩是一团火，一团奔跑的热情之火，一个寻梦的少年。从海宁到世界，徐志摩展开天真的翅膀在空中飞翔。他曾驮着沉重的十字架，那上面写着自由，写着理想，写着热情，艰难地飞行在云中。瞧！那只若垂天之云的大鸟，背负着沉重的十字架，在暴风雨之中飞翔！暴雨倾注，电闪雷鸣，他看着十字架，艰难而又坚定："上帝，我心里只有你！"

偶然一阵风吹过，问风向哪个方向吹？向过去，或是未来？天真、单纯、热情的风，一遍遍吹过徐志摩的梦、徐志摩的墓。寻梦，向青草更青处，向历史更深处。种花的少年还立在海边，少年的眼中，是否有偶然所见之雁，和那只背负着沉重十字架艰难飞行的大鸟？

风

张雨涵

我不知道风

是在哪一个方向吹——

我是在梦中，

在梦的轻波里依洄。

——徐志摩

我不知道风是在哪一个方向吹，就像徐志摩也不知道一样。但我知道，风，吹来了徐志摩。三十五年后，又一阵风把他吹走了。

徐志摩的一生，就是一阵风，可他自己也不知道要往哪儿吹。他是风，人生如风，不停穿越；他是云，风推着他去流浪；他是潮，在风的鼓舞下，向着浪漫奔去。但我更愿说他是一个在海滩上种花的孩子，毕生都保持着一颗童心。他也是一个乐意在白天里做梦的呆子，一个满心想在海砂里种花的傻子。他和许多诗人、音乐家、艺术家一样，都是追求真、善、美的人。

风，拂过孩子的面庞；他跑着，跳着，笑着，化作了一阵风。

最后，他被风吹走。

他是个诗人，是个孩子，更是一阵风。倘若风有灵魂，那必然是他的模样。风与徐志摩都在追求爱、美与自由的路上，奋力向前奔跑。

我不知道风

是在哪一个方向吹——

我是在梦中，

黯淡是梦里的光辉。

云之子

黄孝睿

徐志摩抬头仰望空中的云朵,在那洁白缥缈间,他好像看到了自己的投影……

哦,原来徐志摩是云之子。徐志摩的诗如云,一首首,一节节,字里行间飘散出淡淡的云气。他沉浸在一个云的世界中。"西天的云彩""天空里的一片云""化一朵彩云",徐志摩的诗里彩云飘飘,如梦如幻。

思想如云。他追求自由,渴望自由地在天空翱翔。云一般的思绪缓缓从他大脑里飘出,云一般的想象让他知道怎样在海滩上种花……

人如云。单纯的他如云一般洁白,浪漫的他如云一般潇洒,好玩的他如云一般有趣。他的一生就像云一般。

最后,他乘坐的飞机失事,他化作了一片云,世上再也没有这样一个人了。

徐志摩走了,悄悄地走了,云之子又回到了他向往的云中……

追梦的云

李益帆

一朵云从天上飘落人间,化为徐志摩,成了为诗而生的一代豪杰。

满载一船"心"辉,在心中畅游,但我不能畅游,我被一块石头禁锢着。这石头是蕴含着诗意的,单纯、清洁。这块石头矗立在海滩上,当徐志摩想跑去海滩种花时,石头禁锢着他,要他用身上的翅膀来交换。每个人都是石头孕育的,但石头也会禁锢你;人想要追逐自由,便要用翅膀交换。没有交换的孩子,有着翅膀也不能飞翔。这是大自然的游戏规则,人生的顺逆掌握在自己的手中。

徐志摩不能飞,但是他的童心一直在飞。海滩上的花是呆气、傻气、稚气一起种的,它怎么可能被海水冲走?只要童心还在,这株花就不会消失。

"波心"这面明镜,"催"着徐志摩长大,催着秋天换面容。徐志摩虽然长大了,但他内心依旧插着翅膀,依然在美梦中放歌。

美、自由和爱是他单纯的信仰。徐志摩与张幼仪离婚,与陆小曼结婚也是因为单纯的信仰;他的命运在他的性格中,也在他单纯的信仰里。1931年11月19日,他乘坐的飞机触山坠毁。他一生都没有交出翅膀,最后还是被石头抓了回去。如今,他在大理石的雕像里,依然是一朵追梦的云。

七、兵学泰斗万里才——蒋百里篇

先生说

  这堂课，我们在海宁蒋百里先生纪念馆与蒋百里对话，我选了"兵学泰斗万里才"作题目，"兵学泰斗"是世人对蒋百里的评价。蒋百里名为"百里"，却有"万里"之才，鲲鹏才万里呢！庄子的《逍遥游》中说"鹏之徙于南冥也，水击三千里，抟扶摇而上者九万里"。有的人有十里之才，有的人有百里之才，万里之才当然是鲲鹏一样的。蒋百里就是有万里之才的鲲鹏，还是从海宁这块土地上飞起来的。

  我们从哪里开始呢？从他起草的《浙江潮》发刊词开始。他也是浙江潮捎向人间的绝世奇才，王国维、蒋百里、张宗祥、徐志摩、吴其昌、吴世昌、宋云彬、金庸，还有蒋百里的侄儿蒋复璁，都是"天下第一潮"捎向人间的。地理与人物的关系向来受到关注，蒋百里在《浙江潮》发刊词的开篇就说：

  我浙江有物焉，其势力大，其气魄大，其声誉大，且带有一段极悲愤极奇异之历史，令人歌，令人泣，令人纪念，至今日则上而士夫，下而走卒莫不知之，莫不见之，莫不纪念之。其物奈何？其历史奈何？曰：昔子胥立言人不用，而犹冀人之闻其声而一悟也，乃以其爱国之泪，组织而为浙江潮，至今称天下奇观，浙江潮也。

....

抑吾闻之，地理与人物有直接之关系在焉。近于山者其人质而强，近于水者其人文以弱，地理之移人，盖如是其甚也。……

在蒋百里纪念馆

蒋百里能在中国少年中找一个知音吗？找不到。是他的文章不够好，还是文言文太深奥了？还是这个人太陌生？

（童子：蒋百里太伟大了，太高了，我没有办法……）

高不可攀，对不对？他太高了，离你们太远了。

现在我们要把蒋百里拉到人间来，让他食一点儿人间烟火。大家一起来读他给两个女儿蒋英、蒋和（就是小三、小五）写的信，这可是用白话写的。

小三小五：

　　今天早起，我在院子里发现了许多并蒂兰，捡两种好玩的寄给你们。人家说兰花开得好，运气也好。小五来的信都看见了。小五的思想真了不得，又要救国又不忘记了人类，但是这是一个难题呵！德国到了两者不能兼顾的地位了，怎样办呢？小三儿的唱歌先去真的好么？我狠担心哩！

爸爸，三月四日

你们在念一封书信时，一定要念完整，前面是称呼，后面是署名，然后是时间。这是完整的书信格式。

这封信写得怎么样？

（童子：一般般。）

是的，一般般。家书本来就是平常的。这是他写给两个女儿的，是白话文，所以每一句都读得懂。这样一个高高在上的军事学家、兵学泰斗，一下子就食人间烟火了，他信中讲的也都是寻常之事。他在院子里挑选了两种好玩的并蒂兰，要寄给远方的女儿，当时小三、小五在德国留学。小三学音乐，不久成了那个时代出色的女高音歌唱家，后来嫁给了科学家钱学森。小五当时说了一句话，"又要救国又不忘记了人类"。怎样才能又救国又不忘记了人类？我们来读下面一篇文章，这是从蒋百里的代表作《国防论》里节选出来的。

　　1936年，蒋百里先生奉命出国考察，带着两个女儿，一个十七岁，一个十三岁，你们当中有人也快十三岁了，到十三岁就是小五的年龄。小五她们跟着爸爸到了意大利,这一路上,她们把和爸爸的谈话记录了下来,整理成一篇文章,题目为《现代文化之由来与新人生观之成立》,后来这篇文章成了《国防论》的第七篇。好,从"闲话少说"说起:

闲话少说,我们且先"看看"罗马,谈到"看"字,却非容易。我们化去数千元旅费,跋陟(zhì)来到罗马,雇上一部汽车,到处东张西望,什么彼得寺①哩,斗兽场哩,梵的冈(Vatican 罗马教皇区)哩,莫明其妙的但见许多姹红嫣紫的境界,粉白黛绿的光彩,如同烟云之过眼。这样不是看罗马,是看罗马城的电影。化偌大钱看一场电影,岂不是大笑话,也太对不起人了,所以我们不仅要看,还要研究,研究不够,更须体会。怎样叫做体会?就是吸收他人精神,振起自己志气,消化他人的材料,变做我们自己的质素;换句话说,就是要像罗马那样起一种发酵作用。发酵以后,再把制造品供给人家。小五(我的第五女)不是有一张画片,题名叫"歌德到意大利"的么?你看歌德惊异赞叹,感触奋发的那种模样,你再读读他游罗马以后的写作。你们将承认,要像歌德那样,才不辜负罗马此游。说来说去,你们切勿做蝴蝶,你们必须学蜜蜂。

有一位法国将军说得好,"有知识的人才配谈经验,肯研究的人才配谈阅历。"你们开口重经验,闭口贵阅历。那么我胯下这头菲洲②驴子,就可以带兵打仗,因为它在菲洲身临前敌的时

---

① 今译"圣彼得大教堂"。
② 今译"非洲"。

机比我多，很有些经验和阅历了——然而我们可不愿做驴子！"

先念到这里。这里讲到了一张画片，就是小五手里的画片，倒不是因为这画有多好，而是画中人太有名了，画的是歌德1787年在意大利。这画原件现在收藏在法兰克福的歌德纪念馆，你们当中有人在那里见过这幅画。

那次意大利游历，对歌德产生了很大的影响。特别是在西西里岛，面对四顾茫茫的大海，他有许多的感慨，后来他脑子中跳出的"世界文学"这个概念，就与这次旅行经历有关。他说"一个人无法拥有'世界'的概念，除非他发现四面八方都被水包围"。蒋百里更关心的则是文化，是罗马的历史，他留意到了意大利之行后歌德"惊异赞叹，感触奋发的那种模样"。他对女儿说，"你们切勿做蝴蝶，你们必须学蜜蜂"。蜜蜂做什么？采得百花酿成蜜。而蝴蝶只是在花间翩翩飞舞，什么也没有留下。

蒋百里是非常仰慕意大利文明的，对以意大利为中心的欧洲文艺复兴深有研究。这些话是他1936年说的。早在1919年，他跟随梁启超先生来到欧洲，游历了十个月，编写了一本书，还有人记得那书的名字吗？《欧洲文艺复兴史》。这本书虽然取材于他们游历途中一位法国学者的讲演，但有他自己的心得在里面，不乏有价值的论断，梁启超说他不仅有"述"，还有"创作之精神"。

这里还有一个流传很广的故事。这本书完成之后，蒋百里请梁启超先生写一篇序言。梁启超一下笔，文思泉涌，拿清代的学术来比较，结果写了一篇跟这本书差不多长的序言，怎么办呢？后来这篇序言又加了些内容，单独成书，另外出版了，就是有名的《清代学术概论》。反过来，梁启超又让蒋百里给这本书写了一篇序，然后梁启超又为《欧洲文艺复兴史》另外写了一篇短序。这是那个时代的一段佳话。

蒋百里为《欧洲文艺复兴史》写了一篇文言文的导言。他从小写文言文,不善于写白话文。我们先来读一下他的《欧洲文艺复兴史》导言第一段和第二段:

要之,文艺复兴实为人类精神界之春雷。一震之下,万卉齐开。佳谷生矣,荑(yí)稗(bài)亦随之以出。一方则情感理知,极其崇高。一方则嗜欲机诈,极其狞恶。此固不必为历史讳者也。惟综合其繁变纷纭之结果,则有二事可以扼其纲:一曰人之发见,一曰世界之发见。

人之发见云者,即人类自觉之谓。中世教权时代,则人与世界之间,间之以神;而人与神之间,又间之以教会;此即教皇所以藏身之固也!有文艺复兴,而人与世界,乃直接交涉。有宗教改革,而人与神,乃直接交涉。人也者,非神之罪人,尤非教会之奴隶,我有耳目,不能绝聪明;我有头脑,不能绝思想;我有良心,不能绝判断;此当时复古派所以名为人文派也。

人的发现,世界的发现,我最早就是在这里看到这两种说法。

我们先来讲人的发现。欧洲文艺复兴是世界上重大的历史事件。从14世纪到16世纪,从意大利发源的欧洲文艺复兴一直扩展到法国、德国等国家,意大利是中心。文艺复兴中诞生了达·芬奇、拉斐尔、米开朗琪罗这样的人,比这三杰更早的还有但丁这样的巨人。在达·芬奇他们的作品中,人成了中心,这是一次空前的突破。文艺复兴对整个世界文明进程有重大的影响。

我觉得,蒋百里不仅是军事学家,他也是一位重要的学者,可以说他第一个发现了欧洲文艺复兴的两个密码,哪两个密码?就是刚才已经讲的——人的发现和世界的发现。在中文世界,人的发现和世界的发现这个说法首先是蒋百里概括出来的,不是梁启超概括出来的。在这几个词中,他几乎洞见了欧洲文艺复兴的秘密。刚才我们读的第二段就在解释——人的发现。

与蒋百里对话

人的发现是什么意思?就是人类的自觉。什么叫人类的自觉?在文艺复兴之前的中世纪,在人和世界之间隔着神,在人和神之间隔着罗马教廷。人与上帝不能直接对话,马丁·路德在德国提倡宗教改革,才打破了这一层。马丁·路德深受文艺复兴的影响,他是16世纪欧洲文艺复兴末期诞生的人。1517年,已经是16世纪,14世纪到16世纪是欧洲文艺复兴时代,17世纪到

18世纪是欧洲启蒙运动时代。启蒙运动是以法国为中心，产生了伏尔泰、卢梭、孟德斯鸠、狄德罗这些杰出人物。我们在法国先贤祠看卢梭、伏尔泰，我们关注的重点是法国的启蒙运动。文艺复兴到哪里去看？到意大利，到德国去看，德国是看马丁·路德的宗教改革，意大利看什么？看但丁、达·芬奇、米开朗琪罗、拉斐尔。

继续往下读关于世界的发现这一段：

> 世界之发见云者，一为自然之享乐，动诸情者也。中世教会，以现世之快乐为魔；故有旅行瑞士，以其山水之美，而不敢仰视者。而不知此不敢仰视之故，即爱好之本能，无论何时何地，均可发展者也。一为自然之研究，则动诸知者也。中古宗教教义，以地球为中心，有异说则力破之，然事实不可诬也！有歌白尼之太阳系学说，有哥伦布美洲之发见，于是此世界之奇迹，在在足以启发人之好奇心；而旧教义之蔽智塞聪者益无以自存矣。

世界的发现，包括三个方面：一是人开始认识到自然之美，原来自然如此之美，山水如此之美；二是什么？大航海，哥伦布发现了新大陆，那是世界的发现，也产生在文艺复兴时代；三呢，像哥白尼、伽利略这样的科学家出现了，他们探索世界的秘密，有了新的突破。这些都是世界的发现。

人的发现，世界的发现，这两把钥匙在中文世界被蒋百里找出来了，蒋百里是搞什么的？兵学、军事学。可是他完成了《欧洲文艺复兴史》，且竟然能概括出"人之发见，世界之发见"，到今天还管用。因此，他是一个有智慧的人，有智慧的人一通百通。

现在我们来看看他同时代的人是怎么评价他的："男交蒋百里，女交林徽因，方不负此生也。"这是民国流传的一句话，蒋百里几乎成了男人中的标准、典范，林徽因是梁思成的太太，是民国一代才女。

黄炎培是一位教育家，1938年蒋百里去世以后，他送了这样一副挽联：

天生兵学家，亦是天生文学家，嗟君历尽尘海风波，其才略至战时始显；

一个中国人，来写一篇日本人，留此最后结晶文字，有光芒使敌胆为寒。

蒋百里1901年留学日本，曾写过一本书《日本人——一个外国人的研究》。

现在你们来说说蒋百里是一个什么样的人。每个人可以想一句话，他人听了你的这句话，也许对蒋百里会有一种新的认识，愿意来这里看看蒋百里。

（童子：他是一个先知先觉的人。

童子：他是一个文武双全、才华万里的人。

童子：一个学蜜蜂的人。

童子："将将之将"。）

"将将之将"，这是曹聚仁对蒋百里的评价。曹聚仁是一位有名的记者，写了很多书，其中一本就是《蒋百里评传》。我此前告诉过大家，蒋百里的第一本传记《蒋百里传》是记者陶菊隐写的，后来曹聚仁写了一本《蒋百里评传》。我手里的这本《蒋百里评传》新版有一个新的书名，就是《将将之将》。我们选读一段曹聚仁的文字：

……我在上海就见过这位风云的前辈。有一天，那是"一·二八"战后的第三天，二月一日。他和我们在一家咖啡馆喝茶，翻开那天上海版的《每日新闻》，头条新闻是日本陆相觐（jìn）见天皇的电讯。他沉吟了一下，对我们说：二月五日早晨，会有日军一师团到达上海参加作战了。他何以这么说呢？他说日陆相觐见天皇的意义是报告日军正式出战。依日本当前的运输能力，三天之间，可运输一个师团兵力、四万战斗兵及其装备到上海，所以他估计这一师团，五日可以投入战斗。（后来，他把这一估计告诉了蔡廷锴将军。）果然，"一·二八"战役，日军的第一场反攻是从二月五日开始的，他估计得非常正确。我对百里先生的钦佩，就是这么开始的。高子白先生悼诗中，有"论兵迈古闻中外，揽辔澄清志羽纶"句，也说百里是现代的诸葛呢。

　　蒋百里像不像诸葛亮？仅仅从报纸上看到日本陆相觐见天皇的电讯，他就推算出日本四天后有一个师团、四万兵力到达上海投入战斗。他是怎么推算出来的？他是有逻辑的，他认为如果日军没有制订作战计划，陆相不会无缘无故去见天皇。"依日本当前的运输能力，三天之间，可运输一个师团兵力、四万战斗兵及其装备到上海"，后来事实证明果然如此。人们把他看作诸葛亮一样的人物，能预见未来的战局。

　　前面我们说过他有几个预见？早在1922年他就断言将来中日之间必有一战，他在1923年对攻守的路线有了基本的判断，1937年抗日战争发生前几个月，他就预言一年内必然会发生战争，这些全被他料准了。再往下读曹聚仁的文章：

一九三八年八月间，汉口版《大公报》刊载了一篇不署名的文章《日本人——一个外国人的研究》。这篇文章，真是轰动一时。稍微知道内幕的，都明白这是蒋百里先生的手笔。在一切宣传文字中，这是有内容，出于冷静观察，而以真挚感情来表达的杰出之作。

《日本人——一个外国人的研究》完成于1938年8月，当时汉口大公报社就出版了这本小册子。这是一位了解日本民族的军事学家，在大战来临之际，用明明白白的白话文写给本国同胞看的。他不仅有见识，而且懂得怎样讲故事，怎样表达。他开篇这样说：

世界上没有像我那样同情于日本人的！

一群伟大的戏角，正在那里表演一场比Hamlet更悲的悲剧；在旁观者那得不替这悲剧的主人翁，下一滴同情之泪呢。

古代的悲剧，是不可知的运命所注定的。现代的悲剧，是主人公性格反映，是自造的。而目前这个大悲剧，却是两者兼而有之。

日本陆军的强，是世界少有的。海军的强，也是世界少有的。但是两个强，加在一起，却等于弱；这可以说是不可知的公式；也可以说是性格的反映。

孔子作《易》终于"未济"，孟子说"生于忧患，死于安乐"，这种中国文化，日本人根本不懂，他却要自称东方主人翁？

如今我像哥德批评Hamlet一般，来考察目前这个悲剧的来源。

蒋百里从自然条件、历史、军人思想的变迁、政治、财政经济、外交等方面着手，分析了日本人精神上的弱点，就是空虚与矛盾，原本崇拜外国的心理转而成了嫉妒，天天以东方文化自居，实则无一不是模仿西方，"环境诱惑他得了朝鲜不够，还想南满，得了南满不够，更想满蒙全部，更想中国北部，如今又扩大到全中国，要以有限的能力来满足无限的欲望。……日本人很能研究外国情形，有许多秘密的知识，比外国人自己还丰富。但正因为过于细密之故，倒把大的，普通的忘记了。譬如日本研究印度，比任何国人都详细，他很羡慕英国的获得印度。但他忘记了英国人对印度，是在大家都没有注意时代，用三百年的工夫才能完成。而日本人，却想在列强环视之下三十年内要成功。日本人又研究中国个人人物。他们的传记与行动，他很有兴奋地记得。但他忘记了中国地理的统一性与文字的普遍性而想用武力来改变五千年历史的力量，将中国分裂"。他从日本的内政上和外交上判断他们的"黄金时代过去了"。他在结论"物与人"中说：

许多大政治家，大军人，脑筋里装着无数物质的数字，油多少，煤多少，铁多少，乃至船多少吨，炮多少门，而却忘记了一件根本大事！

…………

缺乏内省能力的日本国民呵！身长是加增了，体重是仍旧，这是一件怎样严重的象征！向外发展超越了自然的限度，必定要栽一大筋斗！

当时，日本兵锋正盛，谁会想到他们的失败呢！这本书最后，蒋百里还在"这本书的故事"中讲了这样一个故事：

在去年十一月十一日那天下午，我在柏林近郊"绿林"中散步，心里胡思乱想，又是习惯不适于新环境，——看手表不过五点，但忘记了柏林冬天的早黑——结果迷失了道路，走了两点多钟，找不到回家的路不免有点心慌。但是远远地望见了一个灯，只好向着那灯光走，找人家问路，那知道灯光却在一小湖对面，又沿湖绕了一大圈，才到目的地。黑夜敲门（实在不过八点半），居然出来了一位老者，他的须发如银之白，他的两颊如婴之红，简直像仙人一般。他告诉我怎样走，那样转弯，我那时仍旧弄不清楚。忽然心机一转，问他有电话没有，他说："有。"我说那就费心打电话叫一部车子来罢。他说那么请客厅坐一坐等车，一进客厅，就看见他许多中国、日本的陈设，我同他就谈起东方事情来。那知这位红颜白发的仙人，他的东方知识比我更来得高明。凡我所知道的，他没有不知道。他所知道的我却不能像他那样深刻。比方说"日本人不知道中国文化"等类，他还有《日本〈古事记〉研究》一稿，我看了竟是茫无头绪。我十二分佩服他。从此就订了极深切的交情。这本书是我从他笔记中间片段片段的摘出来而稍加以整理的。现在不敢自私，把他公表，不久德文原本也快将出来。我临走的时候，他送我行，而且郑重的告诉我：

胜也罢，败也罢，就是不要同他讲和！

蒋百里说他这一段托之于夜遇仙翁，说得很有趣。这句"胜也罢，败也罢，就是不要同他讲和"也是借着这位德国仙翁之口说出来的。不到七年，日本战败，蒋百里虽然没有看到这一天，但他的这句话掷地有声，影响很大。我们来读一下也曾留学日本的邵力子送给他的那副挽联：

合万语为一言，信中国必有办法；
打败仗也还可，对日本切勿言和。

后来历史学家黄仁宇曾说过这样一番话：

1937年在中国被逼作战，无全盘作战计划，无财政准备，无友邦支援。当日的决策，可以说完全依赖前述蒋百里的十四字秘诀："胜也罢，败也罢，就是不要和他讲和。"

无论如何，"就是不要和他讲和"，最后日本被打败了。这是蒋百里的思路，他确实有先见之明。

《大公报》是那个时候影响最大的报纸，1938年8月7日有一篇采访蒋百里的报道，记者说他穿着长衫、布鞋，向后背梳着头发，戴着一副近视眼镜，很难相信他就是一位军事学家，"但是他一开口，一伸手，眉宇间显示出来的豪迈，面部的表情，和一切动态，又令人感觉他从生活经验中反映出来的仪表确又显示着异样"。

其实，何止是外表上的"异样"，他的一生都充满了传奇色彩。正如网上有篇文章说的：

他的一生，风云激荡，堪称传奇。他是陆军上将，曾任保定陆军军官学校校长。他亦是文人，与梁启超亦师亦友，和蔡锷同窗，和徐志摩更是交情莫逆，曾一同创办新月社。当年蒋百里因得意门生反蒋受牵连，被蒋介石押解至南京，徐志摩等人纷纷自愿前去一同坐牢，一时"随百里先生坐牢"成了时髦之事。

他的朋友圈真正是那个时代的精英圈子，围绕在他身边的那些人，早年的蔡锷、黄远生，后来的张君劢、张东荪，等等，都是国之栋梁。1930年，他受门生唐生智牵连被囚二十个月，其间他还在研究康德、伏尔泰的哲学。

刚才我问你们蒋百里是一个什么样的人，这里有一个现成的答案，曹聚仁说他是"文艺复兴时代的典型人物"，他的意思是蒋百里像文艺复兴时代的典型人物，他举例说文艺复兴时代的人物都有多方面的兴趣和光芒。以达·芬奇而论，他是画家，也是雕塑家、科学家、工程师，还是音乐家、军事学家。在佛罗伦萨和比萨战争状态下，他甚至要设计挖一条运河到比萨，水淹比萨。米开朗琪罗是一位雕塑家，也是一位画家、建筑家、诗人，还是解剖家。我们再来看看蒋百里，他是军事学家、军事教育家、文史学者、政论家，也是一个具有多方面才能的人，一个具有文艺复兴气质的人。

蒋百里的女儿小三也就是蒋英，同样认为她父亲应该是一个文艺复兴时代的人，懂文、懂武、懂西洋的、懂中国的，懂拉丁文、日文、德文，爱文学，会写诗，也会打枪、骑马。蒋百里没有看到抗战胜利的一幕，但他一直身体力行地诠释着自己一生所倡导的观点：战斗与生活的一致。能生活就能战斗，战斗与生活是一件东西。

我觉得这个女儿小三算得上是蒋百里的知音；她懂蒋百里，和曹聚仁一样，都说蒋百里是一个文艺复兴时代的人。她说他身上有文艺复兴时代的气质，文武双全，有多方面的兴趣和光芒，光外语就懂这么多——拉丁文、日文、德文，还有他的母语。不要忘记他是中国人啊，他的古文大家都读过了。他的女儿说他把战斗与生活看作一样东西，我们读一下这段话：

"生活与战斗"是蒋百里在书中不断提示的名言。在和平年代，我们往往对战争缺少敏感与觉察，谁也不愿意发生战争，而每一国家和国民又要随时为战争做好准备，将军事的经济基石、国民素质和行动的养成寓于最日常的生活细节之中。生活与战斗，二者相应者强、相离者弱，在"全体性战争"的新军事主流下，现代战争即是给全国人民的一场试验，其成绩决定于平时之物质与精神资源组织起来的"战争潜能"。

作为一位军事奇才，他已经预见到未来的战争将有以下几种方式：第一武力战，第二经济战，第三宣传战。战争并不是只有一种形式。他在1938年以前就已经洞察到了，他最重要的代表作《国防论》就提出了这些具有前瞻性的思想，他被誉为"兵学泰斗"实至名归。

现在我们来做总结，把蒋百里放在几个框架里来讨论。第一个框架，蒋百里生于1882年，蔡锷生于1882年，鲁迅生于1881年，蒋介石生于1887年，这些人是同一个年龄段的，19世纪80年代出生的那一代，我们称他们为"八〇后"。

蒋百里纪念馆合影

那一代人出生前后有中法战争，童年、少年时会遇到中日甲午战争、八国联军攻陷北京，这些无一不刺激着他们。蒋百里本来是一个读书人，最终弃文从武，选择了学军事。蔡锷也是一样。蔡锷在湖南就是梁启超的学生，到日本以后就弃文从武了，成了蒋百里的同学。那一代人他们成长期的经历决定了他们日后的命运。

第二，我们把他放在海宁人这个序列看。1877年，海宁盐官诞生了一个小孩，叫王国维，比他大五岁；他出生那年，海宁城里诞生了另外一个小孩张宗祥，海宁的"文武贾宝玉"都诞生了，他们两人同岁，都出生在海宁县城；1897年，比他小十五岁的徐志摩出生了：小小的海宁诞生了这些影响中国的人。王国维在学术上,张宗祥在书法和版本目录学上,徐志摩在文学上,蒋百里在军事上,他们在不同方面影响了近代中国。这些海宁人扎堆出现也不是偶然的。

我们还可以从海宁放大到嘉兴、浙江看。嘉兴那个时代出了什么人?比他早的有1873年出生的褚辅成,1875年出生的沈钧儒,比他晚的有茅盾、丰子恺、朱生豪,放大到整个浙江,还有鲁迅、竺可桢这些人。

第三,我们把他放在他所在的大时代里看。前面我们提到了,他一岁遇到中法战争,十二岁遇到中日甲午战争,十八岁八国联军来了,二十二岁发生了日俄战争,二十九岁他亲历了辛亥革命……他的一生都是大时代;1938年,他死于抗日战争当中。时代风云激荡,大起大落,他就是大时代里淘洗出来的英雄,一个有万里之才的人;也是那个动荡的乱世成就了他,如果他遭遇的时代没有什么大事发生,他也成不了英雄,即使是英雄也无用武之地。

他不是孤立的,他是那个特定的时代里产生出来的蒋百里,有万里之才的蒋百里,一个具有文艺复兴气质的人。在许多方面,他都有贡献。他写了《国防论》,写了《日本人——一个外国人的研究》,还写了《欧洲文艺复兴史》,他概括的"人之发见""世界之发见",到今天我们仍然觉得很精彩。难怪他的女儿和曹聚仁都说他是文艺复兴时代的人。

他是国之栋梁,真正的精英,品德高尚,一生传奇,却过着非常平常的生活。我们读他写给女儿小三和小五的信就知道,他有一颗平常心,讲的是家长里短。他有平常心,有一颗纯粹的心,在他的生命中,既有上马杀敌的豪气,也有下马给女儿写信的儿女情长;他是一个具有文艺复兴气质的人,也是一个被女儿所爱戴的人。他的五朵金花,除了一个十八岁夭折的女儿,也是个个成器。他的几个女儿,就是这样一封信一封信熏陶出来的,就是在行万里路中，在聊天、谈话中春风化雨出来的。我们前面读过他和女儿们聊天谈话的文章，特别是"切勿做蝴蝶，必须学蜜蜂"，值得每一个人记住。他不仅为国尽忠，而且教女有方；这样一个万里之才，又有这样一颗平常心，真正难得。这样的人才是时代精英，才是值得敬仰的人。蒋百里，何止百里之才，应该是万里之才。我们的课就上到这里，最后我们用他说过的那十个字来结束这堂课，一起说出来："切勿做蝴蝶，必须学蜜蜂。"

童子习作

万里奇才

刘尚钊

"切勿做蝴蝶，必须学蜜蜂。"万里奇才蒋百里在《国防论》里说。

蒋百里出生于1882年；一年之后，他遇到了人生中第一场战争——中法之战。十二岁时，中日甲午战争爆发……他一生经历了许多战争。

蒋百里的名声大部分来自兵学，中国人称他为"兵学泰斗"。他有诸葛般的先见之明，很早就预言中日之间必有一战，且这一战为持久战。

海宁的"文武贾宝玉"，文者张宗祥，武者蒋百里。他的女儿评价他"会打枪、骑马"。他是一位擅长兵学的奇才，还是一个精通文学的人。

曹聚仁说他是文艺复兴时代的典型人物，他有著作《欧洲文艺复兴史》，精通拉丁文、日文、德文等，会写诗，能写出很好的文言文，《浙江潮》的发刊词就是他写的。他不是一个只懂军事的人。

1938年11月4日，一代兵学泰斗陨落了。在他五十六年的生命中，他的多方面的奇才都曾绽放。面对强大的日本，他说："胜也罢，败也罢，就是不要和他讲和。"他也是一个不和命运讲和的人。

寄几杯钱江潮给蒋百里

汪宸

寄一杯钱江潮给蒋百里，
给这亡于外乡的英雄。
让水化为西边的云彩，
感受未曾细品过的阳光。

寄两杯钱江潮给蒋百里，
让他灵魂重现，
感受波光艳影。
儿时的梦，
是否还在心头荡漾？

寄三杯钱江潮给蒋百里，
让夏虫今夜为他而沉默。

黑夜不再吞没星辉，
潮水不再淹没月亮。

寄四杯钱江潮给蒋百里，
最后想一想五朵金花，
那生活与战斗共存的时候，
朋友们争相要与他一起坐牢的情景，
他用行动诠释了
一生的主张。

在那最后的时光，我们想到的，
只有他以前的功绩；
而他自己
却在享受那最后的细雨
和仅有的记忆。
他，轻轻地化为天上虹。

你是谁？

王旖旎

他是谁？大家会说"就是蒋百里啊"！这话不错。可是，他究竟是怎样一个人？有怎样的学识？也许一切都藏在名字里。

一杆长枪

长枪，威风凛凛，神气十足，在战场上劈波斩浪，无所不能。长枪，在古代是霸气的象征，是很厉害的打仗工具。"森"，它的寒光发出凌厉的声音；"唰——"，它的舞蹈释放出一股杀气。蒋百里就是这样，很懂兵法。打持久战？可以，绝不和日本讲和！预言战事？没问题。蒋百里就是擦亮了放在历史的兵器库里的一杆长枪。

一部大书

书本，是知识的象征。它是文人"炫富"的另一种方式。翻书声给书房平添了几分雅致与书卷气。蒋百里呢？虽被称为一代军事学家，但写起书来，照样不输给同时代的文人。人的发现，世界的发现，这些说法都是从他笔尖流出来的。蒋百里真是震惊万里，改名叫"万里"更适合。

一块石头

一块石头，是指一块完整的顶天立地的巨石，而不是一块轻易滚动的圆滑小石头。巨石有什么特点？屹立不动、"顽固"至极，威风凛凛。蒋百里是一位有威信且严厉的顽固将军。他顽固什么呢？当然是坚决不向日本投降。他认为一定可以打胜仗！众志成城啊，中国不就打赢了吗？一块顽石，定是威风的。

一颗糖

一颗糖？一颗糖。它是不合适，可我就是认为蒋百里是那种爱心形状、入口即化的甜蜜蜜的糖。糖，是一种可以化在嘴里也可以化在小孩子心里的东西。一颗美味的糖，或是一盒、一袋——当然是我们梦寐以求的。作为一个育有五朵金花的父亲，怎么能不是一颗糖呢？世人面前严肃的蒋百里，也有儿女情长的一面，他给小三、小五的白话书信中充满了爱意。

要是让我用一句话描述蒋"万里"，我会这样写：一个有棱有角、文武全能的人。

潮的孩子

李益帆

混浊的潮面，倒映出纯洁的心，倒映出天上一片云，倒映出海滩上一朵花，倒映出一个在梦中遨游的少年。

他也是潮的孩子，千年来海宁潮就这样来来去去，动地惊天，他是第一个能从潮水中悟到战争秘密的人。

千万匹战马齐头并进，一场激烈的战争打响了。叱咤风云的蒋百里对我方将领说："胜也罢，败也罢，就是不要和他讲和！"他的朝气与阳刚之气都是从潮水中来的。

蝴蝶、蜜蜂在花丛中飞舞，蝴蝶吸食花蜜，蜜蜂采集花蜜。这些蜜化成了他写给女儿的信，他对女儿的爱就藏在一句句平常的言语里。

他名为百里，才有万里，"天下第一潮"带给他使不完的劲；他懂军事，还有一颗文艺复兴的心。

八、吞天沃日第一潮——海宁潮篇

童子诵

观潮（节选）

（宋）周密

浙江之潮，天下之伟观也。自既望以至十八日为最盛。方其远出海门，仅如银线；既而渐近，则玉城雪岭际天而来，大声如雷霆，震撼激射，吞天沃日，势极雄豪。杨诚斋诗云"海涌银为郭，江横玉系腰"者是也。

先生说

你们刚才背诵的是宋代词人周密的传世之作《武林旧事》中关于浙江潮的一段描写。这是近千年来关于浙江潮最好的一篇古文，你们觉得哪个词最精彩？（童子：吞天沃日。）如果我们晚上来，没有日怎么办？金庸是怎么写的？我们来读《书剑恩仇录》的节选：

……耳中尽是浪涛之声，眼望大海，却是平静一片，海水在塘下七八丈，月光淡淡，平铺海上，映出点点银光……

……………

这时潮声愈响，两人话声渐被淹没，只见远处一条白线，在月光下缓缓移来。

蓦然间寒意迫人，白线越移越近，声若雷震，大潮有如玉城雪岭，天际而来，声势雄伟已极。潮水越近，声音越响，真似百万大军冲锋，于金鼓齐鸣中一往直前。

……………

潮水愈近愈快，震撼激射，吞天沃月，一座巨大的水墙直向海塘压来，眼见白振就要被卷入鲸波万仞之中，众侍卫齐声惊呼起来。白振凝神提气，施展轻功，沿着海塘石级向上攀越，可是未到塘顶，海潮已经卷到。陈家洛见情势危急，脱下身上长袍，一撕为二，打个结接起，飞快挂到白振顶上。白振奋力跃起，伸手拉住长袍一端，浪花已经扑到了他脚上。陈家洛使劲一提，将他掼上石塘。

这时乾隆与众侍卫见海潮势大，都已退离塘边数丈。白振刚到塘上，海潮已卷了上来。陈家洛自小在塘边戏耍，熟识潮性，一将白振拉上，随即向后连跃数跃。白振落下地时，海塘上已水深数尺，他右手一挥，将折扇向褚圆掷去，双手随即紧紧抱住塘边上一株柳树。

月影银涛，光摇喷雪，云移玉岸，浪卷轰雷，海潮势若万马奔腾，奋蹄疾驰，霎时之间已将白振全身淹没在波涛之下。

但潮来得快，退得也快，顷刻间，塘上潮水退得干干净净……

乾隆转头对陈家洛道："古人说'十万军声半夜潮'，看了这番情景，真称得上是天下奇观。"陈家洛道："当年钱王以三千铁弩强射海潮，海潮何曾有丝毫降低？可见自然之势，是强逆不来的。"……

金庸有没有读过周密那篇文章？从哪里看出来的？（童子：有。吞天沃月。）"吞天沃月"或许正是由"吞天沃日"变化过来的。金庸在"吞天沃月"前面用了"震撼激射"，之后还有"月影银涛，光摇喷雪，云移玉岸，浪卷轰雷……万马奔腾"，这与你们刚才背诵的"玉城雪岭际天而来，大声如雷霆，震撼激射，吞天沃日，势极雄豪"，是不是一个脉络？面对童年时就熟悉的海宁潮，金庸也并不是靠自己的天才去描述，而是直接站在了周密的肩膀上。有了周密，才有了金庸描写夜潮的精彩段落。

　　母语就是这样一代又一代传承下来的。很少有人平地起高楼，大多数人是在前人的基础上进行再创造。如在唐朝王勃的"落霞与孤鹜齐飞，秋水共长天一色"前面，有南北朝庾信的"落花与芝盖同飞，杨柳共春旗一色"。许多名句都是这样来的，北宋王安石的"春风又绿江南岸"前面，有唐朝李白的"东风已绿瀛洲草"；南宋叶绍翁的"一枝红杏出墙来"之前，唐代诗人吴融就写过"一枝红杏出墙头"，陆游直接用了"一枝红杏出墙头"。我们读一下下面三首诗：

途中见杏花
（唐）吴融

　　一枝红杏出墙头，墙外行人正独愁。

长得看来犹有恨，可堪逢处更难留！
林空色暝莺先到，春浅香寒蝶未游。
更忆帝乡千万树，澹烟笼日暗神州。

马上作
（宋）陆游

平桥小陌雨初收，淡日穿云翠霭浮。
杨柳不遮春色断，一枝红杏出墙头。

游园不值
（宋）叶绍翁

应怜屐齿印苍苔，小扣柴扉久不开。
春色满园关不住，一枝红杏出墙来。

最终还是叶绍翁的"一枝红杏出墙来"胜出，其前一句"春色满园关不住"也非常好。

从"吞天沃日"到"吞天沃月"，一字之差。白天来看潮是"吞天沃日"，夜里来看半夜潮是"吞天沃月"，就看你是什么时候来的。这是在前人的基础上进行再创造，并不是从零开始的创造。周密已经先想到了"吞天沃日"，从"日"到"月"，便容易多了。周密是金庸的"一"，就像庾信是王勃的"一"，李白是王安石的"一"，吴融是陆游、叶绍翁的"一"。

一千多年来，关于"天下第一潮"的诗文多矣，我们这一课读了前人留下的好诗好文章，你们在他们的基础上进行再创造，他们就是你们的"一"，你们不用从零开始。有了"一"，你们可以在后面画"〇"。至于能画几个"〇"，就看每个人的造化、能耐和努力了。如果一个"〇"也画不上去，"一"仍然是"一"。这个"一"太重要了。老子说："道生一，一生二，二生三，三生万物。"你的"一"在哪里？这对你来说是重要的。"一"，只能在你生命中遇到的事物当中，在你读到的书当中。

自南宋以来，很多人一想到"天下第一潮"都会想到周密这篇文章。周密的文章是从天而降的吗？当然不是，周密也有他的"一"，虽然我们不知道，我们只发现了周密是金庸的"一"。

刚才我们从江堤边那组铜像经过，那些人你们认识几个？1923年9月28日，海宁人，曾留学美国克拉克大学、哥伦比亚大学和英国剑桥大学的诗人徐志摩，邀请了从美国哥伦比亚大学留学回国的陶知行（后来改名陶行知），美国留学回来担任过教育次长的朱经农，美国留学回来的化学家后来做过四川大学校长的任鸿隽和美国留学的他的妻子北京大学教授陈衡哲，担任过广西大学校长的马君武，还有胡适及其女朋友曹诚英——后来到美国留学，在康奈尔大学农学院拿到了硕士学位——一位农学界的女教授，以及 Ellery——美国 Vassar 大学的史学教授，陈衡哲的老师，一同在这里看八月十八的大潮。这一行人，几乎都是留学归来的，代表了当时中国具有新知识、新思想的科学家、教育家、学者、诗人。这一天是农历八月十八。九十年后，这里出现了一组为他们九个人立的群雕。

在胡适、徐志摩等人的铜像前

唐宋以降，看过"天下第一潮"的人多了。孟浩然看过，李白看过，白居易看过，刘禹锡看过，苏轼看过，周密看过，杨万里看过，黄仲则看过。但是我们不知道孟浩然跟谁一起来的，白居易跟谁一起来的，苏东坡跟谁一起来的，杨万里跟谁一起来的。

历史上只留下两个纪录。一个纪录就是徐志摩邀请了胡适、陶行知他们这一行人来，这么多重量级的名人集体来看潮，这是千年以来难得的一次。也许这一次算得上史上最豪华的看潮阵容，没有之一。以后还会有吗？恐怕不会有了。一代有一代之人物。这些人物过去了，就不会再有，我们再也见不到这样的场面了。

在他们之前，1916 年 9 月 15 日，有另外一批人来到这里看潮，那些人是与孙中山一起来看潮的，包括宋庆龄、蒋介石、朱执信、张静江、叶楚伧等。

就在徐志摩他们一行来看潮的那一年，在海宁袁花镇新伟村，查家诞生了一个婴儿，就是后来的金庸，我们说他是海宁潮捎向人间的一个婴儿。徐志摩当然也是海宁潮捎来的婴儿，他呼朋唤友，来看他从小就熟悉的大潮。

海宁潮看见了徐志摩他们匆匆来去的身影，胡适当天留下了一篇比较详细的日记。我们来读一下这则日记：

1923 年 9 月 28 日

今天为八月十八，潮水最盛。……

船开到海宁，看潮。潮到时已近一点半钟。

潮初来时，但见海外水平线上微涌起一片白光，旋即退下去了。后来有几处白点同时涌上，时没时现，如是者几分钟。忽然几处白光联成一线了。但来势仍很弱而缓，似乎很吃力的。大家的眼光全关注在光山一带，看潮很吃力地冲上来；忽然东边潮水大涌上来了，忽然南面也涌上来了。潮头每个皆北高而斜向南，远望去很像无数铁舰首尾衔接着，一齐横冲上来。一忽儿，潮声澎湃震耳，如千军万马奔腾之声，不到几秒钟，已涌到塘前，转瞬间已过了我们面前，汹涌西去了。

你们有没有发现，这篇日记拿出来，完全可以单独成篇，是一篇关于海宁潮的好文章。好文章不在乎用什么文体，你们今天与"海宁潮"的对话，可以用日记体，也可以用书信体，或者说明文等其他的文体，关键要写得好。

只要写得好，都可以传世。诸葛亮的《出师表》是写给皇帝的奏折，可以传世；《岳阳楼记》是为新修的岳阳楼写的一篇"记"，可以传世；《与陈伯之书》是一封书信，也可以传世。

今天下午三点十分，你们可以亲眼看一看，看看现在的潮水是不是1923年胡适看到的那样。胡适这篇日记写得非常生动，又非常朴实，非常简练，这是干干净净的白话文。他是白话文运动的倡议者，当然他的古文也很好，从小熟读古代经典。他写的白话文，像水一样明明白白，清清爽爽，学他这样的文章就对了，当然也可以结合周密的"玉城雪岭际天而来"这样的表述。好的古文跟白话文表述几乎没有距离，因为写得好，可以自然地用在白话文中。我们读苏东坡《前赤壁赋》中的"清风徐来，水波不兴""白露横江，水光接天"，或者《后赤壁赋》里的"山高月小，水落石出"，也没觉得是文言。在文言和白话之间，其实并没有一条不可逾越的鸿沟。"如切如磋，如琢如磨"，你觉得是文言还是白话？这是《诗经》中的句子，两千多年来，人们读着读着就读成了成语，到了白话文时代人们还是这么说，你说它是文言还是白话？还有南朝人丘迟《与陈伯之书》中的"暮春三月，江南草长，杂花生树，群莺乱飞"，这十六个字是文言还是白话？真正好的表述早已超越了这中间的界限，是不需要转换的。好的白话也是从古文里来的，顺流而下，势如破竹。如果你没有古文基础，就像水流的上游无水，水流着流着也就干了，枯了。我们面前的钱塘江为什么能浩浩汤汤，横无际涯，横到这个地方来？它的上面是什么江？富春江。富春江的上游是新安江。所以它有源头，有上游，水是源源不断地来的。

潮来了

　　为什么只有这条江有这生生不息的大潮？有年年八月十八日的"天下第一潮"？是谁告诉我们确切答案的？竺可桢。他是什么人？他是气象学家，1918年获得哈佛大学气象学博士，1936年到1949年担任浙江大学校长，历时十三年。他是跟胡适一样的人物。胡适是哥伦比亚大学哲学博士，曾任北京大学校长。他们一个搞人文科学，一个搞自然科学，都是那个时代的"九〇后"，生于19世纪90年代，都曾到美国留学，拿了博士学位，做过大学校长。

　　现在，我们先回过头来看看，唐宋元明清，一路下来，诗人们是怎样写"天下第一潮"的。从孟浩然的诗开始，大家一起读：

与颜钱塘登樟亭望潮作

（唐）孟浩然

百里闻声震，鸣弦暂辍弹。

府中连骑出，江上待潮观。

照日秋云迥，浮天渤澥宽。

惊涛来似雪，一座凛生寒。

横江词六首（其四）

（唐）李白

海神来过恶风回，浪打天门石壁开。

浙江八月何如此，涛似连山喷雪来。

宿樟亭驿

（唐）白居易

夜半樟亭驿，愁人起望乡。

月明何处见，潮水白茫茫。

忆江南（其二）
（唐）白居易

江南忆，最忆是杭州。山寺月中寻桂子，郡亭枕上看潮头。何日更重游？

浪淘沙（其七）
（唐）刘禹锡

八月涛声吼地来，头高数丈触山回。
须臾却入海门去，卷起沙堆似雪堆。

《钱塘》残句
（唐）赵嘏（gǔ）

一千里色中秋月，十万军声半夜潮。

催试官考较戏作
（宋）苏轼

……
八月十八潮，壮观天下无。

鲲鹏水击三千里，组练长驱十万夫。

红旗青盖互明灭，黑沙白浪相吞屠。

人生会合古难必，此景此行那两得。

愿君闻此添蜡烛，门外白袍如立鹄（hú）。

观浙江潮

（宋）杨万里

海涌银为郭，江横玉系腰。

吴侬只言黠（xiá），到老也看潮。

观潮行

（清）黄仲则

客有不乐游广陵，卧看八月秋涛兴。

伟哉造物此巨观，海水直挟心飞腾。

…………

才见银山动地来，已将赤岸浮天外。

…………

殷天怒为排山入，转眼西追日轮及。

…………

潮生潮落自终古，我欲停杯一问之。

后观潮行（节选）

（清）黄仲则

海风卷尽江头叶，沙岸千人万人立。
怪底山川忽变容，又报天边海潮入。
…………
鹅毛一白尚天际，倾耳已是风霆声。
江流不合几回折，欲折涛头如折铁。
一折平添百丈飞，浩浩长空舞晴雪。
…………

唐宋元明清，历代诗人有关"天下第一潮"的好诗几乎都在这里了。这里有李白，有孟浩然，有刘禹锡，有白居易，有苏东坡，有杨万里，还有清代的黄仲则，都是家喻户晓的诗人。你们可以挑出你们最喜欢的诗句。

（童子：潮生潮落自终古，我欲停杯一问之。）

这句的来历想到了吗？

（童子：李白的《把酒问月》：青天有月来几时？我今停杯一问之。）

黄仲则把"我今停杯一问之"改了一个字，成了"我欲停杯一问之"；他写《观潮行》时，李白的诗句就在他的心中。

（童子：才见银山动地来，已将赤岸浮天外。）

（童子：一千里色中秋月，十万军声半夜潮。）

这是唐代诗人赵嘏写的，他并不是很有名，但凭这两句诗他就可以传世。你们有没有留意，刚才读过的白话文中有谁引用了其中的"十万军声半夜潮"？

（童子：金庸。）

（童子：浪打天门石壁开；涛似连山喷雪来。）

（童子：海涌银为郭，江横玉系腰。）

周密的文章引用的就是这两句。

（童子：海神来过恶风回，浪打天门石壁开。）

（童子：月明何处见，潮水白茫茫。）

（童子：须臾却入海门去，卷起沙堆似雪堆。）

（童子：八月十八潮，壮观天下无。）

（童子：惊涛来似雪，一座凛生寒。）

好，我们就从孟浩然的"惊涛来似雪"切入。虽然樟亭不在这里，但眼前的钱塘江就是孟浩然、白居易他们面对过的钱塘江，我们将要看到的潮也是千余年前他们看过的潮，此刻我们就和这些诗人站在了一起。樟亭是个古地名，是昔日的看潮胜地。我们不妨望文生义一番，我们此刻上课的这个亭子，虽然与樟亭并无关联，但都有一个"亭"字。在烟雨楼，我曾经跟你们说过，有没有诗意，不取决于你坐的是木船，还是机械船，而取决于你心里有没有诗意，你心里没诗意，给你什么都不会有诗意。

也许，这个亭子也是适合我们来读这些樟亭诗的地方，哪怕此"亭"非彼"亭"。

看不见明月也没关系，我们看得见骄阳。我奇怪的是，为什么刚才你们没有人选白居易"山寺月中寻桂子"的下一句"郡亭枕上看潮头"；这么有名的《忆江南》，这么有名的看潮名句，你们一个人都没选，白居易伤不伤心？

与"天下第一潮"对话

赵嘏的诗很难有完整的,大部分是残句。这两句写钱塘江夜潮的,写得太好了,我们再读一遍吧:"一千里色中秋月,十万军声半夜潮。"有的版本我看到是"夜半潮"。

你们很有眼光,好几个人选了黄仲则。老实说,黄仲则对于你们,还是一位很陌生的诗人,对不对?我们在《与星星对话》一课中讲过黄仲则,讲过他"一星如月看多时"。黄仲则可以说是清代的大诗人,他的《观潮行》《后观潮行》,都是那个时代的好诗。选他的句子,是要眼光的,这不是以名气来选。论名气,李白、苏轼更有名,但是李白的"涛似连山喷雪来",好不好?老实说,没那么好。苏轼的"八月十八潮,壮观天下无",经常被景区拿来做标语、做广告,那是苏轼为他们做的免费广告,做了一千多年了。接下来的两句写得也不错,我们把它读出来:"鲲鹏水击三千里,组练长驱十万夫。"

苏东坡写得不错,但是这首诗太长,我只节选了一部分,而且题目也很难记,"催试官考较戏作"。好题目是很重要的,这个题目看着就让人头疼。黄仲则的"观潮行""后观潮行",杨万里的"观浙江潮",这些题目就较直接、简明,李白的"横江词"也不错。等一下我们会看到潮水是怎么来的。横江而来,所以这里的潮水叫什么潮?一线潮,像一条线一样。虽然李白的《横江词》另有所指,但其意境都是相通的。

到了20世纪,也有诗人用白话诗来写海宁潮。1931年,诗人李金发发表过一首《海宁潮》,以敌舰、火山、远炮来铺陈海宁潮的惊世骇俗:

> …………
> 俄而,万头蠕动群呼潮来!
> 但见黄赤的小浪,高出退潮数尺,
> 汹涌地跳跃,蜂拥如勇士之临阵。
> …………
> 浩荡的海湾之浪,由飞奔而滚滚而静止无声。
> 宇宙啊,任你如何神奇,
> 亦不过恐吓我们小灵而已,
> 何必拘拘于此一出。
> 我们的浮生是易尽,
> 而你宇宙大法之主席,
> 则将永远荡漾潋滟
> …………

在这样的大潮前，诗人表示：

我仰慕你极了，
我愿化为无生机物，
…………

然而能与古人的诗句相抗衡的白话诗，还没有产生。

我们继续看白话文，前面已经读了金庸小说和胡适日记，现在来读乐维华的白话文。乐维华是作家、记者，可能并不被大家熟悉，但只要文章好就行，就可以被我们记住。他写过一篇《潮魂》，也许很多人知道世上有个乐维华，就是因为这篇《潮魂》。题目起得好不好？两个字，很简明，很容易就被记住了。

潮　　魂
——钱塘潮抒情（节选）
乐维华

…………

秋天，带着满满的月亮来了，据说今年是六十年来罕见的大潮，沿江许多乡村和城镇住满了观潮人，山湖好友，异国宾客，都兴致勃勃地慕名而来，我呢，也怀着对大自然的虔诚来了。

那是一个清凉的秋夜，我踏碎满地的月光，拨开密密的芦苇丛来到江边。风波、水影、月色，淡淡的，是天边的远山，呆呆的，是泛光的月亮，轻轻的，是水波在拍岩，这秋夜的景色呵，真是画不尽的画中画，写不尽的诗中诗，我看得那么专一，满目的空旷清淡在胸中化为诗情画意的饱和。我真羡慕大江，在这充满幻想的秋夜里，它得到了永生。

农历十八日是"潮魂"的生日，春秋、战国、七雄、五霸，东流水轻轻的一个波纹，把我的思绪送得那么的遥远……

早就听说了，钱塘江的潮水常年咆哮翻卷，是伍子胥和文种这两人不散的冤魂在倾诉不平。一个屡谏吴王，却落个皮囊裹尸，埋骨大江的结局。一个立下了汗马功劳，却得了个伏剑而死，狗烹弓藏的下场。这两个敌国之将，由于共同的冤屈，死后携手归好了。《水经注》里说：伍子胥背着文种日夜在江河上遨游，还常常摆动清静的秋江，扬起连天的雪浪。所以潮水一到，前面的浪就是伍子胥，后面的浪就是文种了。人们称之谓"潮魂"。每当潮起的时候，浪潮两面就涌起了人潮，浪潮奔腾，人潮鼎沸，汇成惊天动地的呐喊，一直冲向天际，可见人们对忠魂受屈是愤愤不平的，这种愤慨借助伍子胥和文种的故事，溶化在吞天卷日的大江之中，一直奔流到今天。于是我就想了：无情的历史可以演出人们的种种遭遇，却无法把人们的感情垄断……

在海宁盐官观潮处

好,先读到这里。"无情的历史可以演出人们的种种遭遇,却无法把人们的感情垄断……"钱塘江的潮水一浪接一浪地来,人们认为前面的浪是谁?吴国的大将伍子胥。伍子胥屡谏吴王,吴王不仅不采纳他的忠言,反而把他杀了,所以他就化作了潮水。后面的浪是越国的功臣文种。功成名就之后,他没有像范蠡那样隐退,结果被越王杀了。伍子胥和文种两个人的冤魂化作了钱塘江的潮魂,就是每年一度八月十八的大潮。

看潮的时候,不仅有江潮,还有人潮,江潮、人潮在这里相撞,变成了一个潮的世界。钱塘江的潮水是怎么来的?传说是伍子胥和文种的冤魂化作的,现在的人肯定不相信了,以前的人非常相信。一直到五代,吴越王钱镠要用三千强弩去射潮，想要平息这个潮。

潮水之所以成为这样的潮水，到底是因为什么？竺可桢先生在1916年写了一篇文章《钱塘江怒潮》。他文中写道：

> 浙江潮，中国之奇观，亦世界之奇观也。……
>
> 凡江中之有怒潮者，必具有以下三个要素：
>
> （a）河须滨海。河之流入湖沿者，不能有怒潮。
>
> （b）河口必须箕形，外口极阔，内行逐渐狭减。
>
> （c）河口必须甚浅，且须有沙礁横梗口外。潮退时，沙土暴露水面上，然河中水流宜甚速……
>
> ……然钱塘江之怒潮其声其色，其高度与速率，除北美之丰堤湾而外，可称举世无匹……

为什么叫"天下第一潮"？除了北美的丰堤湾，再也没有这样壮观的潮了，所以是中国第一潮，甚至也是世界第一潮。它具备了化作怒潮的三个地理要素，这是一位年轻的科学家给我们的答案。那个时候这位年轻的科学家在哪里？他还在哈佛大学攻读博士学位，1918年才回来。他是哪里人？浙江人，浙江上虞东关人。他是熟悉钱塘江的，因为他每次去杭州、上海，都必须横渡钱塘江，那个时候没有桥，茅以升还没有把大桥设计出来，必须得坐船过江。

我们已经从竺可桢这里找到了答案，再回到《潮魂》，继续读：

"来了！潮来了！……"人们惊叫起来。翘首东望，乱云飞渡，白光微微的泛起，有细小的声音从远处传来，嘤嘤的如同蚊蝇嗡叫，是真的！人们左呼右喊，携老扶幼，跳的、跑的、滚的、爬的，一起涌到江边。啊！黑蒙蒙的水天之间，一条雪白的素练乍合乍散的横江而来，月碎云散，寒气逼人，人们惊叹未已，潮头已经挟带着雷鸣般的声响铺天盖地的来到眼前，惊湍（tuān）跳沫，大者如瓜，小者如豆，似满江的碎银在狂泻，后浪推着前浪，前浪引着后浪，浪拍着云，云吞着浪，云和浪绞成一团，水和天相撞在半空，沙鸥惊窜，鱼鳖哀号，好像千万头雪狮踏江怒吼，乱蹦乱跳，撕咬格斗，你撞我，我撞你，一起化为水烟细沫，付之流水，波涛连天，好像要和九天银河相汇，大浪淘沙，好像要淘尽人间的污秽，潮水腾跃，好像要居高临下，俯瞰风云变幻的世界，天地间三分是水，三分是云，还有三分是阔大的气派！我解开衣襟，让江风吹入胸膛，突然，我觉得我的身躯在散开，我的心胸在升华，大江冲进了我的胸膛……

两岸的观潮人齐声叫好，许多人追着潮头狂奔，欢叫，腾跃，有人点起了纸团，叉在芦秆上投入江中，火光随着流水飞也似的去了，一会儿被抛向空中，一会儿又被沉下深渊，黑漆漆的夜空中，点点火光跃跃沉沉，飘飘浮浮，好像江底翻起了许多普光的夜明珠。

…………

浩瀚的钱塘江沉浮起伏，一喷一吸，我知道：这是潮魂在呼吸。四望皆空，我把满满的一杯酒酹（lèi）入大江，算是对大江的安慰；人间已擒得恶虎，得把满腔的冤气化为倾盆的泪雨了。

秋风秋水，我的心在江上盘旋；潮魂呵，这故事虽然古老，却也新鲜……

江水易流，心潮难息，现实，往往是以历史来充实的，历史呢，又是靠现实来生辉的，现实和历史，生活的航船就是用这两支桨划动驶向彼岸。

"岁月消磨人自老，江山壮丽我重来。"我沿着铺满月光声影的江岸踱步，念着古人的诗句，作为对潮魂的良好祝愿。

我们读了胡适1923年的日记，金庸1955年写的武侠小说《书剑恩仇录》片段，又读了乐维华1980年写的散文，三种不同的文体，日记、小说、散文，他们在写同一个海宁潮，有白天的潮，有夜里的潮，既看到了吞天沃日的潮，也看到了吞天沃月的潮。

哪一个人的海宁潮更让你心动？

（童子：乐维华的"来了！潮来了！……"这一段，很详尽，很惊心动魄。

童子：金庸的。

童子：胡适的。）

现在有三种观点，赞同胡适的有四人，女生一个都没有。

（童子：胡适这篇日记写得又干净又清楚，他不像别人那样将各种词语堆在一起；他的文字非常干净，潮水写得很生动。）

喜欢乐维华的有六人，也不少。谁来说说理由？

（童子：文字优美。而且我觉得最好的是"来了！潮来了！……"这一段的后半段，就像他说，"后浪推着前浪，前浪引着后浪，浪拍着云，云吞着浪，云和浪绞成一团……"，这是前人没有写过的，我觉得写得很好。）

乐维华写出了前人未曾写过的画面，胡适、金庸也没写过。

喜欢金庸的人好多，武侠小说就是读者多。

（童子：金庸的半夜潮写得很美，读起来就好像在眼前。

童子：金庸写得比较仔细，场景描写都融入了人物感情。）

现在我们再来读一篇白话文，这是哪里来的？就是语文课本上选的那篇《观潮》，作者是赵宗成、朱明元。

…………

午后一点左右，从远处传来隆隆的响声，好像闷雷滚动。顿时人声鼎沸，有人告诉我们，潮来了！我们踮着脚往东望去，江面还是风平浪静，看不出有什么变化。过了一会儿，响声越来越大，只见东边水天相接的地方出现了一条白线，人群又沸腾起来。

那条白线很快地向我们移来，逐渐拉长，变粗，横贯江面。再近些，只见白浪翻滚，形成一堵两丈多高的水墙。浪潮越来越近，犹如千万匹白色战马齐头并进，浩浩荡荡地飞奔而来；那声音如同山崩地裂，好像大地都被震得颤动起来。

霎时，潮头奔腾西去，可是余波还在漫天卷地般涌来，江面上依旧风号浪吼。过了好久，钱塘江才恢复了平静。看看堤下，江水已经涨了两丈来高了。

有没有人喜欢上这一篇？

（童子：没那么好。）

我们这一课是"吞天沃日第一潮——海宁潮"，可惜今天不是八月十八。

从潮到人，我们要讲什么人？"潮的人"。有本书就叫《潮的人》，写了许多浙江近代以来引领时代潮流的人物。单以海宁来说，潮的人有哪些？有王国维，有蒋百里，有张宗祥，有徐志摩，有蒋复璁，有吴其昌、吴世昌，有金庸，等等，他们都是海宁出来的人物。扩大到嘉兴，沈曾植、沈钧儒、朱生豪、茅盾、丰子恺都是；再扩到浙江，还有陆游、龚自珍、章太炎、鲁迅等；浙江历史上的人物都可以算"潮的人"，他们都是浙江潮卷起来的人。

一百多年前，在日本留学的浙江留学生办了一份杂志，就叫《浙江潮》。浙江潮也可以叫钱塘潮、钱江潮，在我们这里就叫海宁潮，或者叫盐官潮。浙江潮一直是浙江人的骄傲。当年的《浙江潮》发刊词就是蒋百里执笔的，我们读其中的几段：

……至今称天下奇观者，浙江潮也。

秋夜月午，有声激楚，若怨若怒，以触于吾耳者，此何为者也？其醒我梦也欤！临高以望，其气象雄，其声势大，有若万马奔腾以触于我目者，此何为者也？其壮我气也欤！……

……可爱哉！浙江潮。可爱哉！浙江潮。挟其万马奔腾，排山倒海之气力，以日日激刺（jī cì）于吾国民之脑，以发其雄心，以养其气魄。二十世纪之大风潮中，或亦有起陆龙蛇，挟其气魄，以奔入于世界者乎？西望葱茏，碧天万里，故乡风景，历历心头。我愿我青年之势力，如浙江潮；我青年之气魄，如浙江潮；我青年之声誉，如浙江潮……

接着我们来讲讲地理跟人物的关系。浙江潮与浙江的人物有关系，海宁潮和海宁人物有关系，靠山的人有一种山的气质，靠水的人有一种水的气质，地理对人有深刻的影响。

《浙江潮》创刊的时候，浙江有许多年轻人留学日本，其中包括年轻的周树人，他后来以"鲁迅"的笔名广为人知。鲁迅和蒋百里都生于19世纪80年代，都是"八〇后"，都是浙江人。我不知道《浙江潮》发刊词为什么要蒋百里来写，但他是海宁来的，是离潮水最近的人，由他执笔也确实是合适的。

前面我们读了金庸在香港写下的第一部长篇武侠小说《书剑恩仇录》，他首先想到的就是"壮观天下无"的海宁潮，他笔下出现了动人的段落。因为他有少年的记忆，从小就跟着母亲来看潮水，小学的时候曾经在这里露营，住在堤上，半夜的时候他听见过"十万军声半夜潮"，这是他生命中铭心刻骨的体验。他不是来去匆匆的游客，走马观花一番，他与海宁潮有一种生命的连接。

海宁人金庸将海宁潮写进了白话小说，海宁人蒋百里用文言文写下了《浙江潮》发刊词。我们再来看另一个海宁人王国维写的潮。其实，我们已经读过了：

说与江潮应不至。潮落潮生，几换人间世。(《蝶恋花·辛苦钱塘江上水》)

……海门空阔月皑皑，依旧素车白马夜潮来。……人间孤愤最难平，消得几回潮落又潮生。(《虞美人·杜鹃千里啼春晚》)

可惜的是，徐志摩没有为故乡的海宁潮留下一首诗；他的那首《海韵》，那个在潮声中徘徊的女郎，面对的不是海宁潮。

王国维、蒋百里、金庸三个海宁人用自己的方式写海宁潮。一个填的是"虞美人""蝶恋花",两首词写的都是他家门口的潮落潮生;一个以文言文来赞美万马奔腾、排山倒海的潮水;一个用白话写武侠小说。不同的文体背后都站着一个鲜活的人;他们写的都是故乡,都是潮水。如果让你们选个最喜欢的,你们会选哪位?

选王国维的,来讲讲理由。

(童子:主要是比较喜欢古体诗词,觉得他这两首词写得很好。)

好在哪里?

(童子:这些古体诗词很容易使人想到潮水涌来的那种动感。

童子:王国维是一个在潮边长大的孩子,他对潮有很深的印象。《虞美人·杜鹃千里啼春晚》中"人间孤愤最难平,消得几回潮落又潮生",不仅写出了那种美,并且写出了一种情感。)

喜欢,觉得好,有的时候其实不需要什么理由,那是从心底被触动的。

选金庸的人最多,谁来讲讲理由?

(童子:金庸也会引用古人的诗句,但不是盲目引用,他的文章干净、干脆。)

我们读了三个海宁人笔下的潮,三种不同的文体,你们多数人把票投给了金庸,少数人投给了王国维,但是要论海宁潮卷过来的这些孩子对中国的贡献,我以为王国维、蒋百里他们都在金庸之上。当然,单就写海宁潮来说,那还是金庸写得好。他是正面写潮,而王国维只是借潮抒情,讲的是故乡的情结;他是潮水的孩子,借着潮水来写他的故乡;他一生关于故乡的词不多,《虞美人》《蝶恋花》是很典型的两首。

蒋百里,虽然你们都没有选他,但是他那一手漂亮的、有气势的文言文,非常有力量，在那个时代他也算是文章高手了。可惜，在今天这个时代已没有了知音，这是时代变迁造成的。蒋百里在他活着的年代里知音很多，仰慕他的人很多；他是中国最显赫的军事学家，作为保定陆军军官学校校长，他的弟子遍布中国，许多赫赫有名的将军出自他的门下。海宁潮卷过来的不仅有王国维、徐志摩、金庸这些人，还有像蒋百里这样的；他虽然也是书生，却可以在战场上叱咤风云。

海宁潮，不无神秘的海宁潮。胡河清在《中国文化的诗性氛围》中说：

这是金庸故乡海宁的潮。其中暗伏着中国文化根源之地发出的信息。海潮的涨落体现了太阳系的游戏规则。金庸是将号称天下第一潮的海宁潮捎向人间的绝世怪才。

我想稍微改动一下后面这句话：王国维、蒋百里、徐志摩、金庸，都是号称天下第一潮的海宁潮捎向人间的绝世奇才。这些人都已经故去了，再也没了，只剩下了看潮的人。人潮汹涌，都是为看潮而来，却再也没有王国维，再也没有蒋百里，再也没有徐志摩，现在连金庸也没有了。

最后我们还是用周密的《观潮》来结束，一起背诵：

浙江之潮，天下之伟观也。自既望以至十八日为最盛。方其远出海门，仅如银线；既而渐近，则玉城雪岭际天而来，大声如雷霆，震撼激射，吞天沃日，势极雄豪。杨诚斋诗云"海涌银为郭，江横玉系腰"者是也。

童子习作

海宁潮，天人合一

赵馨悦

2018 年，一个人的时代结束了，许多人的少年时代也结束了。就像 1923 年那样，悄然地来，悄然地去。

初　　潮

潮水刚刚上岸时，带来了许多泥沙，带来了许多赞赏，也带来了许多批评。潮水把它们一一吞没，就像一个黑洞，没有声音，也没有影子。初潮就像一个含羞的少女，试探着岸上的一切，每次异样的温柔，都充斥着人的内心。悄悄来，又悄悄去，显出不成熟的样子。加上少年的悲痛，更让初潮显得神秘。

潮　　起

一部部武侠小说横空出世，报纸上的评论铺天盖地。潮涌上来了，撞击着岩石，白浪扑天，像一双手抓牢了岸上敬佩者的心。满月，即是高潮的产生。"唰——唰——"风狂吹着，海浪扑天，像一个热烈的青年，一个心怀梦想的青年。岸上的路灯亮了，像巨浪的内心，火热而狂躁。"一事能狂便少年"，无数青年人、中年人、老年人，都被蕴藏在巨浪中的炽热的心所吸引。

潮　落

　　白茫茫大地一片真干净。2018年似乎制止了浪潮的涌起，潮水又恢复了它以往的样子，一波接着一波，在这个世界上平静地低语。

潮　音

刘尚钊

　　钱江潮以吞天沃日之势，壮观天下无。

　　潮水势极雄豪，是众人可观的。而潮音也是钱江潮的一大特点。

　　潮从海角奔来，最初只能听见潮水奔来所发出的呼吸声；随着潮渐渐向前涌来，近看潮水有一种浑浊之感，甚至发出低沉的沙沙声。

　　时间长了，能听见朦胧的潮音了。

　　自古以来，人们都说，八月十八潮，声大如雷霆，有震撼激射之感。今天是九月初六，潮势不可比，可亲近潮水，还有澎湃的潮音。

　　潮水涌来了。只见风开始盘旋，和着忽高忽低的节奏，潮水开始演奏了。一声惊天之响，溅起水浪，又一响，夹杂在上一声中。一声声，紧紧相连，一声又比一声高，一声又比一声亮。

　　潮水掀起波澜，掀起高山，掀起壮阔而激昂的生命。这时一曲《命运》似乎又一次重演，在海宁盐官。

贝多芬之《命运》，是否是亘古的潮音，生命的交响曲呢？

观　　潮

郭馨仪

骄阳似火，人群如潮，观潮的人群围堵着，每个人的目光中都怀着期盼，织成一道潮水。

先是一根细丝，白白的，孤零零的，那么细，如一道蛛丝。远处能听见一点"咕噜咕噜"的声音，好像汽水瓶里冒出水泡。再转头，蛛丝已变成白线，速度也快了少许，但依旧很是吃力。终于，潮水到了眼前，俨然一支白色的军队，虽非八月十八，没有玉城雪岭，更未曾吞天沃日，但声势也足以让人称奇；只见波浪滚滚，声若惊雷。

我还听见了薄薄的、淡淡的一些声音：听见了《荷马史诗》中亢奋雄壮的战曲，听见了《浮士德》悲壮的挽歌。我看见陈家洛在月下跃过的身影，又看见了这一刹那间我所经历的光阴。这是一场太阳系有关美学的游戏。现在，它将游戏规则摆在我面前了。

潮水走了，并没有回头。我眼望浮沉的泡沫、浑浊的江水，心中却是白茫茫的一片。规则，规则，知道规则的人都成了一曲《广陵散》，而新一轮的美学游戏，又要开始了。

江　潮

叶悠然

周密《观潮》中说"浙江之潮，天下之伟观也。自既望以至十八日为最盛"。我们没有赶上八月十八日十几米高的大潮，但并没有减少我们观潮的兴致。

三点不到，潮还没来，江面上泛着波纹。放眼望去，除了模糊不清的对岸，白茫茫一片全是水。

听说钱塘江之所以咆哮，乃是伍子胥和文种两人的冤魂在向世人诉说自己的冤屈。

三点多，潮终于来了；只见一条极细的线出现了，岸边一下子沸腾了。

近了，近了，那条线横在江面上，慢慢变粗，声响也越发大了。我现在才发现，这线并不是银色的，而是金色的！

一会儿，浪卷雷轰，若千军万马伴着战鼓奔腾而来，并没有激起大浪，转瞬间已往西去了。伍子胥和文种一前一后，去了，并没有回头，怕是今天心情不错吧。

"八月涛声吼地来，头高数丈触山回。"这是刘禹锡眼里的浙江之潮，而我看到的却是另一番风景。

潮　魂

曾子齐

　　方其远出海门，仅如银线；既而渐近，则玉城雪岭际天而来，大声如雷霆，震撼激射，吞天沃日，势极雄豪。

　　农历八月十八是"潮魂"的生日，从晚清到民国，东流水轻轻的一个个波纹，把我的思绪送得那么遥远。

——题记

　　如果说，每一个海宁名人死后都化作一缕潮魂，在每天潮涨之时，与潮水共生，与天地共舞，那么他们的潮魂颜色一定各异。

　　王国维的潮魂是银色的。他在整个世界发着光，发着"众里寻他千百度，回头蓦见，那人正在灯火阑珊处"的光。这是来自最高境界的光，照亮了迷惘的"昨夜西风凋碧树"和"为伊消得人憔悴"。

　　金庸的潮魂是七彩的。就如同他笔下多姿多彩的武侠世界一般，变幻莫测。他用心血染出的七彩光芒，曾经渲染了千千万万的人。

　　徐志摩的潮魂是黄色的。它不像金色刺眼、闪亮，有一分温暖。平日里波澜壮阔的钱塘潮竟也有了一分温馨。他的潮魂亮着，亮在心间。

　　吞天沃日第一潮不单有伍子胥、文种的冤屈，更是王国维、金庸、徐志摩的归宿。故人已去，但潮魂还在。

给钱江潮的一封信
王旖旎

今天，我看了"吞天沃日"天下第一潮——钱江潮。起初它如一根白线，慢慢变成上蹿下跳的兴奋骏马，最后咆哮而来，声若战鼓，震荡耳膜。渐渐地，它平息了，变成了只微微动荡的小波小浪。我一时兴起，给它写了一封信。

钱江潮：

  您好！

  古今无数的名士来过此地，他们像仰望蓝天上一朵巨大雪白的云一般崇拜您，可您一直让我有一个疑问：您为什么而生？

  是伍子胥和文种的冤魂让您不顾一切咆哮？是天神对人类动怒，降下惊人的威力？或是您为了追求功名，想名垂千古，而年年守时展示呢？或是以上都有？

  请您指教。

王旖旎
2019年10月4日

哗——扑通，哗——扑通。在小浪溅起的白沫中，我想我已发现了蛛丝马迹。

小朋友：

　　你好！

　　这么长时间待在钱塘江，我很是孤单无聊，头一回有人给我写信，甚是感激。

　　小朋友，很遗憾，你猜错了。传说虽美，却不真实。

　　我是为自己而生的。"自己"这个概念很抽象，这我知道。这么说吧：大自然创造一切，不是为了那些奇怪的原因。自然的造化，常常如此，它们来了，然后走了，都是为自己。没有人看到我，我照样轰轰烈烈地来去，这才是我。

钱江潮
2019 年 10 月 12 日

　　我会意地笑了。

问　　潮

付润石

　　今天，站在这里，回想两年前的八月十八，国语书塾的第一课《与"天下第一潮"对话》，回到黄仲则那个年代，追溯到唐代的孟浩然，甚至更遥远。潮水日复一日地涨落，千年如此。"吞天沃日""涛似连山喷雪来"……一代代的诗人、作家从不吝惜好句，千年来潮水也不曾改变姿态，始终遵守着太阳系的游戏规则，涨涨落落。

"举杯一问之"，问潮水，问海宁，问一个个看潮的人。看射潮的钱王在潮涌中举起强弓，看陈家洛月光下沉思的模样，在潮生潮落中看盐官，问天下人物。

潮水升落，1923年，也即胡适一行人来盐官观潮的那一年，查良镛在袁花镇出生。那之后，潮水涌上盐官，却看不见一个知己；除了坚硬的堤坝，只有无数惊呼的游人。海宁潮捎给人间的绝世奇才，一去不复返了。

问海宁潮，问千年兴亡，更问它何去何从。弄潮儿"手举红旗旗不湿"的时代在沉默里逝去。潮水在奔腾，在努力，在坚硬的堤坝间挣扎。它无数次起落，一次次努力地叩问人间，可又有多少人能明白它的心意。

问潮水，问一滴滴组成潮水的水滴，问来自太平洋的每一位旅客。它们满载着思考：或者是那片偶然的云下的雨，是它对故乡最后的祝福；或者是海峡那边岛上的一滴泪水，1923年胡适在这儿问潮，后来却随着潮落而去了；又或者是来自大洋彼岸，来自大西洋，来自文艺复兴、启蒙运动、工业革命的新潮。

毕竟不是八月十八，我们所观的潮不算"吞天沃日"，没有见识十几米高的潮头。浑浊的水，一线的高潮串起了海宁的人物。堤岸边挤满了人，只惊叹和崇拜这"天下第一潮"；它是冲毁旧世界的潮，为每一个时代敲响警钟。潮起潮落之中，千年已逝。

"潮生潮落自终古，我欲停杯一问之"，问潮，问千古，问一代代母语时空中的射雕人。

如今人们建起了堤坝，不但在岸边，更是在心里。2018年10月30日之后，再也看不见潮之子，看不见能吞天沃日的英雄了。这堤坝究竟要立到何时？潮水再不能涌到心头了；即使涌到心头，也再捎不来人间绝世奇才了。何时才没有这些堤岸？何时潮水能带着大海大洋的气势冲毁它？或是人们自己来拆毁它？潮头仿佛还立着胡适、徐志摩和陶行知一行人，在眺望远方，挥斥方遒，而并非铜像被禁锢在那里……

江上的"黄马"

曾彦文

秋天，带着炎炎的太阳来了。虽说离潮来还有一两个小时，但江边的长椅上，已坐着了一些观潮人，多是三五成群，不乏异国宾客。我呢，也怀着对钱塘江潮的虔诚来了。

我在观潮的小亭子里。远处的山，呆呆的；远处的太阳，笨笨的；远处的水，轻轻的。这似乎是一幅平常的山水画。

"来了！潮来了！……"人们激动地惊叫起来。只见远处水天相接的地方，出现了一条白线，向我们横冲直撞过来。

随着这次"撞击"，风越来越大；随着这次"撞击"，浪儿越来越高；随着这次"撞击"，水越来越浑浊……

仔细一看，潮水就像一匹匹"黄马"，快速向我们"撞"过来。

它们不断地挤着彼此，不断溅起水花。它们不时仰天怒吼，甩着尾巴……

一时间，潮水过去了，马儿奔向远方，去寻找它们新的期望……

潮起潮落

项郑恬

钱塘江：

您好！

我是您身边的一棵树苗。我看着日月日复一日地在浪里出现，星星闪烁在汹涌的潮头，这些浪潮让我十分费解，为什么要这样翻江倒海、哗众取宠呢？潮起固然雄伟，但是潮落总是让人唏嘘不已，为何不安静地待着，还要自讨苦吃？

树苗

树苗：

你好！

请你想想看，假若没有潮起潮落，那我终究是一江死水。也许这样可以获得平静，但是这种平静本质上是乏味。

潮起确实如你说的总是令人欢喜振奋，但是潮落并不代表衰落。

每一次潮落只是上一次潮起的谢幕。潮落确实是一种结束，但也是一次新的开始。潮落了,之后又是潮起,还会重现繁华。潮起带来了一代英雄豪杰,潮落只不过是他们华丽的谢幕罢了。就如生死一般,潮起潮落不过是一对形影不离的兄弟,而它们终究只是太阳系的一场游戏。

钱塘江

我是潮

黄孝睿

我是潮。

准确地说,我叫钱江潮。

我很调皮,每天从海上跑来,再跑回海上,我玩得不亦乐乎。

不过,我最爱去的地方还是海宁一带。那儿风景优美,那儿日子悠长,那儿的人是我最好的朋友。

从古至今,尤其是农历八月中旬,总有许多文人雅士来看我,为我助威。或许是因为我长得比较好看吧,他们时常会用一首首堆满了辞藻的诗夸赞我,用一篇篇不吝好句的文章鼓励我。诸如苏轼的"八月十八潮,壮观天下无",黄仲则的"潮生潮落自终古,我欲停杯一问之",等等。在他们的熏陶下,我觉得自己也喜欢上了文学,有点儿雅士的风范了。但是文人雅士也不是天天都来,有时甚至好多年也见不到。

正当我郁闷时,我认识了一个住得离我很近且爱读书的男孩。他好像也很喜欢我,我们常常一起坐在岸边学习,或是我去他家,哼着小曲儿，陪他阅读。我在他身上看见了不输于李白、苏轼的才华，他有惊人的天赋，非凡的毅力。他教会了我如何读书作词，我教会了他如何控制自己的内心，静动自如。和他在一起的这几年，是我变化最大的几年，也是我最快乐的时光。后来我才知道，他叫王国维。

　　日复一日，年复一年，我依然奔腾不息，就像我的朋友王国维还在世时一样，我想给他送去问候。

九、少年嘉兴——海宁行总结篇

先生说

　　这是我们这一行的第九课，也是最后一课。我们先把海宁人物做一个小结，把这几天介绍的海宁人物串在一起。我们说王国维是1877年出生的"七〇后"。蒋百里是"八〇后"，张宗祥也是"八〇后"，他们都出生在1882年。徐志摩出生于1897年，同年出生的还有文史学者、杂文家宋云彬，他们都是"九〇后"；蒋百里有个侄儿叫蒋复璁，比徐志摩小一岁，也是"九〇后"。之后，1904年和1908年出生于海宁的两兄弟吴其昌、吴世昌，也都是出色的学者；吴其昌1925年考入清华大学国学研究院，成为王国维和梁启超的学生，深得两位先生器重；他的弟弟吴世昌是红学家，也是政论家。后面还有金庸等人……从1877年到1924年，不到五十年的时间里，海宁这个小地方，就产生了这么多在各个领域影响中国的人物，这一定不是偶然的。这在其他的地方很难见到。

　　我们去过张宗祥故居，他与蒋百里被海宁人称作"文武贾宝玉""文张武蒋"，一个精通书法、医学、戏曲、目录学、版本学等，被誉为"国学巨匠"，另一个是军事学家、中国近代军事理论的开山人物。

　　有人说，张宗祥有"三绝"：第一，他是中国现代书法的开创者之一；第二，他是字画的鉴赏家，说他鉴定字画，只要一眼扫过去，就能知道真假；第三，他年轻的时候教地理，能手绘地图，自编讲义。

在海宁张宗祥故居

他和蒋百里两个人在少年时代就是好朋友：两个人都喜欢读小说，经常互相借阅，而且看过书互相考问，如果谁说不上来，就罚第二天不能看新书，直到通过为止。这两个互相考问的少年朋友，也成了一生的朋友。蒋百里被蒋介石关在南京时，很多人都要跟蒋百里一起坐牢，其中就有张宗祥，还有晚一辈的徐志摩，这在当年是一件非常荣耀的事。

蒋百里的侄儿蒋复璁也是个不得了的人，他是中国现代图书馆事业的重要奠基人，被誉为"国宝守护之神"。他1923年从北京大学哲学系毕业，1930年到德国留学，进入柏林大学和普鲁士图书馆合办的图书馆学院，1932

年学成归国，第二年担任国立中央图书馆的筹备组主任，1940年成了中央图书馆的首任馆长。

他一生最重要的几个贡献是：第一，抗日战争期间，他护送最珍贵的善本、古籍，西迁到后方。第二，他曾冒险到日本占领区包括香港，将日本人掠夺去的珍贵古籍收回来。第三，他担任台北故宫博物院院长长达十八年之久，使之成为"世界级的博物馆"；1974年他成为"中央研究院"院士，作为一位历史学家，他醉心于宋史的研究，对中国文化有多方面的重大贡献。

他跟金庸的关系也很亲近。抗战期间，金庸在重庆被中央政治大学开除后，第一份工作就是在他领导的中央图书馆做书记；金庸还利用业余时间，编了一本《太平洋》杂志。

这些人扎堆出现在海宁，使海宁成为举世闻名之地。海宁最初靠什么成名的？潮水。苏东坡说"八月十八潮，壮观天下无"。唐宋元明清，历代诗人、作家都有写"天下第一潮"的。王国维、蒋百里、张宗祥、徐志摩、金庸这些人"冒"出来后，海宁不仅以潮水出名，还以人物出名。

在海宁这些人物当中，大众最熟悉的是金庸、徐志摩；最令人景仰的是王国维，他在学问上的贡献最大；蒋百里的贡献也不能忽视。我们此行的重点放在了海宁，海宁上了五课，分别介绍了四个人和"天下第一潮"。

其实我们在嘉兴只讲了两个人物，朱生豪和沈曾植，一个新的，一个旧的，还有一个湖一个楼，简单地说，就是一湖一楼两个人。我们在海宁却讲了这么多人，加上张宗祥就是五个人。金庸、王国维、徐志摩、蒋百里、张宗祥，我们重点讲了五个人，看了五个人的故居或纪念馆。海宁人物多，吴其昌、吴世昌没怎么讲，蒋复璁也只是点到为止，还有宋云彬也没讲。这些都是海宁的人物，海宁查家也出过许多人物。

海宁游学总结课

　　现在我们要理出一条线索，重点讲过的四个海宁人物是四种类型：王国维是学者，蒋百里是军事学家，徐志摩是诗人，金庸是小说家和报人。清末到民国，是一个剧烈变动的大时代，他们在不同的领域发挥了他们的才能，他们不须带走一片云彩，因为他们自己就是一片片云彩。

　　金庸在香港创立的《明报》在20世纪90年代初就卖掉了，作为一位报人的金庸已经过去了，作为武侠小说家的金庸，他的作品还有人在读。他的武侠小说最重要的东西是什么？是文化。海宁查家，自元朝迁到袁花镇以来，五百多年间，出过很多进士和举人，以及贡士和其他功名人物。到他这一代，家族已衰落了，但是他血液里还流有世世代代积累的文化因子。这一切在他笔下转化成了一个个传奇故事，而不是简单的打打杀杀。

金庸是不可替代的。魏晋时代，嵇康被杀头，"《广陵散》于今绝矣"已成为千古浩叹。金庸这样的武侠小说家也从此绝矣。之后出来的都是什么玄幻小说、悬疑小说、盗墓小说等。

王国维写过的书中大家非常熟悉的两本，一本叫《人间词话》，一本叫《人间词》，《人间词话》是研究词的，《人间词》是他自己填的词。他的词其实挺好，可惜生不逢时，他没生在宋代，不能成为第一等的大词人。我们重温一下他的几首旧诗词，你们选出自己喜欢的句子。

童子们在读书

（童子：人间孤愤最难平，消得几回潮落又潮生。

童子：四时可爱惟春日，一事能狂便少年。

童子：万事不如身手好，一生须惜少年时。

童子：最是人间留不住，朱颜辞镜花辞树。

童子：潮落潮生，几换人间世。）

他的《人间词》水准很高，但是他贡献最大的还是《人间词话》，因为《人间词话》是原创性的学术贡献，而《人间词》中的这些篇目写得再好，也不过是在宋人之后。时代已经过去了，每个时代都有它自己的文体。还记得王国维那一课结束的时候，我们读的是什么吗？李劼在《王国维自沉的文化芬芳》那篇文章结尾，用了四个词——迷惘、焦灼、欣喜、恬然来讲古今成大事业、大学问的三境界和那种心情。

我们对徐志摩了解比较深入，我们总结他的一句话是什么？一个在海滩上种花的孩子，一个在海滩上种花的诗人。"海滩上种花"这个意象非常新，非常有味道；徐志摩的那篇演讲当时就打动了一个后来的剧作家，他叫李健吾，当时他还在北师大附中读书。

我们回头也给王国维总结一句话。一个活得像"火腿"的学者，一个做学问也"老实得像火腿"的扎扎实实、埋头苦干的学者。

蒋百里是个什么样的人？他是一个"文艺复兴时代"的人，用王旖旎的话说是一杆长枪、一部大书、一块石头、一颗糖。

金庸是个什么样的人？用一句话来概括：

（童子：在母语的时空中射雕的人。

童子：看潮的人。

童子：冬眠中苏醒的灵蛇。

童子：以文写武的人。

童子：他写的小说中的一本。）

说他是"一事能狂便少年"的狂人？潮的人？可以吗？付润石说他是"在

母语的时空中射雕的人"；他是武侠小说家，又是报人，"母语的时空中射雕"，可以涵盖他生平涉足的两大方面。

从王国维到金庸，四个海宁人，我们都已经用一句话概括过了，现在我们要用一条线把这四个人物串起来。

（童子："天下第一潮"，他们都是天下第一潮捎向人间的绝世奇才。）

"天下第一潮"可以把王国维、蒋百里、张宗祥、徐志摩、宋云彬、蒋复璁、吴其昌、吴世昌、金庸等海宁人物全部串起来。"一线潮"像一条线，把所有的海宁人物串在了一起，他们都是站在时代浪尖上的人。

傅国涌与童子们在海宁

这一课我们可以叫——母语时空中的海宁人物，他们有的用文言文，有的用白话文，有的写旧体诗，有的写新体诗，但都是用母语表达，活在母语的时空里，从过去到将来。

童子习作

我在等你
郭锴宁

引　子

前段时间，陈家洛和他父亲查先生吵架，离家出走了，此时正与在嘉兴的我会面。

一

这是一个晴朗的早晨，我们相约在南湖烟雨楼碰面。他眼睛红红的，看起来心情不是太好。

"天气真好啊！"我伸了个懒腰，说道。

陈家洛没有马上回应我，而是若有所思地望着湖面，湖面上漂浮着几只小船。

过了好一会儿，他转过身，望着烟雨楼吟道："湖烟湖雨荡湖波，湖上清风送棹歌……"他吟得很有韵味，但似乎有点儿凄凉。"你有心事？不会是想家了吧？"我试探着问道。

他有些心不在焉："哦，没有。只是……算了吧。"

我想安慰他，但又不知道怎样使他的心情好一些，便又问："如此好楼台，宜晴宜雨宜月宜风，你为何不高兴呢？"

这时，他似乎轻松了一点儿，耸耸肩说："是啊，这儿风景真美！"

我们俩边逛边聊，不知不觉朝城里走去。

二

嘉兴城的梅湾街非常热闹，我们逛累了，便走进一户人家歇脚。主人非常好客，热情款待了我们。

"生存还是毁灭，这是一个……"突然传来一个声音。

"是谁在那？"陈家洛问道。

"是我，尊敬的来客。"一个年轻人走了过来，"很抱歉，惊扰了你们！我叫哈姆雷特，一个为父亲复仇的人。"

"你从哪里来？"

"准确地说，我诞生于英国，是朱生豪先生带我来到了这儿。"

我朝楼阁上望了望，想从楼梯上去。"亲爱的先生，非常抱歉，朱先生生病需要静养，诸位还是不要打扰他休养为好。"哈姆雷特诚恳地说。这时，我才仔细看了看他——很瘦，一脸憔悴，眼睛耷拉着，也许是伤心、忧愁，或者有其他不愉快的事情。

从他的讲述中我了解到，他本想杀掉他叔叔替父亲报仇，不料决斗时中了毒，沉睡了两百年。后来，朱生豪先生使他重新苏醒过来，但他却永远无法替父亲报仇了。

生命也许就是这样不完美，或多或少要留下些遗憾。哈姆雷特的遗憾是没替父报仇；对朱生豪先生来说，没译完莎剧是个遗憾。

三

我们从嘉兴到海宁，陈家洛说钱塘江旁住着一位享有国际声誉的著名学者。我很感兴趣，决定随他同往。

轻轻敲门，开门的是一位长胡子的圣者。"两位年轻人，请进。"穿过大门，他自我介绍道："吾乃王国维，一位学者……"陈家洛是个急性子，马上接口说："我深知您学识渊博，想请教您，怎样才能成为像您这样的大学问家？"

王国维先生淡淡一笑，想了想说道："只需经过三境界……"

这三者看似容易，其实不然。王国维是个孤独的学者，他这一生不知付出了多少辛苦。

四

从王国维先生家出来，走一段路，便来到了钱塘江观潮点。今天正值八月十八，是潮水最汹涌之日，听说潮水浪头可达数丈之高，正好可以亲眼一见。

下午三时左右，远远望去，江面上出现了一道白线。过了三四分钟，白线逐渐升高，众人惊呼，人群鼎沸。

浪花越来越高，如万马奔腾，朝我们而来。潮水的声音也越来越响，吞天沃日，震撼激射。

我回头看陈家洛，他正用那碧波般的眼睛望着滔滔江水。看了一会儿潮水，他对我说道："今天我的心情很复杂，但现在我很高兴，我回家了。"

潮水孕育了他，也孕育了许多人物，"鹅毛一白尚天际，倾耳已是风霆声"。陈家洛的心中五味杂陈，也许是想家了，想查先生了。

五

离家出走一个多月，陈家洛回到了家中。

他的父亲查良镛先生等候在屋前，见陈家洛回来，甚是高兴。查先生问道："你们都去了哪些地方？"陈家洛心里很愧疚，弯腰鞠了个躬，真诚地向父亲道歉。查先生并未责怪他，亲切地搂着他的肩膀，问："你知道我为什么站在这里吗？"

陈家洛摇摇头，查先生微笑着说："因为我在等你！"陈家洛扑上去，抱住先生痛哭，眼里全是悔意。

尾　声

"轻轻地我走了，正如我轻轻地来。"在潮水中，一个人转过身，露出灿烂的微笑，他对着世上所有人说："我在等你！"

在海滩上种花的孩子

赵馨悦

在无常的世界上，有这样一个地方，一片沙滩，一片天空，一波海潮，你可曾听过？

这片沙滩甚是特别，它由文字与语言堆积而成，可以称为母语大地。天空也稀奇古怪，像天花板又像蓝天，可以称为母语的天花板。

远远的，远远的，在那水天相接处，出现了一个模糊的影子。啊！是一个青年。他一只手里拿着花，是一枝还未开放的昙花，另一只手则拿着一个铁铲。他挖起土来，最后把那朵梦中的花放了进去。他又看了看海，点点头便离开了。

昙　花

少年的目光落在了一棵高高的松树上，松树上的鸟儿喳喳地叫；地上的孩子放起了风筝。那个孩子在日记上这样写。突然，他被绊倒了，手中的本子飞了出去，落进了水洼中。那个孩子急忙跑过去，捡起本子，心想：上帝是在跟我开玩笑吗？过了一会儿，本子干了，那孩子发现打湿的文字漾出了美丽的波痕，又改变了思想："上帝一定和我开了一个美丽的玩笑。"想着，想着，那孩子长成了中年人。孩子的童真已经消退，换来的是老成的思想，孩童时的日记本也早换成了满桌的论文。中年人可能觉得失了孩子的童真，无聊了，于是自尽了。

他的思想就像那朵昙花悄然开放了。花比云还高，眼也比云高，他放眼望整个宇宙，不过是简简单单的一张白纸，纸上画的是什么，我不知道，谁知道呢？只有他自己知道。

走着，走着，他发现海滩上有着一串脚印；有人来了，来的是个孩子。他手里拿着野菊花，走到一处，蹲下来，用手扒开文字下的秘密，把花插好，并像云一样跑走了。

野菊花

少年的微笑落在野菊花上，白色的花瓣就像温暖的太阳，给人一种奇特的感觉。少年把它揪起，仔细把玩着，然后扔向另一边。当花儿碰到地面时，那个少年已经走在去大学的路上。这条路很静，天空中飘着几朵云。就像他的一生，短暂又美好。那朵小菊花落地后，并没有枯黄，而是落地生花。那白色花瓣的菊花就像那白色的飞机，发出了震动世界的声音。

野菊，小小的，小小的，绽开了花。

又有人来了，他似乎比任何人都悠闲，但以后不是了。当他过着妻子口中"你译莎，我做饭"的生活时，生命都为他着急；他把花放进纸船，让纸船随波飘去，自己却隐去了。

纸船中的花

花绽放了，还会枯死吗？草枯萎了，还会从头再来吗？小船能驶向远方吗？是的，它能。

那人摇着船过来了，船头摆着他的一日三餐：《莎士比亚全集》。他用手触摸湖水。又有一只船向他驶来，里面坐着一个女人，于是他选择了这位在"海"里出生的女郎。

前面是潮，疯狂地朝他涌来。女郎的船飘走了，飘向了遥远的地方。他独自一人，平静地走向死亡。当水触到了纸，纸湿了，化作海的一部分；潮落后，没有一个人，水中只有几个字：莎士比亚在嘉兴。

我又在沙滩上散步，没有一个人。我看了看手表，对呀！时间到了，怎么还没来？

突然，从海浪中推出一块石头，那石头虽小，却有一种稳重的感觉。我弯下腰，想把石头拾起，它却被海潮夺走了。我跟着海潮寻找，发现海在把石头深埋。石头能开花吗？我痴痴地想。

石头花

是呀，石头能开花吗？好像不可能，这和海滩上种花一样荒唐。但是，就是这样！石头也可以开花。

1923年，海浪拍打江面，浪比天还高，一块"石头"出世了。他并不是一切"石头"中最好看的，也不是最实用的，他一直安静地在那里等待。世界给了他许多等待的时间，他以文相赠。那十四部作品就像时间的十四个裂痕掉了下来，"砸中"了许多读者，他们一直为他的书着迷。2018年的一个日子，沙滩上的石头开花了，开的是像石头一样的花，在风中摇摆着。那个人现在正在自己石头的心中，稳稳地、缓缓地在母语的时空里射雕。

每个人都是花，在时间的河流里飘香。我们也都是在海滩上种花的孩子。

等　　待

刘尚钊

时间等来了嘉兴。

遥远的大不列颠，莎士比亚的生命等待着延续。他等来了朱生豪。这个怀着梦想的中华才子，决定以译莎作为自己毕生的事业。从《哈姆雷特》到《威尼斯商人》，他把自己当作英雄，他最终也成了英雄。可惜时间留不住他，他被莎翁选去了，留给妻子和儿子永远的等待。往昔"你译莎，我做饭"的场景不复存在了……

"蓦地黑风吹海去，世间原未有斯人。"沈曾植是一代奇才。他写得一手沉着痛快的章草，他的诗文、学问也都曾名重一时。他是一位旧学问、旧文化的集大成者，最终"黄叶飘如蝶"。

时间激起了浙江潮。

浙江潮，天下之伟观，有吞天地、沃日月之雄势，这潮水在平静地等待看潮人。

"像火腿一样的人"，王国维来了。他架着一副圆框眼镜，头戴一顶瓜皮帽，来看潮了。"潮落潮生，几换人间世。"他的一生如潮水一样，来得快，去得也快。"五十之年，只欠一死"，他从水里来，回到水里去。

"活在文艺复兴时代的人"，兵学泰斗蒋百里来了。他是个懂浙江潮的人。他的文字里流露着钱江潮的气魄，犹如他的兵学，有远瞻性。也许是他从潮水的涨落中慢慢悟出来的。

轻轻地，海滩上种花的孩子来了。他不知道潮的方向，也不知道风的方向。风吹着潮水，潮水吹着梦，他在梦里。日复一日地种花，日复一日地潮起潮落。潮想飞，每一个浪涛都是它在向天空迸发。徐志摩也想飞，痴迷于飞，甚至认为"最大的成功是飞"。

潮一年又一年翻滚，查家的看潮人一年年在变。少年查良镛，这个由海宁潮捎向人间的绝世怪才，真是狂得可以，十七岁时因一篇《阿丽丝漫游记》差一点儿被学校开除。他的小说感动了无数人，潮水也被他感动了。

潮水翻滚不尽，看潮人的心也翻涌不停。看潮人来了去了，潮水从远处来了去了，又陷入平静。人们看潮总是关注它水击三千里的磅礴，却见不得它宁静、安详的一面。潮水为自己流，无忧无虑；淡淡的月光，粼粼的江水，它在等待谁？它到底要流向哪儿？它为什么而等待？

落下的松果

袁子煊

一棵巨大无比的松树，长出了许多松果。

第一颗松果

第一颗松果落下了，落在了朱生豪的小院里。朱生豪的心里便种下了一颗母语的种子。当他开始翻译《莎士比亚全集》时，这颗种子终于开始茁壮成长。他坐在这张老旧的书桌边，看着院里的桂花树，时不时地写几笔；他每天废寝忘食地译莎，有时还要写信给他的"好人"。付出终究是有回报的。临终前，他译出了三十一部半莎翁的剧作。他用一支笔撕掉了中国"没文化"的标签。可惜他没有把剩下的几部莎剧译完，也没等到自己的译作出版。

第二颗松果

第二颗松果落在了少年王国维家那鸟鸣灿烂的院中。王国维是个"潮生的孩子"，潮水陪伴了他十三个春秋。成年以后，他站在第三层"境界"，回首遥望童年的潮水。他是海宁潮捎向人间的，如今他已化为一块石头。虽然有人说他是一个伟大的未成品，但他有"独立之精神，自由之思想"。

第三颗松果

这颗松果落在了徐志摩的院子里。徐志摩感受着母语松果的熏陶，写出了《再别康桥》《偶然》等一首又一首诗。他是一个在海滩上种花的呆子、傻子、孩子。他是天空里的一片云，也是一个顽皮的孩子；他拥有一对母语的翅膀，自由地飞翔。他乘坐的飞机撞上了山峰，那片美丽的云彩被无情烈焰撕碎；他成了一块石头，一块光滑而属于诗的石头。

潮

郭馨仪

桂　花

海宁潮，曾卷起多少风流人物。朱生豪是其中之一，朱生豪故居的院中有桂花树，桂花开了，灿烂金黄，在灰瓦白墙间，散发着芬芳。当莎士比亚震撼人心的词句通过朱生豪的笔尖流泻出来时，人们就已知道，莎士比亚属于英国，同样属于世界，如今也属于中国和汉语了。朱生豪出类拔萃的母语，让莎士比亚走进中国人的心里。就算朱生豪离世多年，只要他译的莎士比亚作品在，那芬芳就如桂花一般，香飘百世而不散。

潮　水

海宁潮卷起了一个从小到大都喜爱潮水的孩子，而这个孩子又把他所听到的传说与故事，写成了世人皆知的武侠小说。这个孩子叫查良镛，但人们都叫他金庸。"飞雪连天射白鹿，笑书神侠倚碧鸳。"这是他留下来的江湖传奇。无论是陈家洛和乾隆的传说，还是吞天沃日的海宁潮，都是他从小熟知的。他不仅熟知海宁潮，也沉浸在母语的潮水里；正是这潮水，造就了他的传奇。

火　腿

潮水奔腾呼啸，一个像火腿一样老实、从小听着潮声长大的人，明白了古今之成大事业、大学问者的三境界："昨夜西风凋碧树。独上高楼，望尽天涯路。""衣带渐宽终不悔，为伊消得人憔悴""众里寻他千百度，回头蓦见，那人正在灯火阑珊处。"同时，他也发现了词的境界，那是母语的秘密。"五十之年，只欠一死。"就连他的结束也是如此决绝。

孩　子

　　潮水一路欢歌，那个站在钱塘江边看潮的孩子，回忆着自己在海滩上种花时的情景。徐志摩，一个呆子、一个傻子、一个在海滩上种花的孩子。他追寻着自己心中的美、真与自由，他不在意世俗的眼光和评语。他只是一个孩子，一个向着心中的阳光奔跑的孩子。他是一个自由而任性的孩子，像海宁潮一样。

尾　声

　　千年来，海宁潮卷起了多少人物？母语的潮水，风起浪卷，又会再卷来多少人物？

一场对话

林南翀

　　今天，我邀请了"嘉兴的莎士比亚"朱生豪、"中华之完人"沈曾植、在母语时空中射雕的金庸、"老实得像火腿"的王国维、"孩子"徐志摩和"文艺复兴时代的人物"蒋百里在烟雨楼上对话。

　　朱生豪说："生存还是毁灭，这是一个什么概念？"

　　大家都怔住了。王国维看了看南湖的风景，抬了抬黑框眼镜，说："生与死不复存在。"

　　听到这话，大家震惊了。王国维又说："有些人活着，却死了；有些人死了，却还活着。"

大家如梦初醒。王国维问沈曾植："老朋友，您以前是中国之完人，现在咋被遗忘了？"

"时代是会变的，历史的车轮不断向前滚动，谁也无法阻止！"沈曾植用不熟练的白话文说。

徐志摩抿了一口茶，对金庸说："表弟，你的人生真像家乡的钱塘江，一波三折呀！一折是你的童年，二折是你写武侠小说，三折是你办《明报》，一生轰轰烈烈。"听了徐志摩的话，大家都陷入了沉思。

蒋百里见到了张宗祥。我大笑："文武贾宝玉，来了别想去。"大家都很欢迎他们。

武贾宝玉说："这个文贾宝玉比我强多了，他精通书画、考古、音乐和医学，几乎无所不通。"

"你太谦虚了！武贾宝玉你才厉害呢！你料事如神，没有什么是你料不准的！"

听完文武贾宝玉对话，金庸问王国维："读书有几境界呢？"

"共有三境界。第一是厌恶读书，第二是热爱读书，第三是读出真理来了，我读你的书就是这境界了。"

张宗祥问徐志摩："为什么你用海滩上种花来形容自己呢？"

"海滩上种花这种事只有呆子、傻子、孩子才会做，在成人来看绝不可能，我还保持一颗童子心！"

我对蒋百里说："有人说你有时像长枪，有时像大书，有时又像石头和糖果，你认同吗？"蒋百里说："我认同。长枪是我的军事学，大书是我的智慧，石头是我的硬脾气，那糖果是我对女儿们的关爱。"

说着说着,我发现我们喝的茶是时间,吃的糕饼是幻想。它们都食用完了……

捎

叶悠然

钱塘江每天潮生又潮落,捎来了许多孩子,他们一个个都带着潮的气息。

王国维是第一个被捎来的。他写下了《人间词话》,第一次提出了"境界"说;他第一次用悲剧来评价《红楼梦》;他第一次告诉人们求学问的三境界——"昨夜西风凋碧树。独上高楼,望尽天涯路""衣带渐宽终不悔,为伊消得人憔悴"和"众里寻他千百度,回头蓦见,那人正在灯火阑珊处"。当昆明湖的波纹荡开时,这个"老实得像火腿"的人,如一股淡淡的清香飘散开了。

潮水又捎来了军事学家蒋百里。他不仅能预言未来的战局,还写过《欧洲文艺复兴史》。他写给女儿们的信像糖果一样甜。"切勿做蝴蝶,必须学蜜蜂",也是他教给我们做人的道理。

潮水捎来了孩子一般的诗人徐志摩。他如孩子般任性,想在一个比沙漠还要荒凉的地方种下几颗文艺与思想的种子,多么天真啊!他的愿望十分单纯——"飞出这圈子,飞出这圈子!到云端里去,到云端里去!"他终是飞出去了,用他的童心的翅膀飞——不带走一片云彩——他本来不就是一片云吗?

金庸也被捎来了。他写的武侠小说，吸引了无数人。身为报人的他，为《明报》付出了更多的精力，现在却鲜有人记得。

钱塘江的潮还是每年八月十八最盛。那真是"八月涛声吼地来，头高数丈触山回"，然而却再也捎不来这样的人了。

弄潮儿
罗恬

从嘉兴到海宁，我们去了许多地方，听了许多课，"认识"了许多大人物，他们都是钱江潮卷来的弄潮儿。

我第一次听说"吞天沃日第一潮"，是在观潮亭里听傅老师的课。虽然我在语文课上学过《观潮》这篇课文，却不知道历朝历代还有那么多写潮的名篇。有诗，有散文；有文言，也有白话。课结束后，我们在堤边等潮来。

潮水涌来时闪闪发光，开始慢慢地移动，好像一条白线，从细到粗，那样的直！渐渐地，潮近了，突然变得很快，向我们奔腾而来，如千万匹战马齐头并进。

这潮水好像在跟时间赛跑，一刻也不停。浩浩荡荡的潮水，就像李白说的"涛似连山喷雪来"。

诗人徐志摩说"不带走一片云彩"，其实他自己就是一片云，他喜欢在蓝天里自由自在翱翔。他是一位诗人，许多人都喜欢他的诗。他确实会"飞"，他天天写诗，在诗里异想天开地飞。诗人就跟孩子一样，孩子都有奇思妙想。可惜，他乘坐的飞机不幸坠落了，他从此只能在蓝天白云间飞了。我们在徐志摩的墓前背诵《再别康桥》的一幕还深深地留在我的脑海里。我猜想，徐志摩已经听到了，他正在开心地笑着。国语书塾的童子们，也是一片片云彩。每一朵云都有自己的色彩，每一朵云都是一首诗。

金庸是个大作家，他写了十五部武侠小说，有无数人喜欢，他办的《明报》也有很多读者。他本名查良镛，小时候的笔名是查理，后来才叫金庸。在金庸旧居，我看见展厅里有傅老师写的《金庸传》。八十多年前，日本人打到这里，金庸的妈妈在逃难时病死了，他小时候真的很可怜。

莎士比亚在嘉兴吗？是的。朱生豪在嘉兴翻译了莎士比亚的大部分剧本，可惜他没有译完就生病去世了。在朱生豪故居，国语书塾的童子们还表演了《哈姆雷特》，我看得津津有味。

"一生须惜少年时"，这是王国维的一句诗。他是学术大师，是我这次游学见到的最厉害的人。他家就在钱塘江边，他是听着潮声长大的。真遗憾，他五十岁就自杀了。他曾说："五十之年，只欠一死。"我们的傅老师说："五十之年，只欠一生。"五十岁之后变成了童子师，他说自己很快乐！

最是人间留不住

冯彦臻

"生存还是毁灭，这是一个值得思考的问题。"莎士比亚在《哈姆雷特》中如是说。

王国维一定也想过这个问题。但是，当他走到鱼藻轩的那一刻，当他跳入水中的那一刻，他有没有想过，"五十之年，只欠一死"对于世界的损失。

吞天沃日的海宁潮将他捎来，赐予他生命。自青年时代起，他就如海宁潮一样，不停歇地做着学问。他拥有独立之精神，自由之思想。他认为学问之路有三境界："昨夜西风凋碧树。独上高楼，望尽天涯路""衣带渐宽终不悔，为伊消得人憔悴""众里寻他千百度，回头蓦见，那人正在灯火阑珊处"。这也是他一生的目标，他达到了。

眼看着清朝被推翻，眼看着时代不断变化，"谁料过去的繁华，变作今朝的泥土"。他很不适应。在生与死之间，他选择了死。鱼藻轩前，他只留下一句"五十之年，只欠一死"。他跳进了昆明湖，这湖水虽不及海宁潮那般吞天沃日，但对于他，也算是落叶归根，生于水，死于水。

"生存还是毁灭"这句话从朱生豪的笔下流出，也在他的脑中盘旋。

生与死的问题，朱生豪一定想过；哈姆雷特对于生与死的考虑，没有人比他知道得更多。一年又一年，门前的柑树枯了，它也在思考着生存还是毁灭吗？朱生豪从桂花树下走出，正翻译着莎士比亚。

朱生豪在桌前思考着生与死的问题，他看了一眼窗前的柑树，很快有了答案。"不行，一定要活下来，一定要译完《莎士比亚全集》，将莎士比亚请进中国，不能让中国被世界耻笑，中国还缺少一个译莎的英雄。"朱生豪如是想。

在生与死的问题上，朱生豪选择了生，他为莎士比亚而生。但是，生死总是那么不尽如人意；朱生豪就是这样，他不想死，但也没有办法。朱生豪走后，世界仍然正常运行，只是不知不觉间，柑树、石榴树凋零了，桂花树下也没了朱生豪的身影。莎士比亚来到了中国，来到了朱生豪的后院。朱生豪如果知道自己将莎士比亚请进中国的价值，估计也不会因过度劳累早逝而遗憾了吧！

云彩在空中飘啊飘，它们不知道自己会被风吹到哪里，它们也不在乎生与死，只要自己的愿望成为现实。

徐志摩就是一片云，一片飘来飘去的云，他不知道风是在哪个方向吹，只是随风飘着。他和许多孩子一样，是会飞的，只不过他比所有孩子都飞得高，飞得远。他像一只黄鹂，不停向上，无忧无虑，毫无束缚。也许，他从未想过生与死的问题。

的确，一个孩子，一个在海滩上种花的孩子，又怎么会想这些呢？徐志摩想的，或许只有不断向上飞，与弥尔顿、泰戈尔站在一起。时间一点点过去，树上的黄鹂飞了，白云也飘走了。徐志摩在飞机上俯瞰着大地、山峦，身边的白云，一切都是那么正常。突然，飞机似乎撞上了什么东西，在空中炸开；或许在那一瞬间，徐志摩才意识到，生与死的问题是多么的重要，但他已经没有时间思考了。就像他自己说的那样，飞了，不见了，不带走一片云彩。

生与死这个问题金庸有没有想过，我不知道。在日本人入侵嘉兴时，他父母双亡时，他儿子自杀时，或许他想过。不过，金庸依然选择生。因为他还有一个未完成的梦，一个属于他的江湖梦。

金庸少年丧母，青年丧父，中年丧子，但他一次又一次地走出了悲伤，他找到了那个属于他的江湖。虽说他一生的事业是《明报》，但江湖才是他的归宿，他将自己的一生都写进了武侠小说。

金庸的武侠小说中藏着他的归隐梦。奈何他到死都没有机会归隐，也没有回到那个生养了他，却又给了他无尽悲伤的海宁袁花镇；他只能幻想像韦小宝、范蠡那般归隐山林，过上自由自在的生活。或许，离开这个世界，对他来说，就是一种归隐，因为他终于放下了那些令他悲伤的事。金庸去了，属于他的江湖也去了，但他的武侠小说还在。

从王国维到金庸，从沈曾植到蒋百里，他们或许都思考过生与死的问题，但答案各不相同。生也好，死也罢，都不完全是自己决定的。千百年来，海宁潮日复一日地奔腾着，或许里面有伍子胥和文种的灵魂；如今，是不是还有王国维、朱生豪、徐志摩、金庸他们的灵魂呢？

莎士比亚留在了嘉兴；徐志摩的诗歌仍在一代代传诵；金庸死了，但他笔下的人物依然活着。终究，死的是他们的肉体，而他们的灵魂仍在潮水中奔跑、微笑。或许，他们依然在思考着：生存还是毁灭？

生存还是毁灭，这是一个值得思考的问题。

锦　　绣

金恬欣

　　湖烟湖雨荡湖波，在阳光的照射下，南湖的水面如一匹闪闪发光的锦缎。微风拂动，泛起微澜。千百年来，这匹锦缎一直是空白的，任凭那岸上的垂柳生出新芽，又一恍惚变得柳叶枯黄。它仍是崭新的，出淤泥而不染，干净得像一张白纸。

　　南湖旁有许多织女，每当万家灯火阑珊时，她们的世界里，便只剩下那一针一线；她们赋予一匹又一匹锦缎以生命，却无人注意那南湖。

　　直到某一天，沈曾植来到这里，为南湖这匹锦缎绣上了几个苍劲有力的大字，一笔一画穿过"烟雨"。他的大半生都活在大清，他的诗唤起一个个深沉的灵魂。直到大清灭亡，他才发觉一切不过是烟雨，转瞬便会消散。

　　褚辅成看着卷头的字迹，笑着提起针，加了两个字——"分烟话雨"。或许，只有那个新旧交替的时代，才有这样的人吧。他坐看烟起雨落，分烟话雨。每一缕烟，都不会阻碍他看清这个世界。

　　卷轴那头，跑来一个少年。他的身上，有南湖柳的清新气息，也有莎士比亚故居里青草的味道。他是朱生豪，他的心里住着一个莎士比亚。他从小生活在南湖畔，十岁丧母，十二岁丧父，却没有耽误学业。他通英文，又有一颗诗人般敏感的心。莎士比亚留给世界很多经典剧本，朱生豪要将它们转化为中文。莎士比亚在嘉兴，是因为朱生豪在嘉兴。

卷轴自西向东缓缓展开，如那后浪推着前浪翻涌不息的江涛，正发出隐隐的轰鸣。这涛声自天地初开之时便响着，推动着日月星辰，推动着时间的画卷。

谁曾想，一百多年前的今天，一个戴着黑框眼镜的读书人，也正在人群中望江潮。别人看到的，是"壮观天下无"的天下奇观；他看到的，是一个被潮声、鸟声、知了声包裹着的美学世界。"我思故我在"——也许，他有过望尽天涯路的孤独，但钱江潮赐予他不寻常的气魄，他在蓦然回首时发现了自由之思想。他为这匹锦缎绣了几分灵气，绣了几分生气，让那画卷更美更生动了。

在那幅绣图的天空上，徘徊着几朵白云。"白云千载空悠悠"，那洁白，如一种信仰。诗人是最简单的孩子，是在海滩上种花的孩子。他有一支神奇的马良之笔，他要为世界添几缕阳光，画几道春风吹拂大地。他说，他是天空里的一朵云。他用那笔在画卷上涂抹，转瞬间，如梭子在线间游走，织出了一片童年的天。

天地之间还有一片江湖。何必有刀光剑影——江湖是肆意挥洒的青春，是轰轰烈烈后的悄然归隐。刀剑江湖，潇洒少年。南来白手少年行，武侠人是少年，金庸也是少年。因为年少，可以无所顾虑，可以在天地间横冲直撞。

江湖，不过是钱江南湖。

江潮过去了，卷走了尘土，卷走了前尘旧事。那匹锦缎上绣着的一针一线，也随之而去。

锦缎又变成了最初的模样，那样干净，如钱江潮过后的世界。江潮卷走了一代代人，沈曾植、朱生豪、王国维、金庸都走了。他们去了哪儿？那为南湖而生的人，那钱江潮捎向人间的绝世奇才，他们都去了哪儿？

从南湖烟雨楼到海宁盐官镇，我们在锦绣中游走，成为那一根根穿起世界的线。在蒋百里、张宗祥的童年里，他们都是穿针的人。

也许，那画卷会随着旧时代的结束而合上。但那一针一线，却一直在每一个穿针人的心里游走——母语是一根缝合时空的线。

海滩上种花的孩子

郭东楠

"你译莎，我做饭。"宋清如的这句话，成了中国爱情史上的佳话，她是朱生豪心中的"好人"。据说日本人曾经嘲笑中国人没有文化，连老莎的译本都没有。这句话成了朱生豪译莎的动力，却不想把命都搭了进去。日复一日、年复一年坚持的背后，有一个支持他的宋清如。

"不要愁老之将至，你老了一定很可爱。而且，假如你老了十岁，我当然也同样老了十岁，世界也老了十岁，上帝也老了十岁，一切都是一样。"一言一语，充满了爱意，也许在中文版的《莎士比亚全集》里，会有这位"好人"的影子。

在江湖之中遨游的大侠，曾经丧母丧父又丧子，从狂气的少年渐渐走向成熟，成了母语时空中的射雕者。

徐志摩最是风流潇洒，挥一挥衣袖，不带走一片云彩。

海滩上，一个孩子兴高采烈地蹲在一边。走近了看，原来他正种花呢！不可思议，愚蠢至极的行为！大浪会将它吞噬，太阳会散发出威力，这朵薄命的花能存活下来吗？显而易见，这可笑的画意好比某些乐意在白天里做梦的呆子，想在海砂里种花的傻子。同时，纯洁无邪的女郎一步一步走向海浪。

"回家吧，女郎！"

"海浪它不来吞我，我爱大海的颠簸！"

女郎放开手，快步上前，语言无法表达她的喜悦，呐喊声回荡在海滩，嘹亮的歌声留在了这里。顷刻间，她与海没有了距离，海波才展现它的面目，少女便惊慌失措地发出了她最后的声音。

无论是种花的孩子，还是天真无邪的女郎，他们都有单纯的信仰。孩子见花站起来，会露出微笑，手舞足蹈；女郎永远是女郎，她窈窕的身影会一直留在海滩上。

徐志摩、朱生豪、查良镛，他们都是在海滩上种花的孩子。

锁·门

曾子齐

潮生潮落自终古，海宁潮在太阳系规则的召唤下再一次涌动。先是一阵一阵细浪，接着是普普通通的浪潮。直到那一刻，潮水席卷而来，吞天沃日，震撼激射，肆意地拍打岸边，洗去人间尘埃，也捎来了万里之才。

而这一切，人们看不见，也听不见。

我们所处的这个空间，与江潮的世界总隔着一扇门。千百年来，这扇门一直被锁着。江边树参天，抽出新叶又随江潮滚滚而枯败落去；门外草长，青苔满阶，爬山虎缀满墙头。但这扇门依然锁着，没有开启的迹象。它静得有些死气沉沉。

终于，这扇门迎来了第一位开门人。

沈曾植靠着自己大半生积累的学问，钻研出一把钥匙；钥匙不大，满是苍老的痕迹。他自信满满地来到这里，试着打开这扇门。钥匙在锁孔里旋转，发出刺耳的声音，与这个世界格格不入。他紧抓着堤边草，不想被大潮冲走。新学的水越来越急，他不得不放弃挣扎，任由惊涛把自己冲到历史遗忘处。费尽心思扭转钥匙，到了最后他才发现这只是烟雨一场，轻轻一吹便随风而逝。

二十几年后，又一位试图打开这扇门的人出现了。韩国与嘉兴隔着万水千山，似乎都装进了小小的乌篷船。梅湾街在日光下发出梅花香似的气息。褚辅成拿着金九离开前送他的钥匙，在门上刻了四个字——分烟话雨。他笑着，任时间在门前流过；他悄然分开每一缕烟，谈论着每一滴雨。这烟雨，被他打开，显现出一条通向钱江潮的路。

远处，一个少年带着几分狂气奔来，路过这扇门，露出灿烂的笑容。他继续奔跑，给予每个路人一个简单的笑容。他在江畔住下，一住就是十三年。也许这个时候，"独立之精神，自由之思想"的种子就已经发芽。这只是他享受开门、关门的过程。"昨夜西风凋碧树。独上高楼，望尽天涯路"的门开了；"衣带渐宽终不悔，为伊消得人憔悴"的门开了；"众里寻他千百度，回头蓦见，那人正在灯火阑珊处"的门也开了。或许，每一扇门后就是他的思想，他的境界。"五十之年，只欠一死。"当他的躯体触碰昆明湖的那一刻，钥匙又在转，却未能打开这扇门。

门等着，徐志摩来了。他化作一片云在海宁的天空飘荡。对于一个在海滩上种花的孩子，他的一生都是少年时。种种不解，处处迷惑，他的行为是个谜。有人说，他是呆子；有人说，他是傻子；还有人说，他是个孩子。少年气被他展现得淋漓尽致，即使到了生命最后一刻，他依然保持着"不带走一片云彩"的天真。昔人已去，他把什么都抛下了，就连钥匙也被封锁在那座石像里。

潮起潮落，门又变回了以前的模样。千百年过去，当年那些想要打开门的人都已化为烟雨，回到潮中，或化为一缕潮魂。从此，人间再无开门人。许多的秘密也被永远锁在门后，门锁还在等待听得懂海宁潮心声的有缘人。

云

王旖旎

凝视、仰望。好天气，好日子，或许那片天地就是浮着大理石雕塑的湛蓝色的天湖。那里是唯一亘古不变的地方，看得到母语的时空、昨天的云。

每一个被历史铭记的人，都是一朵小小的云，在天空中飘浮。

风吹来了第一朵云。

王国维

王国维的云是一座"铁石心肠"的雕塑。王国维的天空灰蒙蒙的，他的天不接受"白话文"的云。灯火阑珊处，无人问津的知识之门已被他打开。那门敞着，散发着无与伦比的智慧。在这样的一种喜悦之中，不管使用白话还是文言，都无所谓了，那天空的灰俨然已变成了银色。这个老实得像火腿的人，心里却有着云一般的思想。

徐志摩

那完全是一个奇幻的世界。徐志摩是一个在海滩上种花的孩子。他的天空傻傻的，为他播了一颗傻傻的种子，开出一朵傻傻的花。可就是这么一朵花，傻得可爱，于是天空就变成了充满想象力的彩虹色。亮堂的彩色，把他那朵云也染成了彩云。悲剧发生的那一天，那个炽热的火球把他那朵幻想的彩云砸碎时，他还在回想康桥呢；榆荫下的一潭，在浮藻间，沉淀着彩虹似的梦。志摩没死，那花——也永远不会枯的。

朱生豪

这个孩子是莎士比亚那朵璀璨的云在中国孕育的。属于朱生豪的天空，是很戏剧性、很夸张的，那是莎士比亚熏染的一幕。天空蓝蓝的，云朵白得像毛绒玩具。他醉心于翻译之中，在这个戏剧性的世界里，过着妻子口中"你译莎，我做饭"的生活。这是一个美好的爱情故事。他活在梦中，无论是飘在空中，还是行在地上，那都是一场稀奇的梦。

金　庸

金庸的天空，有好几片云：有的是大侠的形象，有的是回乡的痛苦与欢乐，有的是事业成功的满足，还有丧母丧父又丧子的悲哀。但是，时间在流逝，大浪正在一点一点地卷走金碧辉煌的岁月。不知怎的，那并不是他出名的原因。天空笼罩了地球，巨浪掀翻了天空，扑通——天碎裂了，可是那十五部武侠巨著却怎么也冲不走，它藏在了虚无与时间的夹缝中。

云来云往，这朵云，还是他们当年看到的云吗？

嘉兴·海宁

张禾

嘉　兴

才气的黑洞

南湖、西湖，为什么两个湖的名字如此相似，难道它们是历史的双胞胎儿子，可弟兄俩未免相差太大了吧？

提起西湖，许多诗句让人浮想联翩。"欲把西湖比西子，淡妆浓抹总相宜。"人人烂熟于心的诗句，让西湖深入人心。

反观兄弟南湖，默默无闻。苏轼、杨万里等将千古名句留给西湖的诗人，到了南湖，他们的才气仿佛被南湖吞噬了一般，了无踪迹。

与南湖同病相怜的，是烟雨楼，滕王阁、黄鹤楼、岳阳楼，它的兄弟姐妹个个找到了知己，而它，隐于烟雨之中，还在叹息。

莎士比亚在嘉兴

朱生豪，他是个让我们知道莎士比亚的"大功臣"。莎士比亚的戏剧是从嘉兴走向中国的。

九年里，三十一部半的莎氏剧作译本出炉，这都是朱生豪的功劳。病痛、资料稀缺、战争，这些都未曾让他停下手中的笔，最终死神亲临人间，将这"翻译鬼才"带走了。

让我们怀念这伟大的翻译功臣吧！是他撕下了中国"无文化"的标签；是他，给了我们永远的精神食粮！

海　宁

小说家？报人？还是天下的少年？

"飞雪连天射白鹿，笑书神侠倚碧鸳。"这副对联中藏着的十四部武侠小说为中国人所喜爱，人们喜爱那个豪气冲天、万事皆能狂的世界。

而它们的作者，以"金庸"这个笔名闻名于世，查良镛这个本名，反而已渐渐淡出了历史。

《明报》仍在，但"查良镛时代"已经终结，"金庸时代"的余波仍未平息。

他把大部分精力给了《明报》，但世人更爱他的小说；他的文字如流水一般，生生不息，但他却不善言辞……他仍被世人记着，虽然他已去世，但那个"一事能狂便少年"的金庸还在。

观堂，观摩学问的殿堂

"你知道王国维吗？""我知道。""都知道些什么？""我知道他是自沉而死的。"这令人啼笑皆非的回答是很多人对这个"老实得像火腿"的人的印象。

因他"五十之年，只欠一死"，他成了伟大的半成品，但他的学问仍是一座高山，他仍是向往学问圣殿者必须观摩学习的那个人。

海宁潮的人潮

"八月十八潮，壮观天下无。"的确，十数米高的浪潮震惊天下，让中国人为之自豪。

"吞天沃日，势极雄豪"，周密的《观潮》真实生动；"天下第一潮"，让海宁年年多了人潮。

假如，但是

假如他不出国，就不会认识林徽因，为自己平添一份忧愁，但他还是认识了她。

假如他不离婚，不与陆小曼结婚，也许就不会招惹死神，但他还是离了婚，又结了婚。

假如他不乘坐那架飞机，也许就不会死，但他还是乘坐了。

假如他不再单纯，而有大人的谨慎，我们也许就不会失去他，但是我庆幸他"不是"大人，否则那个在海滩上种花的孩子，将不复存在！

尾　声

在这"鲲鹏水击三千里"的钱江潮中，还隐藏着多少绝世奇才，我不得而知，但它已给了我们太多惊喜，它捎向人间的人物已改变了世界。

潮　泪

罗程梦婕

"哗啦啦！哗啦啦！"钱江潮翻滚着，好像在向人们诉说着道不尽的历史。

第一滴泪

"吧嗒！"一滴泪水流下，划过面颊，滴到了地上，发出珍珠般清脆的响声。湖烟湖雨荡湖波的南湖烟雨楼有没有流过泪？它在那里已守望千年，等待着为它题诗作文的人。可每当人们拿出各自的作品时，它却总是轻轻摇头，仿佛在说："这不是我想要的。"花开花落，岁月轮替，曾经还是一棵树苗的银杏，今日已成参天大树，叶子在风的吹拂下沙沙作响。一片黄叶落下来，秋天来了。烟雨楼的泪，落了。那是它的第一滴等待的眼泪。

第二滴泪

"啪嗒！"这一声响，惊动了枝头歌唱的小鸟，石榴树上的石榴落了。那是这个秋天的第一个石榴，它落了，它是不幸的，但它也是有幸的：它的果肉被鸟儿食后，种子被带到了远方，长成了新的石榴树。它是朱生豪的眼泪，一位翻译家快乐与艰辛交织在一起的泪。

第三滴泪

"滴答！"一滴雨水落了下来，那朵云流泪了。那是他天真的泪水，他想成为在海砂里种花的孩子，他有着无比单纯的信仰。他想实现他那"美与爱与自由"的人生。但现实是残酷的，他失败了，在飞机爆炸的一瞬间，他升上了天空，成了一朵云。

他飘走了，没带走一片云彩。

第四滴泪

"唰嗒！"这滴水落得干净利落，没有丝毫缠缠绵绵、凄凄切切，就像刀刃般，锋利又坚硬，让人怀念。他的武侠小说本是娱乐性的东西，是无所谓的通俗小说，但这也是他生命的一部分；《明报》是他的事业，最后他还是卖掉了。他苦心经营的《明报》已没入历史的尘埃中，人们看见的只是他的武侠小说。

他走了，就像一滴泪水，流入大海……

泪的延续

"吧嗒！啪嗒！滴答！唰嗒！"这一滴滴泪水，汇成小溪，汇成大江，每一滴都是那么特别。那是潮水捎向人间的奇才们所留下的，而他们也转眼消失在这奔腾的钱江潮中……

潮　魂

张雨涵

> 浩瀚的钱塘江沉浮起伏，一呼一吸。我知道，这是潮魂在呼吸。我把满满的一杯酒酹入大江，算是对大江的安慰。
>
> ——题记

过去到现在，"天下第一潮"来来去去，却带不走那些永恒的灵魂。王国维、金庸、蒋百里、朱生豪……他们都是这浩浩荡荡的潮水的魂。

潮魂不只属于伍子胥、文种，潮魂属于每一个不朽之人。正是海宁潮挟天地的灵气，孕育出了这些诗人、学者、翻译家、小说家。

沈曾植是一缕潮魂，一位中国古典文化的集大成者。只可惜，清朝灭亡以后，他的人生也走了下坡路；他与新的时代格格不入，最终化为一缕潮魂。

老实得像火腿一样的王国维，在五十之年自沉。蒋百里，一位军事学家，更像文艺复兴时代的一位人物。在海滩上种花的徐志摩追求爱、美与自由，但是他也"飞了，不见了，没了"。他们，都成了潮魂。

朱生豪是一缕潮魂，他只活了三十二年，毕生的目标就是把莎士比亚的作品带入中文世界。他变成了潮魂，与莎士比亚笔下的人物一起活着。

南来白手少年行。金庸横空出世，开启了他的江湖之旅。从海宁到杭州，从上海到香港，从查理到金庸，少年还是那个少年。他的梦想，是在轰轰烈烈之后飘然归隐；虽没有实现，但他的一生已足够精彩。2018年，他也成了潮魂。

如今，我们在这里听着他们听过的潮声；他们去了，化作了潮魂。潮声中有他们的声音。

从百里到万里

付润石

百里嘉兴，如一片荷叶在江波中沉沉浮浮，随波影前行。我们坐在江畔，看它在历史的烟波中浮动；无论遇见急流，还是遇见暗波，它都不慌张，只是飘着。它从我们眼前飘过，将飘向万里之外……

踏着朱生豪的之江求学路北上，嘉兴南湖、京杭大运河和他的故居一一呈现在我们眼前。寂寞楼阁中寂寞的诗人。窗外是南湖，游人如织的南湖；远处是烟雨楼，可以感慨、可以怀古的烟雨楼。院子里，那个小小木屋中只剩下了孤独，只剩下"你译莎，我做饭"的清冷。柿子树连同曾经的繁华都不见了，草丛中早已不见了那个捉蟋蟀的少年，现在只有桂花的幽香和几株新栽的翠竹。

曾经给"好人"写信的诗人，译出了风雨的颂歌、人性的独白，让哈姆雷特、李尔王、麦克白用中文说话。中国没有莎剧的时代结束了。朱生豪黯然离世，他在之江的理想顺着钱塘江而下，一去不返了。

朱生豪的身影、宋清如的笑容，像回忆中那扇生锈的铁门，再不会打开。几对新燕在南湖上低飞……他匆匆走后，百里嘉兴不再只有百里，他也震动了万里江山。

朱生豪不在了，南湖还在，还是那个他曾一次次眺望过的南湖。朱生豪乘船游览千遍的南湖，还原模原样地卧在城中，迎来送走一批批游人。湖水轻漾着，微风拂过岸边的柳梢，拂过金黄的银杏树半遮半露着的烟雨楼。银杏黄得耀眼，古老的枝头又即将送走一树短暂停留的叶子。它们长了落，落了长，化成了胡适的黄蝴蝶，化成了龚自珍的春泥，也化成了南湖千古的忧伤。

嘉兴小，南湖更小，那"天下笑之"的烟雨楼，甚至连沧海一粟都算不上。杨万里来了，苏东坡来了，欸乃的水声、越女的清唱、怀古的诗人……如今都不在了，只留下一湖的愁容。

烟波浩渺的嘉兴有千年的时光，无数的变革，桂香阵阵背后的杀气。南湖仿佛凝固了，运河也只是静静地流，伴着岸边的梅香和街巷中的袅袅炊烟。

金九曾藏身此处，韩国到嘉兴万里之遥，也浓缩在梅湾街这方圆几里之中，或者还要小，仅仅在这座小小的江南宅院里。屋后便是运河，柔波掩映着简约的黑与白，一座青石的拱桥，连通了远处的碧绿和金黄。朵朵出岫的白云，沾着水乡的轻韵，冉冉地卷，款款地舒，风动时动，风止时止。脉脉的流水舔着乌篷船，韩国的独立人士，乘着它越飘越远……

还是在这条不窄不宽的小巷，青灰色石板通往的人家诞生了一个个志存高远的儒生：沈曾植、沈钧儒、褚辅成。凭着这些，梅湾街可以同万里之外的香榭丽舍大街、华尔街相媲美。他们走的是不同的道路，梅湾街人提供的答案，无论成败，正确与否，这些有着梅花秉性的嘉兴人物，都曾凌寒独自开。

百年前一次又一次风波，梅湾街人知道《天演论》中那句话：适者生存。沈曾植同帝国一同逝去了，新派的沈钧儒、褚辅成来了。近在海宁，近在江堤一侧的小院中，少年王国维日复一日地看着海宁的潮水，听着潮起潮落声。

王国维的孤独是"独上高楼"的孤独，王国维的憔悴是"为伊消得人憔悴"的憔悴。从海宁潮的惊天动地到昆明湖的宁静，王国维是从这里起步的。百余年前，他每天在小屋里听潮声，听鸟声，听蝉声，听风雨声；他眼前的水，不仅是千年来从钱塘江顺流而下的江水，也是世界工业革命后的新潮。

"五十之年，只欠一死。"这声音苍老而平静，湖底的水草，悠悠地向他招手；近处是昆明湖，背后是万寿山，零星的游船横在湖上。不再是辛亥前的颐和园，不再是他熟悉的老帝国。今后的中国究竟会怎样？他要决定自己的终点。独立之精神，自由之思想。也许这是海宁潮捎给他的。

海宁潮向人间捎来了苦难的英雄，也捎来了云彩和花朵，捎来了一个不知道风是在哪一个方向吹的徐志摩。他轻轻地来，在海滩上种花，说一句"沙扬娜拉"，又轻轻地去了，不带走一片云彩。

一朵白云、一只黄鹂、一阵风……树林荫翳，鸣声上下，徐志摩在此长眠。他还幻想着种花，还赞美翡冷翠①，还思念着杭州的秋雪庵。他的人生是偶然，更是必然，是热诚中的奋不顾身。志摩的诗、志摩的散文流传在乱世之中，有多少人默念着他的名字？那么亲切、热情，充满怀念。

他是否真的已离我们而去？抑或还在呢？时代却确凿地离徐志摩远去了，远离了这颗追求真与美、自由与童真的心。再也看不见星星了，再也看不见萤火虫了，再也看不见海滩上种花的少年了！再见徐志摩，愿你是五色的彩云，投影在我的波心。

从百里海堤到万里大洋，大洋中有大洋彼岸的新思想、新潮流。思想从这里，从这百里海堤出发，涌向万里江山，敲碎世上的一个个黄金梦。潮水声中，我仿佛听到了属于中国的文艺复兴、启蒙运动、工业革命……

当辛亥革命浪潮涌过去，白话文运动涌过去，五四运动涌过去，大风潮后的海宁暂时平静了，海平面上升起了皎皎明月；清

---

① 今译"佛罗伦萨。"

风徐徐,海堤之下,江水静静地在月光中流淌。胡适一行人来了,他们只是来观潮,默默地思考太阳系游戏背后的主宰。胡适、陶行知来的1923年,不仅仅是他们的,也是海宁人的1923年——虽然海宁袁花镇桑林旁传出的婴儿哭声,那一刻还不足以惊动这个世界。

海宁潮又有了"吞天沃日"的雄势,一次次涌来,足以使一代代帝王、一代代武林高手就此消亡。射雕少年,在海宁拉开了第一弓;他瞄准了月亮,也瞄准了太阳。在他之前,后羿也是这般充满雄心壮志;在他之后,郭靖也是这样做的。潮声之中,《明报》、武侠小说如潮涌出,金庸正是那"手把红旗旗不湿"的弄潮儿。

海堤不过区区百里,从喇叭口向外望是万里大洋;向里看,则是万里河山,江流滚滚,日日东去不复返。海宁定要有横贯东西的人物,如蔡元培校长说的那样,他们是"冲毁旧世界的洪水"。

蒋百里,在百里海堤旁成长,后东渡日本,在万里海涛中寻得了兵法韬略,西归救国,在烽火中坚守万里河山。他苦苦寻觅的,绝不是"士官三杰"之名号。他的战略,绝不是刀枪剑戟的拼杀。蒋百里纪念馆外,金黄的桂花零星地嵌在绿色之中,空气中浮动着暗香。运筹帷幄,决胜千里!还没有发生的战争,他早就做出了预言。

从杨万里到蒋百里的几百年,嘉兴不是在变小;相反,是一个由百里到万里的过程。从百里嘉兴、百里海堤到万里大洋、万里河山。究竟去哪一边，取决于你是无声地顺流而下，还是"震撼激射"地逆流而上。

百里、万里，其实也不过相差两个零而已，匆匆的变动之中，千载时光已过。"黄鹤一去不复返，白云千载空悠悠"，从平静的南湖到逆流而上的海宁潮，一个个地平线上的身影，那些在母语时空中射雕的少年，都已成为一个个逝去的英雄！如今我们来了，看海宁便有了不同：王国维、蒋百里、徐志摩、朱生豪、金庸……嘉兴、海宁有没有留下我们的痕迹，我不知道；但我庆幸自己曾来过，曾在他们停留过的地方驻足沉思。

图书在版编目（CIP）数据

少年江南行 / 傅国涌著 . —成都：天地出版社，2023.1
（寻找中国之美）
ISBN 978-7-5455-6741-0

Ⅰ.①少… Ⅱ.①傅… Ⅲ.①散文集—中国—当代 Ⅳ.①I267

中国版本图书馆CIP数据核字（2022）第186822号

SHAONIAN JIANGNAN XING

少年江南行

出 品 人	陈小雨　杨　政
作　　者	傅国涌
责任编辑	王继娟
封面设计	瞬美文化
责任校对	杨金原
责任印制	王学锋

出版发行	天地出版社
	（成都市锦江区三色路238号　邮政编码：610023）
	（北京市方庄芳群园3区3号　邮政编码：100078）
网　　址	http://www.tiandiph.com
电子邮箱	tianditg@163.com
经　　销	新华文轩出版传媒股份有限公司

印　　刷	北京文昌阁彩色印刷有限责任公司
版　　次	2023年1月第1版
印　　次	2023年1月第1次印刷
开　　本	710mm×1000mm 1/16
印　　张	33.25
字　　数	424千字
定　　价	88.00元（全二册）
书　　号	ISBN 978-7-5455-6741-0

版权所有◆违者必究

咨询电话：（028）86361282（总编室）
购书热线：（010）67693207（营销中心）

如有印装错误，请与本社联系调换